猎云记

肖 睿◎著

内蒙古出版集团
远 方 出 版 社

图书在版编目(CIP)数据

猎云记/肖睿著. – 呼和浩特：远方出版社， 2015.12
ISBN 978-7-5555-0559-4

Ⅰ. ①猎… Ⅱ. ①肖… Ⅲ. ①长篇小说 – 中国 – 当代 Ⅳ. ①I247.5

中国版本图书馆CIP数据核字(2015)第285444号

猎云记

作　　者	肖　睿
责任编辑	董美鲜
责任校对	心　妍
装帧设计	晓　乔　韩　芳
出版发行	内蒙古出版集团　远方出版社
社　　址	呼和浩特市乌兰察布东路666号　邮编 010010
电　　话	（0471）2236471 总编室　2236460 发行部
经　　销	新华书店
印　　刷	内蒙古爱信达教育印务有限责任公司
开　　本	710mm × 1000mm　1/16
字　　数	230千
印　　张	18
版　　次	2015年12月第1版
印　　次	2016年1月第1次印刷
印　　数	1—10 000册
标准书号	ISBN 978-7-5555-0559-4
定　　价	32.00元

题记：

在爱情与战争里，一切不可思议的事情都是合理的。

目录

CONTENTS

目录

CONTENTS

目录 CONTENTS

目

录 CONTENTS

第一章

失 踪

我的女朋友失踪了，我像疯了一样找她。一号线、二号线、四号线、五号线……北京的每一条地铁我都坐遍了。我一站接一站地找她，找遍了这五年来我们去过的每一个地方，可就是找不到她。朋友们看着我，都流露出很奇怪的眼神，有的鄙视，有的同情。他们对我说："不要再找了，她不爱你了，就算以前爱你，现在也不爱你了。不要再找了，断舍离吧！"

可我知道她爱我，有一次下大雪，在路灯下她突然对我说："我们一起去死吧！"我懵了，我不想死。我刚做完了两个大单子，刚请她吃了澳洲大龙虾和生鱼片拼盘，生活美好得不得了。可她说："在生活最美好的时候，在我们最爱对方的时候一起去死，永远留在人生最壮美的一刻，多好！"

我说我听不懂她的话，她说我不爱她。她还说，她爱我，她能为我去死。

我急眼了，我说："你要是想结婚咱俩明天就去领结婚证，你别跟我死啊活啊地吓唬我。"

她一撇嘴，说："你就是这么现实，我和你说的是爱情。"

"脱离现实的爱情是永远不存在的！"我扯着脖子嚷嚷了起来。

“可真正的爱情，总会有那么一刻会和现实为敌，甚至为了保护自己的纯粹不惜在现实里牺牲！”她看着雪，像是在自言自语。

没过多久，她就失踪了，留下了一本像是谜语的蒙古羊皮书和满北京城的雾霾给我。

我的女朋友是历史系的博士，专门研究成吉思汗。我就是在为公司的一个以成吉思汗为主角的游戏项目寻求专家意见时认识她的。她给那个项目剧本的意见让我印象深刻：“看似尊重史实，实则狗屁不通。”我说：“这不能啊，那帮人连成吉思汗他老人家的鞋垫什么样都考证出来了，还要怎么样？”她说：“他们只看到了历史的鞋垫，没有看到历史的翅膀。”我问她：“什么是历史的翅膀？”她说：“岩石间的月光、草原的风，晨曦中的露水、沉默的人，就是历史的翅膀。”

“西夏，是唐宋时期处于中国西部的一个政权。自称大夏，因为在宋朝的西方，故被宋人称为西夏。历经十代皇帝。伟大的蒙古帝王成吉思汗花了数十年时间，六次攻打西夏，最终在1227年获得胜利，西夏从此亡国。我的理想，就是还原成吉思汗和这个神秘古国的往事。”

第一次见面，我的女朋友就给我介绍她的成吉思汗和她的理想。我似懂非懂，看着她闪闪发光的大眼睛，那一刻我就爱上了她。

后来那个游戏为公司收获了财富，也为我收获了爱情。我们在一起五年，不论是整天连上厕所都在一起的蜜月期，还是到后来谁也见不了谁，对方呼吸一次都想弄死对方的僵持期，我每天清晨睁开眼，看着侧躺在我面前的她，看着她挺拔的鼻梁和修长的睫毛，看着她的头发和耳朵，闻到她身上像婴儿一样的气味，我都会从内心油然而生一股骄傲。这么好的女人，简直就是天使，竟然是我的女人，我真牛逼。直到那本蒙古羊皮书出现在我们的生活里。

它的羊皮封面肮脏斑驳，上面有几个大大的蒙古文，隔着很远就能闻到一股尘土腐蚀之后的沮丧味道，里面每一页皱巴巴的羊皮纸上写满了蒙古文和另一种蛛网一样的文字。蒙古文刚毅，一看就是男人写的，而蛛网文俊秀，肯定是年轻女孩的字迹。

我问我的女朋友，这书叫什么名字。她说叫《情书录》。我问她是谁的情书，她说这蛛网一样的文字是西夏文，她看不懂。我问她为什么一本蒙古文的书，里面却有不少的内容是西夏文。她答非所问地说她以为自己离了解秘密就差一步了，可这本书的出现让她明白自己有多浅薄。她还说，《情书录》里的文字，不是史学界定义的当时西夏通用的文字，而是西夏王权核心成员们用来传递消息的贵族密文。

面对这本像密码一样的《情书录》，她有点茫然失措。她说正是因为这样，她才要好好研究，扬名立万。她在说什么，我也听不懂，我只知道这本书是她的导师临去世前留给她的，在这之前她的导师也研究了一辈子，可什么都看不出来，最后抱憾而死。我觉得他把这本书送给我的女朋友简直是想害她。

自从这本该死的书到我女朋友的手里，她变得更加沉默了。她经常坐在家里有阳光的地方，捧着那本书一看就是一天，休息的时候也不和我说话，就是眼睛直勾勾地盯着某一处，像傻子一样。

我问她发呆的时候都在想什么，她说没在想什么啊！她永远都说没在想什么啊。是啊！如今的生活一片大好，有车有房有钱有爱，她还能想什么呢。就连有时太阳落山了，她研究那本书研究得莫名其妙地哭出声来，也会告诉我，她没想什么。

她失踪的那天，我下班回到家，房间收拾得干干净净，可衣柜空了一半，书柜也空了一半。八个小时不到，她的味道、她的迹象就从这个我们共同生活了四年的房间里消失殆尽了。她给我留下的唯一的东西，就是那本曾经被她视若珍宝，看一眼都得烧香的《情书录》。她还给我留下了一封信。

她说："我看懂这本书了，所以我走了。《情书录》留给你，等你看懂了，你就来找我。"

去哪儿找她，信上没有。怎么找她，信上也没有。可就是因为这封信，不管别人说什么，我都相信她没有抛弃我，我必须找到她。

等我把北京城彻底翻了两遍之后，我的心平静了下来。我决定听她的话，搞明白这本书究竟写了些什么。我跑遍了全国，找到了在西夏文研究领域最顶尖的十个学者，最后我回到了家，绝望地坐在沙发上。他们和我女朋友说的一样，写成这些情书的文字和普遍意义上的西夏文不同，没有人知道它究竟讲了些什么。

就在我不知道如何是好的时候，我接到了一个电话，是我女朋友的导师的遗孀打来的，她激动地对我说，在她翻她丈夫的遗物时无意翻到了他的一本日记，里面记载了这位教授是在1957年被下放到内蒙古时，从一个姓李的当地读书人手里得到这本书的。那个读书人还给他一页一页地讲过《情书录》的内容，可教授不敢相信，他认为自己听到的全是一个疯子的呓语，因为讲述者的精神在历次运动中受到了不小的刺激，不是很灵光。"可是在我先生去世之前，"导师的遗孀在电话听筒里泣不成声，他拉着我的手说，"面对历史，我们所有人都像是在池塘里嬉戏，却不知世界上还有海的孩子。唯一一个和海浪搏斗的人，被我们当成疯子。"

当天晚上，我从南苑机场乘飞机赶到了鄂尔多斯，租车连夜到了矗立在内蒙古鄂托克草原上的阿尔寨石窟。可我没见到那个和海浪搏斗的人，他在十年前就去世了。我见到了他的儿子李云旺，一个五大三粗的蒙古壮汉。

李云旺对我说："我认识你的女朋友。"

“你见过她？”我激动得嗓音都发抖了。

李云旺摇摇头，说：“只是网友。我们是在一个西夏文化研究的网络论坛上认识的，你的女朋友在那上面贴出了《情书录》的神秘文字，只有我认得出来，并告诉了她出处。那之后你的女朋友加了我的微信，在社交网络上和我学会了如何破解这古老的密码。她已经将近一年没跟我联系过了。她从来没有告诉过我任何关于她个人的信息。所以你今天来我很高兴，要不我以为她是这些西夏文在我的脑袋里把我憋疯了之后产生的幻觉。”

李云旺在阿尔寨石窟附近开了家羊肉馆，可羊膻味并不能遮挡住他身上的书卷气。他的卧室里到处都是书，我估摸大概得有三四千本，这让我心里多少踏实了点，书看得多的人虽然动不动就要死要活还玩失踪，可不会是坏人。当我说明来意，拿出那本羊皮书的时候，我看到李云旺浑身哆嗦了起来，他恭恭敬敬地用双手捧过了羊皮书，像是捧着一个圣灵。然后他对我说了一句话，让我心里“咯噔”一下，觉得他和他死去的老父亲一样都是疯子。

李云旺对我说，他的祖先，叫李小麦。李小麦不是蒙古人，而是西夏人，还是西夏公主李云蔚的义子。这本羊皮书，就是成吉思汗和这位西夏公主写给对方的情书录。

我死死地瞪着他，心想他如果有一点要发疯的迹象，我就跟他拼了。可李云旺只是平静地看着我说，公主死后，这《情书录》就传给了他的祖先，他的祖先又传给了自己的儿子，就这样一代一代地传了下来，不为别的，只为让人类知道还有西夏这样一个神奇的国度存在过。可到了他的父亲这一代，这本书实在是藏不住了，就把它交给了有能力保护它的人，也就是我女朋友的导师。李云旺从小就听他的父亲念这本书，想来是半个世纪前的事情了。

“你可以为我读这本书吗？”我问他。

“可以。”他说，“可你真的想听吗？这会是一个很漫长的故事。你真的认为读懂了所有的情书，你就能找回你的女朋友？”

我长叹了一口气，说：“请你读给我听，一个字、一个标点符号都不要漏掉。”

反正她走之后，时间就停止了。反正所有的办法，我都试过了。

李云旺翻开羊皮书，指着第一行文字，用我听不懂的语言念了出来。他说，这是西夏文的发音。意思是，这片草原的草，绿得无邪，绿得就像你少年时喜欢上一个人，想为他去死一样……

草　原

李云旺说，这是1173年的一片草原，这片草原和现在的草原没什么不同。草绿得无邪，绿得就像你少年的时候突然喜欢上一个人，什么都不想要了，就想为他去死一样。草从地的这一边烧到地的那一边，总是差那么一点就能把天烧着了。

一只野兔支棱着耳朵从草丛里探出了头，除了风揪扯草的声音，再没有什么了。正值春天，自己肥硕的身体在这片草原里意味着什么，兔子顾不上了。天亮的时候，它在这片草地里闻到了一只母兔子的骚味。整个白天，它都在追踪这芬芳的源头。现在它终于找到了，就在对面的草丛里，气味浓郁得让它都要爆炸了。野兔跳进了草地，却没有看到它渴望与其交配繁衍的母兔。这不是草地，而是一条蛇用自己的身体设计的陷阱。它还没来得及逃走，脖子已被这死一样的绿拧断了。

蛇勒死野兔之后，没有被尸体上所散发出来的沮丧气息干扰，因为这是食物，肥腻香甜的食物，就像昨天的那只母兔一样。

蛇花了很长一段时间才把这只野兔囫囵吞了进去，吃饱后它很满足。可造物主对它的眷顾，在它看到那只狼的眼睛从黑暗的草丛里亮起来时，就结束了。

虽然只是一只未成年的幼狼，可蛇看得出来，它在这片草原上可不是一个雏儿。它的毛像一根根刺朝天奓着，一双眼眸像是结了冰的月亮。眼眸里的渴望，却亮得能滴下血来。

蛇使劲扭动身体，想要找一个适合防备的姿势，腹中尚未消化的兔子却让它动弹不得。幼狼围着蛇转了两圈，确定蛇丧失了反抗能力，冷静而准确地从蛇的脑后把它咬成了两截。美味的蛇肉让这只饥饿的狼每个细胞都重新活了起来，它撕开蛇的身体，看到还新鲜的兔子时，这只稚嫩的孤狼觉得自己就是这草原的王。之后，它感到脊背受到了重重的一击，剧痛让它晕了过去。等幼狼再醒来时，它看到了最让它恐惧的两样东西：一个人，一堆篝火。

那人在人类里还算个孩子，篝火的映照下，他和环绕着他的草原一样深不可测。狼看着这个不知道跟踪了自己多久的孩子，感到一股敬畏感从它的心向全身蔓延，像是在敬畏笼罩着这片草原的黑暗一样。

他知道它在打量他，也不忌惮，他跟了这只幼狼两天，等待的就是这一刻。孩子反而凑近了狼也打量起来。他身上有股烤熟了的蛇和兔子的味道，这让狼疯狂，它想扑上去一口咬开孩子的喉管，可是嘴巴和四肢被孩子绑住了。它只能痉挛般地在地上扭动着，掀起的一团团尘土在草原的春夜里慢慢消散了。

孩子抽出了一把短短的牛骨把匕首，在幼狼的身体上比画着，想找到一个能一刀致命的部位。无意间，他的手掌碰到了狼肚子上的一团绒毛，软软的，只有生灵的幼仔毛才会那么软，软得像火，烧得孩子把刀掉在了地上。孩子被这柔软的温度吓着了。他愣了一阵，没有捡起刀，倒像是要偷什么东西似的，怯怯地把手贴在狼肚子上，贪婪地摩挲了起来。绒毛让孩子想起了自己在母亲的怀抱里的情形，那时他总用脸蹭着母亲同样柔软的头发。他惊讶地发觉自己好久没和活生灵这么亲了，却一直在拼命地逃亡。他看着狼，流出了眼泪。他说："咱俩可真是一对难兄难弟。"

幼狼起先拼命地挣扎，孩子一哭，它倒像是听懂了，不折腾了，也哭了起来。哭声无言，像是哀求。哭了一阵，孩子索性捡起刀把捆着它的绳子割断了。孩子无所畏惧地看着狼，狼被吓得不敢靠前。

孩子挥了挥手，说："你逃命去吧！我不杀你！"

狼明白了孩子的意思，倒慢慢地凑了过去，舔了舔孩子的手，这才转身跑进了深邃的黑暗里。孩子刚松了一口气，却听到一阵马蹄声在快速地向自己靠近。他想踩灭篝火，这时一根利箭追上了他。"嗖"地把他袍子的一角扎穿了个洞，钉在了草地里，箭尾裸在地面上朝着天痉挛似的颤抖，像是在向它的主人炫耀自己抓到了目标。

黑暗中的两匹马转眼就到了他的眼前，他看清楚了，马上那两个一高一矮的战士，就是这半年来一直在追杀他的那两个塔塔儿部战士。

高个子的战士跳下马二话不说就拿起马鞭把孩子抽倒在地上，狠狠地朝他的身上踹着。那个身形矮胖的战士朝躺在地上的孩子啐了一口痰，说："铁木真，从冬天追到斡难河都解冻了，总算把你这个小杂种抓住了。"

铁木真满身是血，只有眼睛里的光彩还证明他活着。矮个子战士下了马，说："小杂种，鬼眼珠子不要转了，这次你一定得死。我们塔塔儿部每家每户都支好了锅，等着吃你的肉呢！"

铁木真看到那高个子战士高举起马鞭，在空中画了个完美的弧线，

“嗖”的一声，铁木真的脸上烧起了一股灼疼，痛得他只想赶紧死在这一刻，不要再被塔塔儿部的仇家折磨，可眼前泛起的黑暗里，心跳似的一股一股往上蹿红光，铁木真晕了过去。

那一夜，风越来越大，行路如人生在世般艰难。在追捕铁木真的过程中，两个人的酒早已喝完，干粮也吃光了。他们只能在骏马上缩着脖子，谈论死了的男人和活着的女人，还有草原上的奇闻逸事和流着金黄色油脂的烤羊。在这个草原上的黑暗春夜里，回忆成了唯一让血烧起来抵御风寒的办法。

在一片树林里，风越来越大，像是刚才他们谈论的男男女女、飞禽走兽从阴间爬了出来，盘旋在他们四周发出了阵阵奸笑。这让两个男人有些害怕，矮个子战士说：“唱首歌吧，我有些困了。”高个子战士表示赞同，因为他也有些困了。

高个子战士清了清嗓子，唱起了歌，浑厚的男声丝毫没受马背颠簸的影响。那是一首讲述血战过后，战士回到家乡与心上人团聚的歌曲。高个子战士还想起了公主，塔塔儿王曾宣布，谁捉住了铁木真，塔塔儿公主就是他胯下的母马。还有敖包一样堆起的金银珠宝当作奖赏……

高个子战士被自己的歌声和自己未来的“母马”打动了，他甚至还羞涩地搓了搓自己的鼻子，丝毫没有察觉到矮个子战士已经凑到他身后高举起了刀——

就在矮个子战士准备猛地劈开眼前目标头颅的刹那，他突然感觉到腹下一凉，高个子战士的刀已经划开了他的肚子。之后，高个子战士的歌声才停歇了，他才转过身，傻笑着对矮个子战士说：“一份奖赏，一个人拿要比两个人拿合适。你懂，我也懂啊！”

矮个子战士闷哼一声，扑上去把高个子战士推下了马。等了一路，这一刻终于来了。两个人握着刀，用尽全身力气向对方的身体砍着、刺着。

草原平静地看着这一切，和看蛇吞掉兔子、狼咬死蛇时一样平静。

两个人的血都快流干了，他们看着对方，像两尊红色的石像。他们都在等待对方倒下的那一刻，那时谁活着谁就得到了再次沉默的永恒胜利。

森林的更深处，潜藏的呼吸不再压抑，起先是一个，很快变成一群。一双双明亮的眼珠浮现在夜空里，闪闪烁烁，像一团流到了大地上的星河。这两个身经百战的男人发现时已经晚了，两个对手停了下来，对视着，说话的力气都没有了，只好相视惨笑。高个子战士笑得都喘不上气来，他问矮个子战士：“你是在笑我吗？”

“是在笑自己。”矮个子战士这样回答道，他都笑出了眼泪。高个子战士也笑了，他也在笑自己。他们笑得泪眼婆娑，血珠乱迸……

狼群包围了他们，围了好几圈。头狼蹲在地上，发出沉沉的低吼，狼们都半蹲在地上低吼着，其肃杀像是大宴前的仪式。半轮残月，几颗寒星，高悬在夜空之巅，冷冷地看着草原。奄奄一息的战士们放弃了抵抗，平静地等待着，等着他们的血肉化进那无穷无尽的暗夜。狼群停止了歌唱，那只被铁木真放走的幼狼走了出来，它先咬死了高个子战士，又咬死了矮个子战士。

草原尽头传来马的嘶啸，马比人聪明，刚一闻到狼的腥臊味就像箭一样朝着草原深处射了出去。狼群躁动了，顺着马的嘶啸声跑了起来，暗夜里跳跃着冷冷的星光。

幼狼没有动，只是把自己尖尖的嘴巴触向了躺在草地上的铁木真。

铁木真躺在地上，紧闭着眼睛。

幼狼用自己毛茸茸的脑袋来回蹭着他的脸，可铁木真一点反应都没有。幼狼焦躁地呜咽起来。狼群被幼狼的呜咽声唤回，紧紧地将幼狼和铁木真围住……

长生天

铁木真醒了过来，一片黑暗，周围有滴滴答答的水声，听起来这是一个洞穴。可是头顶上有星群，一会儿东边亮一片，一会儿西边亮一片，像是一双忽闪着眼皮的巨大眼睛在观望着他。他坐了起来，按按自己的肚子和四肢，内脏没有破裂，骨头也没有摔断，这真是个奇迹。他又伸手摸自己的口袋，可是什么都没有摸到。

“别摸了，”黑暗中响起一个声音，“火石？刀子？这里用不着这些。”

铁木真站了起来，头顶上的光猛地变亮了，一双大眼睛睁开了，俯视着铁木真。铁木真看到最远的地方是黑暗，最近的地方也是黑暗。在这片光里，除了自己的身体和无边无际的黑暗，他什么都看不到。

铁木真不害怕这个地方还有别人，他害怕的是这声音本身。它明明是人的语言，却不是人的嗓音。这声音里有动物的交欢，有草木在生长，有一阵又一阵的春雨，有一场又一场的大雪。此外，还有人，可不是某个人，而是所有人。好像是死去的父亲、哀伤的母亲，又像是背叛自己的族人、追杀自己的仇人，还像是思念自己的心上人、忠于自己的安答。草原上所有的生灵和神灵手拉着手，站在铁木真身处的黑暗里，此刻他在和整个草原对话。

“我是长生天。”黑暗里又响起了那个声音。

铁木真看着黑暗，平静地说：“我知道。”

长生天沉默了片刻，头顶上的那片星光闪了几下，又像是惊讶，又像是赞赏。“你就是那个生下来手里就握着血块的铁木真？”

铁木真点了点头。

“那是你出生前，我放在你手里的。”

“那你还问？”

“我怕你不知道。”

“我知道。”

“你不害怕？”

“吓唬小孩，长生天就不是长生天了。”

长生天笑了，说：“你这孩子懂事，我喜欢。知道你为什么来这里了吗？”

“是不是我死了？”

“你怕死吗？”

“我不怕死，可我现在不能死。”黑暗中，铁木真似乎听到了长生天在为这句话击掌。

长生天说：“好样的！你放心吧，你没有死。可除了我，谁都能死，你怎么就不能呢？”

“我没报仇。”

“报什么仇？”

“你是长生天，你知道。”铁木真抬头看着自己头顶上闪烁的星光。

长生天说：“蒙古人的死对头金国，指使塔塔儿人捉住了你曾祖父俺巴孩，金国人用木驴活活钉死了他……”

“嗯，还有……”

“你父亲也速该，喝了塔塔儿人的酒，其实那是金国特制的毒药，被毒死了……”

铁木真似乎想起了父亲惨死时的情景，他的脸上浮现出痛苦和羞愧的表情。他说：“还有……”

“一到春天，金国军队就侵袭蒙古各部，杀死身强力壮的成年男人，杀死一部分刚刚出生的婴儿，抢走漂亮的女人，夺走你们的粮食、牛羊和财富，胁迫活下来的人拼命劳作，以便他们第二年再来抢、再来夺、再来杀。”

“金人给屠杀还起了个名字——减丁。”

“这是把你们当野草了啊！”

“我不是野草，所以他们现在最想杀的人是我。”

“像你现在这样，活着和死了有什么区别呢？”

“活着，我有一个理想；死了，理想就不能实现了。”

“什么理想？”

“蒙古人不做任人宰割的野草，蒙古人要把这个世界变成草原，做自由奔驰的牧人。”

像是一块石头惊起了群鸟，星光猛地闪烁成了一片，仿佛用无穷尽的心凝聚成的一颗心猛跳了起来。

“世界是什么样的？”

“不知道。”铁木真补充道，“活着我早晚会知道。”

“草原是什么样的？”

“男人们聚在一起，喝酒吃肉，用牛羊打赌，看谁能驯服最烈的野马。孩子们或者跟在母亲身后帮忙干活，可老是帮倒忙，惹得母亲揪他们的鼻子和耳朵，踹他们的屁股；或者抱在一起练习摔跤，摔疼了就号啕大哭。这个时候，太阳要落山了，各家各户的炊烟和饭香惹得每个人都觉得饿了。他们吃饱了，笑够了，天也黑了，每个人都能入睡，不用担心自己突然被杀。这才是人间，你亲手创造的人间，没有魔鬼的欲望在困扰人心、杀戮人民的人间。你在天上、在地下、在河里，你无处不在。你看着你的草原，万物有灵，生死和谐，你的心里就两个字：值了。”

长生天沉默了，像是很伤感。过了好久，它才说：“还有三个字：成就感。”

铁木真没有说话。

长生天接着说：“这样的日子，我经历过。”

“我也经历过，十一岁前。”铁木真说。

“塔塔儿人不信自然，只知道满足欲望。他们贪婪自私，彼此的猜忌让他们变得愚蠢，金国的豢养让他们变得虚弱。以你的觉悟、毅力和勇气，十五年应该能消灭塔塔儿部。”

“十年足够了。”铁木真说。

“好样的，自古英雄出少年。可是还有金国。”

铁木真明亮的眼神一下子黯淡了，他低下高贵的头颅，看着自己的脚，说：“还有金国。”

“金国的历代皇帝为了做众王之王，把所有人变成奴隶，不惜一切代价，和一群流窜在人间的远古魔物勾结。金国皇帝把自己出卖给了魔鬼，用魔鬼的力量统治自己的人民，改变自己的文化，打造自己的军队。金国凭借着他们把草原变成用杀戮人类来取乐的猎场。他们还征服了横在蒙古和金国之间的另一个帝国——夏国。夏国的战斗力之强盛，不亚于金。想灭金，你还得先克夏。铁木真，你怎么打得过这些对手？”

“今天以前打不过，可从今天起我打得过！”

“为什么？”

“因为你唤我来，证明了你的存在。”

长生天在黑暗中发出了一阵愉快的笑声，说：“真是倒霉的孩子早当家，聪明。一句话说到我心坎里了。在我的眼里，人的战争，跟蝼蚁的争食没什么不一样，都是为了生存。可金国不同，他们被魔鬼征服了。魔鬼要杀死我创造的一切，只为了取乐，这我可不能容忍。铁木真，你一定要打败金国。”

铁木真的眼珠亮了起来，问：“您要帮我？”

“我要帮你。”

“您打算怎么帮我？”

“我不是魔鬼，不能给你焚烧一切的大火，给你摧毁星辰的军队。我只是自然，只能把我的力量给你。”

“什么力量？”

长生天说：“大火都会熄灭，可草原永远不死；星星都会陨落，可夜空永远不灭。”

“也就是说，我永远不会死？”

“一株枯草消逝，另一株小草从草原上露出头来，不是死，是自然。”

“您越说我越不明白了。”

“你以后就会明白了。”

“成了自然会怎么样？”

“不怎么样，你就会像我一样，知道世间万事的定律，通晓世间万物的心性。你比我还有个长处，你有肉身，能打架。整个大自然都会在精神上支持你，给你最高的智慧和大无畏的勇气。”

“长不了力气？”

“别说力气了，连身高也还是正常人的水平。”

“我愿意。”

“不明白也愿意？”

“为了再也不会有孩子像我一样逃难，我总得试一试。”

“但你要为此付出代价。”

铁木真苦笑着说：“我就知道世界上没有好占的便宜。什么代价？”

“不能动情。”

“什么是情？”

“看到一个姑娘，就不是自己了。做什么事情，怎么愚蠢怎么来。”

“我讨厌姑娘，她们叽叽喳喳，弱不禁风，总是哭哭啼啼，总是关心那些微不足道的小事。”

“你会长大，她们也会长大。等你们都长大了，你就会闻到她们身上的香味儿，看见容貌好看的、听见声音好听的，你会不由自主地想看她们的乳房和屁股，想自己的皮肤贴着她们的皮肤，想和她们舒舒服服地抱在一块儿，从白天抱到黑夜，从天地起源抱到世界末日，想好多没见她们时你根本不会想的事情。”

“您这是在劝我进步，还是在教我学坏？”

“这是自然规律，咱们纯属探讨。”

铁木真豪气地说：“动了情会怎么样？”

“会死。”

“死了就不能实现理想，我不动情。”

“可情是人间最美好的事。没动过真情等于枉来人世间走了一遭。”

“被金国和魔物杀了的人里有真情的不少吧？没有杀戮才是人间最美好的事。”

长生天似乎点了点头，说：“你真的愿意付出这个代价？”

“我愿意。”

“想好了？”

“来不及想了，先做了再说吧！”

“行！孩子，我没看错你！”

话音刚落，黑暗里的点点星光刹那间光芒万丈，变成千百个太阳，刺入铁木真的双眼。每个太阳里都是铁木真最难忘的人、最难忘的事情——父亲教他骑马，母亲给他唱歌，兄弟姐妹们陪他嬉戏……这世间种种在铁木真眼前同时呈现，越来越多，越来越大。生命变成一场大雪，纷纷扬扬。每一片雪花都是一个太阳，落在黑暗里照亮一片草场。最后一片雪花里，有一个背着白色长弓的异族少女，愣愣地看着他，脸红得像个苹果。铁木真刚想和她打声招呼，问她是谁。那雪花就掉在雪地里找不到了。

铁木真大叫一声睁开了眼睛，发现自己仍躺在昨晚的草地上，周围是两具白生生的骨架和零乱的衣物、腰刀、沾血的皮靴……

铁木真站了起来，还是那片草原，头上只有一个太阳，脚下的草地松软，风吹过他的身体，他从来没觉得自己这样有力量过。他就是草原本身，他闭上眼睛，能听到天地间万物孤独生长的声音；他一睁开眼睛，能看到草原上所有生死存亡的厮杀。昨夜一直守护着他的狼群簇拥了过来，前肢弯曲像是在跪拜君王，嘴里发出了类似祝福和祷告的呜咽。铁木真走到那只小狼仔身前，亲热地摸了摸它的脑袋，然后拿起地上的腰刀，穿上沾血的皮靴，在地上挖了个坑，掩埋了那两具白骨……

做完这一切之后，铁木真低叹了一声，心底回想起和长生天的这段奇遇，他知道这不是梦，他已和曾经的自己截然不同。可为这不同他做出的牺牲，铁木真还是不能理解。“绝不动情”究竟意味着什么，他还没有体会。越说不能动情，他对“情”，对那个美丽的异族少女越是感到好奇。又一阵风吹来，剪断了他心中的诸种杂念。他捧起了幼狼的头，狠狠地亲了一口，起身走进那幽暗的黑森林之中……

云　蔚

每天早晨起来，我和李云旺会各吃一笼他老婆做的羊肉烧卖。烧卖蘸着加醋的大蒜泥，让人胃口大开。那烧卖和他老婆一样，热情、淳朴、带劲儿。李云旺还有两个孩子，一男一女，男孩上小学五年级，女孩快要上小学了。有一次休息的时候，我问李云旺："你会不会教自己的孩子学这门失传的语言？"李云旺说："这些语言可以教，但真正的意义融在人的血液里，就像草原上的野花和小草一样，春来即生，冬至即枯。有时一个人什么都看得懂，可什么都不明白。有时一阵风吹过，那个被选择了的人就会落下泪来。在旁人看来十分滑稽，可所有知晓了秘密的人，学会的第一个词就是'沉默'。沉默在这本《情书录》里的意思，就是世间所有永恒的万物。所以我们的语言、我们的故事想要永久地流传下去，不是靠口传身授，而是靠一生沉默。"

接着，李云旺继续低头读《情书录》，面对我，却像是面对一屋子的空虚。他说，在云蔚公主的一封信里，她回忆起了还没见到成吉思汗时，想象中对成吉思汗的憎恶与恐惧。按现在的算法，那是1205年的某一天。在那一天，云蔚的命运在夏国都城兴庆的首歌广场上，发生了天翻地覆的变化……

1205年，夏国。都城兴庆的首歌广场上，当今皇帝夏恒宗的塑像高耸入云。这座塑像由一千个匠人和一万个苦力耗费了半个大夏的白色大理石和五年的时光才雕刻完成的，远远望去，就像一座巨大的冰山。

背着白色长弓、腰别箭袋的少女云蔚，正站在夏恒宗雕像的左脚脚趾上，给台下黑压压的学童上历史课。学童们叽叽喳喳的，像一群小羊。姑娘手里高举着一颗白色的石头，阳光通过石头在空气里折射出五彩斑斓的画面，夏国历史中千万种生死在这画面中一闪而过。

云蔚对照着画面说："在很久很久以前，天上没有云彩。在太阳的炙烤下，河流干涸，大地干裂，世间万物苦不堪言。天上掌管白云的神看着他眼前巨大的不幸，心底充满了同情。他把自己的子嗣放到世间最北边高原上一座叫作'云山'的山峰顶端，这些白云神的子嗣从那里出发，走遍天下的每一个地方。他们走到哪里，白云神就把云朵洒到哪里。就这样，世间有了云彩，太阳光不再暴晒，万物得以生长和休憩，得到安宁。而白云神的后裔们也在地上繁衍，形成部落，人们叫这个部落为‘神圣的白云部落’。部落的族人们一代代幸福地生活，每个人的心底和云彩一样纯洁善良，喜欢美，热爱劳动。他们就像把白云带到世间一样，把自己的微笑和幸福分享给每一个人。”

云蔚无比美好。美好到让围观的男人们想爬到夏恒宗的脑袋上，那里是全兴庆城风最大的地方，适合思考和忧伤。他们看着姑娘，听着姑娘的声音，觉得自己头顶上好像有爆竹在爆炸，自己脚底下好像踩着棉花。他们动情了，恨不得把自己的眼珠子挖下来贴在姑娘露在衣服外的皮肤上、头发上、手臂上、脚趾上。

从云蔚成年以来，多少男人都为她疯狂了。他们说不出话来，拼命喝酒，夏国的男性抑郁症患者人数急剧增加。没丧失语言功能的，绞尽脑汁用最美好的语言赞美她，就此大夏的一大半诗人诞生了。

如果把诗人们最得意的句子凑在一块儿，这首诗应该是这样的：

云蔚公主的皮肤兮
比春风甜腻
云蔚公主的头发兮
比夏夜柔顺
云蔚公主的臂弯兮
比秋日温暖
云蔚公主的脚丫兮
比冬雪洁白
云蔚公主的眼睛兮

比极光神秘

云蔚公主的屁股兮

比云石神圣

一只玉爪海东青叼着只白鸽落在了夏恒宗雕像的脑袋上，它一边撕开白鸽的胸脯一边好奇地看着下面的人类。这首诗在人群的低空萦绕、回荡。可无论是疯子还是诗人、贵族还是乞丐，谁都不敢和云蔚说话。他们只敢用眼角的余光偷瞄几眼她，心里暗骂几句那些不知道美为何物的小屁孩，然后硬邦邦地离开。

云蔚公主举着白色的石头接着说："可是有一天，魔界里的魔王挖通了一个通往人间的地洞，打通了时空，带领着魔物们来到世间屠戮人类，毁坏自然。白云部落的族人们为了世间的平安，和魔王军不畏牺牲殊死搏斗。魔王太厉害了，白云部落危在旦夕。就在这个时候，白云神从天而降，把自己的身体化为无数云石。每一颗云石都蕴含着白云神无限的神圣法力，白云部落的战士们纷纷捡起云石，扔向魔王和它的爪牙。云石碰到魔鬼，就会把魔鬼变成无邪的云彩，风一来，千百万魔物随风飘逝。侥幸逃生的魔物们作鸟兽散，千百年来在人间流浪。而魔王不敌伟大的白云神，狼狈地从地洞跳回魔界。白云部落的族人们用云石封印了地洞，隔断了人间和魔界的通道。魔王在被封印之前诅咒，当人间再次陷入恐惧、无望的时候，他就会砸碎月山的封印，从魔界重回人间。那地洞渐渐变成山峰，就是我们夏国北方，只在每月月初新月之时显现的'月山'。守护地洞的白云部落越来越壮大，终于建成一个国家，它已在这里镇魔千年，这就是我们伟大的祖国——大夏帝国的来历。"

每逢云蔚公主离开皇宫在大街上溜达的日子，大夏帝国的女人受孕率就特别高。云蔚公主就是都城的时尚，女人们照着她的样子打扮和穿戴，模仿她的腔调和做派，以此来讨自己男人的欢心。有的妓女甚至跟南宋来的武林恩客学习易容术，就是为了把自己变成云蔚公主的模样。这样可以开更高的价码，甚至比用鳝鱼血假扮处女的价钱还要高。

可小伙子们还是得闭着眼睛，无论身下的女人多么像云蔚。他们很清楚，她不是云蔚。云蔚是最野的马、最烈的酒、最冲的大麻。云蔚是最快的刀、最难的案子、最狠的凶手。云蔚拒绝了无数有权势的男人。她比那些男人更具有英雄气概，可她无意瞄一眼男人们，所有的女人都失去了光彩。

真正受到爱国教育震撼的是这些男人，云蔚就是这个国家，他们爱这个国家。

“我们大夏子民家家户户供奉着云石。我们要从心里热爱云石，就像热爱我们的家园。云石不但能帮我们守护家园，也是白云神身体的一部分……”

云蔚公主教育着大夏国的未来。

台下的这些孩子毛都没长全，不懂云蔚公主的美，自然也不懂祖先的丰功伟绩和云石的神奇威力。一会儿，小男孩揪揪小女孩的小辫；一会儿，小女孩弹弹小男孩的鸡鸡。只有看到云石幻化成那些小彩人大显神威毁天灭地的时候，孩子们才会爆发出一阵看热闹不嫌事儿大的欢呼。

“哇”的一声，台下的一个小女孩哭了，她旁边的一个小男孩脱了裤子朝她的腿上撒尿。小鸡鸡在太阳下闪闪发亮，像个得意扬扬的光头小恶棍。

“云石是白云神的身体，夏国的祖先们说，当有危险的时候……”云蔚气得直嚷嚷，“我们把白云神的躯干、四肢、头颅和内脏凑齐，它就会复生，保佑大夏千秋万代！”

云蔚拿出一张白云神画像，指着它遮在云朵中的脸说：“没有人见过白云神的真容，所以我们后世的人描摹白云神时，都把他的脸画在云中，当你们向他祈祷许愿的时候，一定要用你们最大的敬意想象他的容貌……”

孩子们发出一阵哄笑，那小女孩一把揪住了小男孩的鸡鸡，像捏泥巴似的揪长了。小男孩扭动着小脸惨叫着：“哎哟哟哟哟，我的鸡鸡要被揪断了，公主救我，我爸说小鸡鸡才是大夏国的未来……”

众人哄笑。

一白须老者点头说：“实话。比白云神实在。”

云蔚看着台下乱哄哄的人群，气恼得比过去更美丽动人了。

远处的树下，一个同样背着白弓、腰别箭袋的女人看着台上的云蔚，像看着自己的女儿。来来往往的人看到她都跑来恭敬地行礼，她冲每个人微笑，上扬的嘴角像月牙。可她眼神里的忧思总让人们心尖一震，像是得到了造物主的某种启示。

“这就是贵族的微笑！”一个铸剑师和她打完招呼后走回广场边自己的高档兵器店，跟他的傻徒弟说，“这就是西夏麻魁军将军雁雪的微笑！就像最好的宝剑，再美，也是杀人的凶器！”铸剑师兴奋地敲打着钢，徒弟流着鼻涕傻笑，铸剑师一激动，“咣”的一声将一把好剑砸断了。

“现在，就是我们大夏国最危险的时候！”台上的云蔚看着懵懂的孩子们，还有和孩子同样懵懂的父母们，恨不得把他们的脑袋敲醒了。“金国早就想吞并我们，蒙古和金国是世代血仇，两国早晚会有一战。我们大夏地处两国之间，说是金国的盟友，不如说是金国的炮灰……”

雁雪吹了声口哨，那只玉爪海东青突然尖啸一声，从神像的肩头飞起，冲向高台，落地的刹那肉体变幻，竟成了一个身穿玉衣、英俊挺拔的少年。孩子们像是看了魔术般纷纷鼓起了掌。

少年说：“今天的历史课到此结束了，小礼品请到麻魁军设在广场边上的岗哨领取。”披着白袍、肉体臃肿的母亲们噼里啪啦地鼓起了掌，活像一群马戏团里的大白鹅。

“我还没讲完呢！”云蔚急眼了。

“再讲就该出事了。别有用心的人会告你煽动战争。”

“可我说的是实话。”

少年瞄了她一眼，说：“大夏需要的不是实话，是安定。”

“风玉，你明明是只海东青，怎么偏偏要鹦鹉学舌？”

这个叫风玉的少年笑着说：“有什么话，你和雁雪说吧。”

云蔚跑到了雁雪身边，雁雪把一颗苹果递给了她。

雁雪说：“我们找到嗜心了。”

母　亲

李云旺说，在《情书录》里，有一张中兴城的地图。这座城市规划为箭靶状，九个城区是九个大圆环，一环扣一环。夏国人将环叫作“歌”。靶心是皇宫，擅入者死。首歌是贵族聚居区，有如同仙境般的首歌广场，广场中央是当政的皇帝神像，还有收集了世界各地珍禽异兽的花园，有收集了世界各地美酒的酒肆，有收集了世界各地高档食材和顶尖厨子的饭馆，有收集了世界各地奢侈用品的店铺，甚至还有收集了世界各地绝色美女和顶级毒品的妓院。这里的生活比靶心的大夏皇宫差一点，比天堂好一点。次歌是各种核心权力机器的办公场所。三歌住着各种权力机器里的零件以及零件的配件。四歌是商业区，可以买到各种被权力机器允许的物品、情报和享受。合法的商人和不合法的黑帮家族也住在四歌，他们打破脑袋般寻找机会能成为官员，成为贵族，住到三歌以内。

从靶心到四歌，算是中兴的内城，夏人崇拜云石，内城的一切都是白色的。皇宫、道路、房屋和器具都纯洁无瑕。人们穿着白色的长袍，踩着白色的靴子走在内城，就像是在云里穿梭的精灵。从五歌往外到九歌，是中兴的外城。城市的颜色杂乱了起来，花花绿绿，像是一块婴儿的尿布贴在内城洁白的臂膀上，显得低贱而又充满生机。

五歌和六歌居住着的都是中兴的平民。每天清晨，他们天还没有亮就得起床，去为有权有钱的人提供服务，以便换取微薄的收入养活自己的一家老小。他们虽然能自由地在二歌到四歌的范围内活动，可是那里的风景，那里人们的生活对他们而言只是梦境。对于占中兴人口总数百分之八十五的平民阶层，白天醒着在四歌里工作的时候像是在做梦。只有到了黄昏，回到家和老婆孩子们吃完饭，躺在自家热烘烘的炕上死死睡去，倒是自己拥有的实实在在的生活。夜里安静的五歌六歌，是这座都城人情味儿最浓、最温暖的地方。

中兴的七歌有大片大片的墓场，中兴人的列祖列宗都埋在这里。墓场也呈靶心状。靶心是皇陵，擅闯者死。首歌是贵族，二歌是官员，以此类推，和大夏的活人社会一样。

“知道什么是贵族精神吗？”大夏的艺术家和闲汉嗑完劣质大麻，除了云蔚公主，最爱讨论的就是这个话题，“就像大夏的云彩一样，看得见，摸不着。”

八歌是山野，大批的流民和匪寇藏于山间，他们什么都不信，只信金钱和刀剑。在八歌的黑市里，你可以看到让人瞬间腐蚀成一摊血水的毒酒，头戴面罩杀人不眨眼的异域杀手，能让人发狂的烈性迷幻药，还有最淫荡的妓女。正是因为这些妓女，在八歌每年都会有几个本不该来这里消费的内城高贵居民死于非命。

九歌是环绕着中兴的厚实城墙，因其是个完美无缺的圆形，被夏人尊称为“壁”。“壁”一破，上述的一切井然有序都会在瞬间灰飞烟灭。所以麻魁女军驻扎在“壁”上，日夜坚守。

李云旺说，为了抓住金国“魑魅”部队的间谍嗜心，云蔚和雁雪穿着黑色的斗篷，粗布遮面，穿行在满是凶手和小偷的窄道上。那是一个在八歌边沿近九歌的新开辟的黑市。街道周围遍布的土坯房子里，主要贩卖异族的咒语和毒药。不时有路人会狐疑地看向这两个裹在黑披风里的陌生女人，可云蔚毫不在意，她一会儿看看左边小贩的经卷，一会儿闻闻右边摊子上的药罐，就像是在内城里逛胭脂店一样。

一个健壮的男子推着他的货车，在街上向路人们兜售他自己染织的红布。他的布颜色鲜艳、质地轻柔，深受夏国平民阶层女子们的欢迎。从首歌到九歌，他的货车走到哪里，哪里就围着一群叽叽喳喳的女人。这男人只是眼神明亮地看着她们。即使有女人偷偷地摸一把他胳膊上的肌肉，他也只是对那女人和蔼地笑笑。市井无赖们嫉妒他，谣传女人们不光喜欢他的红布，还爱用金钱之外的东西去换取他的红布。这男人无论春夏秋冬，都穿着用自己的红布缝纫的衣服，走在以白色为主体的中兴城中，像一团火焰在白茫茫的大雪中翻滚，因此街上的泼皮无赖们给他取了个恰当的名字“红熊”。

红熊看到雁雪和云蔚，高兴地挥了挥手，指着自己车上的红布，似乎是让她们来光顾自己的生意。可云蔚看到雁雪的脸庞上浮现出一层痛苦的光辉，她知道，雁雪又想起了那个儿子走丢时的黄昏，那个把雁雪的命运抛入深渊的黄昏。云蔚问雁雪：“你没事吧？”

雁雪摇了摇头，说：“没事。”

云蔚轻轻地掐了下她的胳膊，说：“注意隐蔽。”

此时雁雪看到海东青在一间土坯房上空盘旋，她们听到内心传来了风玉的声音：“噬心就在这里。”

雁雪和云蔚的胳膊上都有一个羽毛般的文身，上面斑驳的花纹像是一颗颗心。那是风玉用自己尾巴上的羽毛和鲜血刺成的。风玉说，这文身叫“传声翎”，是海东青王族的至宝，人类把它文在身上，走遍天下，能和任何一只与之相遇的海东青内心对话。

雁雪示意云蔚，两个人走了过去。门前的几个闲汉晃晃悠悠地拦住了她们，雁雪露出黑袍子底下的云石弓，为首的男人脸色一下子变得铁青，他们退让到了两边。刚才还很热闹的窄道瞬间安静了，人们像是墙上的倒影遇到了日食一样消失得无影无踪。那土坯房的门被北风刮得吱吱作响，仿佛一张牙都掉光了的老瘪嘴。风玉落在地上变回少年，三个人抬脚走进门。

屋里唯一的一把椅子上，孤零零地坐着一个身披金色长袍的红发女人，正在发呆。看到三个人她吃了一惊，紧接着微笑浮现在她的脸上。

红发女人说 ：“三位来是找让自己幸福的药，还是找让别人归西的药？”

雁雪说 ：“不嗑药，不制毒。我们找人。”

“找谁？”

“找阿佳。”

红发女人笑得更开心了，说 ：“不认识。”

“或者叫她嗜心也行。这是她的魔族名字。我无所谓。”

红发女人的笑容凝固在了脸上，她说 ：“找她干什么？”

雁雪说 ：“这个叫阿佳的女人半年前来到中兴，自称宋人。凭着极其灵验的占卜术和驱邪术，很快从六歌搬到了三歌。不少人把她当成自己的精神偶像，任何秘密都与她分享。”

红发女人说 ：“那你们应该去内城找她。”

雁雪说 ：“半个月前，阿佳最忠实的信徒，大夏的一个护城大将军在家中自杀。他生前负责中兴城改名后的城市布防计划，可他死后布防图不见了。这时人们才发现阿佳根本不是宋人，而是为金国效力的魔族部队‘魑魅’成员，她的真名叫‘嗜心’。”

红发女人媚笑着说：“我看到了你的心，是一颗于千军万马之中摘取敌将首级的勇者之心，大夏的女人中有这样一颗心的，只有麻魁女军的统帅雁雪。”

三人看着眼前的这个红发女人，握紧了自己手中的武器。

红发女人说：“没错，我就是阿佳。”

雁雪点了点头，说：“我不明白，我们已经和金国结盟了，你为什么要这样做？”

“结盟了，为什么还借着给都城改名的机会更改防御？”

“那是针对铁木真和蒙古人的。你们也知道蒙古军队像闪电一样，一瞬间就能炸毁一座城池。”

“你我都很聪明。你知道这说服不了我。”

雁雪叹了口气，云蔚解开斗篷，弯弓搭箭，云石打造的箭头对准了嗜心的鼻尖，风玉举起了胳膊，拳头变成了锋利的鹰爪。

“云蔚公主，大夏镇夷郡王李安全的女儿，麻魁女军的副将，你好。”嗜心笑眯眯地说。

云蔚铁青着脸，把弓弦拉得更紧了。土坯房里光线昏暗，到处都是一股血色的烟尘，嗜心在尘雾里身影越发模糊了，嗜心的那一头红发竟全变黑了。

“你的心里充满了对金国、对魔族的恨。可关于爱情的那片心尖儿，却是一片空白。有个小人儿坐在尖子上发呆，你还没尝过爱情的滋味吧？”

弓弦紧得微微作响，云蔚说：“问我的箭。”

嗜心指指风玉，对云蔚说：“其实他喜欢你。”

风玉的脸一下子变得通红，说："你别听她乱说！"

云蔚愣了，看向风玉。嗜心说："是真的，我看到了他的心。一和你说话他的心就变得血红。如今有这种心的男人不多了，可他不是男人，他只是只会变幻成人形的海东青……"

云蔚和风玉都不知道该说什么，两人的心都怦怦乱跳。云蔚此时注意到，那从噬心身体里分泌出的血红色烟雾其实是无数血色的小虫子，这些小虫子突然组成了一个盲眼的怪物，身后却长着无数只手，死死地把风玉包起来。云蔚想去救他，怪物的另一双巨手将她拽倒在地。那些手的指甲越来越长，在向云蔚和风玉的心窝伸去。而这巨大的红色怪物的尾巴，竟和噬心的心房相连。

嗜心说："我的武器就是血液。当我提高自身温度，把血液蒸发到体外，就会变成这个怪物。它是我心脏中特有的病毒，我没死，是因为它没有眼睛，我没有心跳。但我会帮他探查周围的环境，帮他找到可以吃的猎物。然后他就会像现在这样，挖开那些心脏剧烈跳动的身体，把心掏出来吃掉。"

雁雪搭弓射箭，嗜心后脑长眼，咯咯笑着就躲了过去。云石箭刺入了她身后的木板上，箭羽摇曳。

嗜心说："所谓嗜心，就是看人。雁雪，你的心好悲伤，只有失去儿子的母亲才会这样……"

雁雪竭力地控制自己的呼吸，可是怪物还是注意到了她起伏的胸脯，将她吞噬，如缚住蝶的虫茧。

雁雪的脸苍白得像黑夜里的纸。

"没想到你这么怕死，"嗜心皱眉，"一点儿意思都没有。"

"我的儿子失踪以后，我经常晚上突然醒了，大口大口喘气，可还是要窒息。"雁雪两眼直勾勾地看着那变幻莫测的血红虫烟，好像儿子就藏在里面。

嗜心叹了口气说：“本来跟我谈心，收费是很贵的。可今天你要死了，算我送你。”

“我特别后悔那天我没在家陪他。”雁雪说。

“要不是你，夏国早就亡了。”

“夏国保住了，可我的儿子丢了。红熊在那天下午见过我的儿子。他说，我的儿子没有穿鞋，站在人人争相逃命的街上，哭着喊着要找母亲，一直哭到了晚上，向着北方走去。我的军营就在北方，可我再也没有见过我的儿子。”

“你知道，假如时间回到那个黄昏，你还是会去和金国打仗，而不是在家照顾孩子。你是个伟大的战士，这就注定你成不了伟大的女人。”

雁雪哭了，低头看着地上的云石弓。

太阳要落山了，嗜心皱眉，土坯房里落下一层晚霞般的肃然，那抓着云蔚和风玉的怪物兴奋得全身通红。

“闭上眼吧。”嗜心说，“你很快会见到你儿子。”

“你误会我的意思了。”雁雪说，“我是请你在死之后转告他，我很想他。”

嗜心笑着说：“真好笑，哈哈哈……堂堂麻魁女军统帅临死前让我吓疯了。”

“我没疯。”雁雪说，“你能看穿人的心事，看不穿箭的心事。”

嗜心头顶上的空气突然像被刺穿一样出现了个黑洞，云石箭从黑洞中扎下来，穿过虫烟，从上往下洞穿了噬心的头颅。

那只钉在木板上的箭，不知什么时候消失了，仅仅在空气里留下了另一个被刺穿的黑洞。

雁雪对瞪着她的嗜心说：“我的云石箭能刺穿时空。”

“为什么不早杀了我？”

“悲伤越多，心就越狠，箭就越准。”

魔虫像是一场小雪，纷纷落在地上死了。嗜心懊恼得咬了咬嘴唇，说：“每次嗜心，我就觉得自己像站在深渊边玩杂耍，迟早有一天，我会掉进黑暗，被深渊反噬。这一天终于来了。我刚才看你的心时，只看到无边无际的悲伤，像是弥漫的云雾一样。那是母亲的哭泣。”

“我刚才说的都是真话。”雁雪说。

“我知道。”嗜心说，“我死了之后一定转告你儿子，他的母亲很想他。”

“谢谢，你有什么需要我做的吗？”

嗜心说：“自己怀里有个香包，如果有一天你们遇到一个叫‘景’的男人，请把香包转交给他，就说很希望下一世能一起结束在人间的流浪，不再做战士，和他在祖国的大魔山上看日出、喝烈酒。”

嗜心死了。雁雪对重获自由的云蔚和风玉说：“把嗜心的尸体烧成灰，绝对不能让金人知道她是怎么死的。”雁雪把从嗜心身上搜出的香包交给云蔚，擦擦眼泪，走出土坯房。

红熊的车子已经不见了，街道上，许多女人披上了他的红布披肩，像是一滴滴血在流动。

铁木真

在《情书录》里，云蔚对成吉思汗说，夏恒宗决定把都城兴庆改名为中兴，完全是因为成吉思汗。那时成吉思汗没称“汗”，还叫铁木真。夏恒宗就像一个初恋的少男对待自己的心上人一样，时时刻刻在琢磨铁木真，琢磨怎么让铁木真暴毙。就连他最亲爱的侄子，全大夏最有前途的年轻人、最有才华的诗人李遵顼考中状元这件值得整个国家庆祝的事，都没有洗刷掉他眉头之间那浓郁的哀愁。

从云蔚有资格进入朝廷听政的那一天起，她就发现夏国的精英们说过次数最多的一个词，就是“铁木真”。云蔚一开始还有新鲜感，渐渐的，就对这种群狗咬架式的争吵厌恶了。每次在朝廷上，她准会不由自主地发呆走神，她会在脑海里想象铁木真的样子，或者把人们争吵的画面刻印在脑海里。在那封信里，云蔚公主把那些印象都描摹了下来，给成吉思汗看。

听到云蔚对自己容貌的那些稀奇古怪的想象（甚至有一张画，是驴子穿着衣服，说自己是成吉思汗），成吉思汗只是一笑了之。

云蔚还说，关于如何对付蒙古，群臣分成两派。一派是主战派，成员都是夏国有名的武将。主战派的首领是神勇大将军李威和威武大将军张力以及麻魁女军的将军雁雪。骨干成员是国师张昊与中书令刘元礼。这些人忠诚并且勇敢，为了夏国能够毫不犹豫地牺牲自己的生命。他们主张对金国、蒙古这些敢于侵犯夏国的敌对国家，坚决迎头痛击。长久以来，他们为了大夏的未来，在朝廷上与以罗太后、大都督府主李遵顼等西夏皇室成员为首的求和派斗争得不可开交。求和派主张在当今虎狼盘踞、战争一触即发的情况下，应该依附金国，以求自保。而云蔚是雁雪照顾大的，她相信雁雪所说的一切。

夏恒宗不敢打仗，可又真心盼望着铁木真能早日去和长生天相见。为此，他请来了全天下最贵的刺客，刺客一听目标是铁木真，双膝跪地说：“愿把家产全部捐献给大夏国库，只求陛下放贱民一条生路。”夏恒宗还想坚持，刺客哭着说：“您老干脆把俺活剐了吧，也比把俺送到铁木真手里好，您老放过俺一家老小就中。”话毕磕头如捣蒜，活活把自己磕死在了夏恒宗的脚下。

过了段日子，大夏国内各种门派的法师齐聚到夏恒宗的皇宫。男的女的、老的少的，形形色色的法师们念经施咒跳大神下蛊。为了显示自己的虔诚，夏恒宗跟着法师们一起吃素、裸奔、搓丸子、禁欲、不睡觉，由此沾染上了严重的毒瘾，害上了失眠症。从那以后，皇宫被他那从早到晚的哀叹塞满了。整日身处在这样强大的负能量场中，许多嫔妃和婢女年纪轻轻就绝经了。她们剪了各种各样的纸人，上面写上铁木真的名字，好像把纸人撕碎了，铁木真就会死，她们逝去的月经就会重新滚滚而来。

"你看看你多招人恨啊！"云蔚在信里哀叹道。

可铁木真一直好好地活着，还活得越来越好。从北方传来的消息，永远都是他降服了某个部落，实力再次壮大。

有一次，夏恒宗的生母罗太后关心儿子，从大海那边的异邦找来了一个巫医为夏恒宗催眠。药劲儿上来以后，他问巫医知不知道自己为什么害怕铁木真。巫医吓傻了，不知道该怎么回答。

夏恒宗自言自语，二十年前，铁木真被人追得像狗一样四处逃亡，那时候我就知道他。几乎所有漠北草原的大牲口都想杀了他。脱里——铁木真曾经的义父，扎木合——铁木真曾经的结拜安达，还有塔塔儿人，他们都为了称霸草原想杀了铁木真。塔塔儿人追杀铁木真一直从他小时候追到他长大。有一次我问塔塔儿王："你就这么恨铁木真吗？"他说："我不是恨，是怕。我不杀了铁木真，一定会死在他的手里。"他说得没错，他死了，被铁木真杀了。脱里也死了，还有扎木合，就好像伸出脖子等死一样。

夏恒宗还说："我知道他跟金国有仇，可金国那帮妖魔鬼怪，我和母亲罗太后更不敢惹。我只能盼他死，感觉就好像排在了那串死者队伍的最后面，我越盼他死，自己就离完蛋越近了，我可怎么办哟……"看着一把鼻涕一把泪的夏恒宗，巫医只好击掌把他唤醒。夏恒宗醒过来后看到自己哭湿了枕头，勃然大怒，叫来卫兵，把巫医拉出寝宫给杀了。

从此，夏恒宗杀上了瘾，就连没能使铁木真暴毙的法师们也统统给杀了。法师们临死前的哀号一到深夜就变成狂风在宫殿里回荡，吓疯了几个心灵比较脆弱的嫔妃。其中一个突然有一天早上披头散发地说自己是大夏开国皇帝李元昊，有救国良方要面授不肖子孙李纯佑。

夏恒宗恨得牙痒，杀她不是，不杀她也不是。罗太后出主意，找来了史官和大夏最有学问的知识分子，想借他们的口杀了这个女疯子。没想到女疯子对西夏的正史、野史和皇族的各种破事了如指掌、对答如流，史官面圣时痛哭流涕，说："圣祖元昊真的回来了，大夏之幸，大夏之幸啊！"

夏恒宗无奈，只能硬着头皮召见疯子。两个人刚一眼神接触，夏恒宗心里就"咯噔"一下，知道这次真的是元昊回来了，只有元昊这种开国之君，才会有那么大的气魄。夏恒宗的眼泪瞬间如决堤的洪水，打湿了面颊。

"改名。"女疯子替夏恒宗擦擦眼泪，无比安详地说，"我都替你想好了，把都城的名字由兴庆改成中兴，就能保大夏千秋万代。"

都城改名的消息一经公布，满朝文武兴高采烈。这让云蔚十分困惑，她问自己的父亲李安全："人们是不是都疯了，真的认为改名就能挡住铁木真的大军？"

李安全说："他们的高兴跟大夏无关。他们是为了自己高兴。都城改名自然就得翻新好多地方，举办好多庆典。这是绝佳的贪污机会。"

"你什么都明白，可为什么不说出来呢？"云蔚问父亲。

"铁木真是一个强大的敌人，面对这样的敌人，说什么都是没有用的。"李安全看着自己的女儿，这样回答道。

自从九年前，他想继承父亲李仁友的越王爵位，却被夏恒宗驳回请求之后，他就一直这样战战兢兢地活着。

有一次，夏恒宗喝醉了，把酒泼在他的脸上，用酒杯砸烂了他的头，大骂他和他死去的老父亲只是两个草包时，李安全也只是白眼一翻，晕死过去。他躺在地上，如同一个板凳，或是一个酒坛，无声无息的。直到夏恒宗骂得没有力气了，昏昏睡去，他还是躺在那里。

整整一夜后，夏恒宗酒醒，允许他离开，冻坏了的李安全这才浑身发抖地被人背回了家。从那之后，人们只要一和李安全大声说话，他就会打摆子，晕死过去。大家说曾经意气风发的李安全完了，现在苟活于世的只是一个动不动就晕死的废物。

“不管铁木真再强大，只要他敢踏上我们的国土一步，我向白云神起誓，我一定会用大夏云石打造的弓，大夏云石铸造的箭取他的性命。”云蔚说这话的时候，激动得咬牙切齿。“我不明白一个铁木真会把大夏男儿吓成这样？麻魁军将拼命护国……”

“圣上，圣上！”李安全怕云蔚说出对夏恒宗不敬的话来，忙打住女儿的话头道，“相信我们的圣上！什么事都由我们伟大的皇帝负责。”他浑身颤抖，又要晕死了。云蔚忙抱住李安全，李安全悄声说：“你还有很多东西要学习，有时敌人是最好的老师，铁木真就是大夏国的老师，恨我大夏没有这样的……”李安全话还没有说完，云蔚就气恨地离开了。

云蔚觉得整个中兴都充满了一股中年人的酸臭气，每个人的脸上都写着夏恒宗式的恐惧与李安全式的哀怨。这一切的罪魁祸首都是铁木真，可铁木真想消灭金国，自己也想消灭金国，每当云蔚想像恨金国一样恨铁木真时，她就会想到这个共同点。从没有一个人能让她这样焦躁。她没有见过铁木真，她真想看看这个男人究竟是什么样子，能让她和所有人失魂落魄。她想跟他决一死战，谁胜谁负都没关系，只要能过把瘾，别再这样麻木地活在一片昏暗里，哪怕两个人一起死了都行。

云蔚看看头顶上的蓝天，还是回到了九歌的“壁”上，对云蔚来说，麻魁军部在哪儿，家就在哪儿。

“你恨铁木真吗？”在“壁”上，迎着风，仰望苍穹，云蔚突然问天上的风玉。

“你恨谁我就恨谁！”风玉忽的一下来到她的身边，回答得非常干脆。

云蔚逗他说：“那我爱谁，你也跟着我爱谁？”

风玉一下傻了，他从没有想过云蔚会喜欢上谁，更别提爱了。他难过地看着云蔚，云蔚摸摸他的头，说：“我逗你呢。”风玉没有说话，变成海东青，扑棱扑棱翅膀飞走了。

“为什么他们都怕铁木真？”云蔚又跑到雁雪的房间，拉着雁雪的手问她。

雁雪反问她：“难道你不怕？”

“我不怕。”云蔚说，“他跟你我一样，有两只手两只脚，有什么可怕的？”

“我一直在研究关于他的情报，他在每一次战役中的指挥风格都冷静得像只野兽，我无法从中了解他的性格。这是以前从没有过的事情，无论一个统帅多么伟大，他的作战风格总会让我看到他是个什么样的人……”雁雪皱起了眉头，又说，“超出人理解范畴的事物，总会让人感到害怕……”

“你也怕他？”

“勇敢只会让一个战士送命，只有恐惧才让他成长……”

雁雪还没说完，云蔚气鼓鼓地跑了。她跑到靶场上去练习射箭，每次她生气时都这样做，之后心情就会平静。她一边射箭一边觉得雁雪太高估那个即将成为敌人的男人了。这个世界上不存在没有弱点的人，等她找到铁木真的弱点，她一定能杀死他。她又拾起了一根箭，在想象中，她把她见过的人类最凶恶的五官拼贴在了一起，认定那就是铁木真。松手，弦复位，箭正中靶心。

半个月后，就在首歌广场的夏恒宗巨像脚下，夏恒宗本人在万众瞩目下宣布都城兴庆正式改名为中兴。似乎这样，夏恒宗和这座城市、这个国家就会从忧伤中飞翔起来，变得欢乐起来。

名字一经公布，所有人跪倒在地高呼："夏恒宗万岁，大夏万岁。"此时一匹白马载着一名身披血污白甲的士兵撞向这人山人海，人们不知何事，纷纷避让。士兵来到夏恒宗面前，跪在地上哆嗦着告诉夏恒宗，蒙古大军向西夏国境压来了。

真是噩梦啊，铁木真真的来了……

夏恒宗抽出士兵腰上挎着的弯刀，转身走到那正在朝天翻白眼的女"元昊"面前，大喊"去你妈的李元昊，去你妈的老祖宗"，一刀砍下了她的头。血"扑哧"一下串成根红柱子，落下来时弄脏了夏恒宗的脚。那颗头打着转滚到了雁雪和云蔚的身边。夏恒宗把刀丢在地上，一脚踢开脑袋，两手死死地扳住了雁雪和云蔚的肩头，瞪着两个女人说："现在，夏国只能靠你们麻魁军了。"

相　见

铁木真听着大军向落思城行进时马蹄踏在大地上溅起的滚滚雷声，就像一滴雨点身处一场打湿整个世界的大雨般感到惬意。

除了马蹄声和脚步声，这支军队显得很安静，比铁木真的白马萨尔乐还安静。除了喘气与前行，军人们似乎不再把精力耗费在其他生命活动上。他们只是不时地用余光偷偷瞄一眼白马上的铁木真，那眼神像一群饥饿的狼在问询首领：“我们做好准备了，什么时候冲进羊群？”

李云旺给我描述着，在沉默里，这支军队像是一个在天地间行走的巨人。

铁木真挥挥手，一个传信兵匆匆跑了过来。铁木真说：“让大家唱首歌吧！天冷了，唱首歌暖和暖和！”那传令兵领命，消失在男人汇聚的海洋里。

蒙古战士们不论是累是困，是冷是饿，只要一唱关于草原的歌谣，一想到歌里的母亲和爱人还在毡房的门前等着自己，毡房里的炭火上已经烧好了奶茶，手扒肉就放在桌上，战士们的血就会再次燃烧。

歌在蒙古军队里还有着另外一种特殊的功能：草原太大了，战士就像天上的繁星一样数不过来，起初铁木真的一道指令从下达到塞进每个战士的耳朵里，意思已经变得乱七八糟。为了让军令的传递更加准确和有效，铁木真把每一道命令都嵌入了古老的蒙古族民歌旋律里。在这些牧歌里，铁木真实现着当年在长生天面前立下的誓言：将蒙古人走过的每一块土地都变成浩瀚的草场，直至今天。

铁木真听到，从队伍的最前方和最后方，隐隐约约传来了歌声。那歌声越来越响，所有听到歌声的蒙古战士都加入了合唱。人们越唱越起劲儿，声音大得连天上的云朵都快被震裂了，地上的狂风都要被击碎了。

疾行在草原上的男人们
是锋刃最快的战刀
阳光刚照亮刀刃
敌人的脑袋就落入尘埃

疾行在天空下的男人们

是矛头最利的铁矛
微风刚拂过黑缨
敌人的心口就流下鲜血

疾行在敌人尸骸中的男人们
是受长生天眷顾的战士
铁木真的威名传到哪里
哪里的敌人就魂飞魄散

铁木真听到扎木合对自己说："歌选得不错。"他知道，那些鬼魂又出来捣乱了。铁木真决定不予理会，他继续低垂着双眼，像是什么都没有发生一样。

此时脱里出现在铁木真的右边，他漂浮着，赤红脸颊上的山羊胡子随风飘扬。他唱着这首歌，越唱声音越高，到最后实在憋不住了，一边飞舞，一边哈哈大笑。

扎木合出现在铁木真的左边，说："脱里，唱首歌有这么高兴吗？"

"我一想到西夏派帮娘们儿出来打仗，"脱里说，"再想想她们听到这歌吓得屁滚尿流的样子，我就想笑。"

"不要小看西夏的麻魁女军。西夏很早就有女人参军作战的传统了，麻魁是这个国家最精锐的部队。"扎木合的鬼魂很认真地看着脱里的鬼魂继续说，"在西夏，如果一个女人的丈夫或是她的心上人死了，这个女人有权大醉一场，然后大哭一场，砸烂家里所有的东西，去找仇家复仇。她会割下仇人的头颅，在爱人墓前殉情，尚武性烈是西夏女人的特点，麻魁军里的每一个士兵都是从西夏女人里选出的精英，没有她们，西夏早就让金国灭了。"

脱里吐吐舌头，说："那咱们这次来是帮西夏男人做好事了，把麻魁军灭了，不知道有多少男人要在家给咱们烧香呢。"

铁木真被脱里逗乐了，脱里自己也乐了。扎木合瞪着他们说："全蒙古高原活着的人和死去的人里，大概只有你们两个现在还能笑得出来。"

李云旺对我说，脱里曾经是铁木真的父亲也速该的结拜安达，也是铁木真的义父；而扎木合是铁木真的结拜安达。这三个男人曾经并肩作战，令草原群雄闻之胆寒。可到最后，这两个人都背叛了铁木真。因为他们也是梦想称霸漠北草原的伟大男人。在刚成为鬼魂的时候，他们整夜整夜地在铁木真的梦里咒骂他、恐吓他，不让他入睡。可铁木真没有和这两个鬼魂说过一句话，甚至都没有看过他们一眼。睡不着的时候，铁木真就为蒙古的未来做规划。到了白天，铁木真就努力地将这些想法付诸行动。两个鬼魂骂够了，哭够了，终于意识到自己死了也是枭雄，不是泼妇。他们又一言不发地跟随了铁木真一段时间，发现蒙古诸部在这个男人的带领下越来越强大，而这也正是他们二人的梦想，于是也就认命了。有的时候，他们会帮铁木真出出主意，当铁木真用了这些主意并且取得成功时，他们会兴高采烈的，恨不得再活过来和铁木真像当年一样痛饮一场。有时候，他们会相互斗嘴、打趣，那是铁木真最开心的时刻。

他从来没有驱赶过这两个鬼魂，因为他虽然有最忠诚的将领和士兵，有最亲爱的儿子们，可他没有朋友。他是永远勇敢冷静的铁木真。他也从来没有和这两个鬼魂做过任何互动，他怕那样显得自己像个疯子。有时候，看着容貌永远定格在死之年华的脱里和扎木合，他会觉得自己也是个鬼魂。否则，为什么自己已到不惑之年，可肉体还是三十岁时的健美样子。

这些年来，只有一个人的样子无数次地在他的心中徘徊，在那个遇到长生天的神秘夜晚，自己所看到的美丽少女，究竟是谁？

脱里突然不笑了，铁木真转身顺着他的目光望去，也不笑了，夏国离蒙古最近的城市——落思城此时此刻就在他们的眼前。城郭前，是一片无边无际的白云，缓慢而坚定地散开，和铁木真的大军对峙着，寂静无声。在更远更高处，天地变成一个大棋盘，云是白子，铁木真是黑子。

“那片云周围，连个鸟叫都没有。”李云旺喝了口砖茶，示意我也喝。他继续念道：“云蔚，你身处那片云的中央，知道它有多神秘吗？好像鸟都不敢飞过去，生怕被它吞噬。”

“这帮女人身上可真香。”脱里抽了两下鼻子，“香得有点邪门。”

扎木合叫铁木真的名字，铁木真看着他。扎木合说：“我最亲爱的兄弟，我知道，这场战争在你小的时候，心里发誓要剿灭金国时就已经注定了。这是你的理想，也是我们的理想。请一定小心，你要带着这些生命鲜活的小伙子们凯旋。”

铁木真冲两个鬼魂点点头，骑着萨尔乐来到了阵前。他看到一个小白点从那朵巨云里分离开，变成一朵小云彩向自己飘过来，越来越近，越来越近……

“云蔚，你害怕吗？”风玉在天上翱翔着，问云蔚。

“我不怕。”云蔚说，“你怕吗？”

“你不怕我就不怕。”风玉回答。

云蔚笑了，她已经能看清铁木真和蒙古大军的轮廓了。他们的脸都像铁块一样棱角分明。云蔚深吸一口气，说：“风玉，我一直想问你个问题，你为什么要帮助我们？”

“蒙古人和金国人都喜欢打猎。善猎的海东青是至宝，抓住我们的平民可以领取比我们重十倍的黄金。要是死囚的家属抓住一只海东青，可以无罪释放。可海东青生于蓝天，死于长空，只有在大夏这天空之国，海东青才是自由的。”风玉还有一句话压抑在心里没对云蔚说，他不能把她抛弃在战火中，独自离开。

铁木真就在眼前了，风玉向云蔚传达雁雪的命令：“万事小心，等你回营，万箭齐发。”

云蔚看着离自己越来越近的铁木真，想起刚才出阵前，自己对风玉和雁雪说：“如果明天再次来临，希望我们三个能去刚开的那家宋人酒馆里小酌，听说那里的竹叶青不错，就在三歌环城道的北边。”

在用天地做成的战场中央，铁木真刚看云蔚第一眼，心里“咯噔”一下，知道自己完了。自己心中那个疑问的答案，竟然被命运放在了最不应该出现的地方。梦幻中的少女骑着马，来到他的面前。她美得像一只落在狮爪上的燕子。两个乌黑的眼珠滴溜溜地看着铁木真，像是一下子看穿了他的心。

他四十年来没激烈运动过的心啊，此时此刻像狂奔的白马一样猛跳起来，像是云在抖、地在震，万物脱离轨道。他不再是他自己，春风从下腹追到了心里，刹那间他的手心全是汗。

“该死！这次知道什么是动心了。”铁木真对自己的心说，“你要冷静下来，你要理智。”

可心不是白马，根本不听他的，又咣咣地跳了两下，像是在打铁。

铁木真说：“你是谁？”

云蔚说出了自己的身份，她对铁木真说的第二句话让铁木真终生难忘：“我还以为你是个面目狰狞的妖怪，看起来也就是个普通人啊！”

铁木真不知道该怎样回答，他的战士们在后面怒斥云蔚是西夏的母狗，对神圣蒙古的统治者要懂得敬畏。

“这里不是蒙古，是大夏。”云蔚从身后的箭袋中抽出一根云石箭，铁木真后面的无数战士拔出了弯刀，怒斥声如阵雷。铁木真面无表情地看着云蔚把箭射在她和他之间的草地上。云蔚冲着蒙古大军喊话："我不知道什么神圣蒙古，我只知道敌人敢要进入这根箭的范围，麻魁军将会让他死无葬身之地。"

铁木真看着云蔚，笑了。

云蔚说："你笑什么？"

铁木真说："我很好奇像你这么优秀的战士，为什么会甘心被金国奴役？"

"告诉他，大夏和大金是同生共死的盟国，大夏麻魁和大金神族会撕碎每一个拿着刀的敌人。"风玉在天空中翱翔的轨迹，是雁雪向云蔚传话的密码。

云蔚仰望天空，沉思了片刻，又对铁木真说："大金来，麻魁军会消灭大金。你来，麻魁军会消灭你。"

成吉思汗看看太阳，说："那就不聊了，打吧！"

云蔚策马转身，看着远处一直在沉默的落思城，精致得就像一个细鼻子细眼的姑娘。

铁木真问："怎么还不回去，是被吓傻了吗？"

云蔚说："你知道'落思城'这个名字的由来吗？"

成吉思汗摇头，说："不知道，我也没必要知道。"

云蔚说："你必须知道！"

铁木真心中一动，拉住了萨尔乐，看着云蔚。云蔚说："在大夏建国初期，一朵祥云化为神女，来此处游玩，在这里认识了一个英俊的小伙子，两个人相爱了，成亲生子。天上没有了云，地上就没有了雨，大地干旱。为了拯救苍生，神女只得告别家人，回到天上，再次变回了云彩。这朵云彩每天看着自己的家人，思念落在地上，就是雨水。因为雨水丰沛，这里草原肥美。人们都来这里生活，日积月累，就变成这座城市。”

云蔚怕成吉思汗打断她的叙述，一口气讲完了这个传说。铁木真看着因愤怒而胸膛在剧烈起伏的云蔚，说：“无数历史比落思城还要悠久、起源传说比落思城还要优美的城市都被大金毁灭了，因为有你们西夏的帮助。”

“打我记事起，我的父亲就给我讲过许多在草原上发生的美好童话。可有一天，我的父亲死了，我目睹了他被仇人毒杀。从那天起，我一直在草原上逃亡，从童年直到壮年。”铁木真痛苦而坦诚地看着她说，“在草原上，连风都想杀了我。有一天，浑身是血的我终于明白了一件事，草原不是童话，草原是生死场。”

天地间再无言语。云蔚的马刚回到安全范围，就看到雁雪令旗挥下，大喊“放箭”。西夏女人那数万根紧绷的弓弦随着心弦放开，天与地发出了“砰”的一声闷响，地上出现了一个巨大的影子。

铁木真抬头望去，那是天空上云石箭雨的影子。蒙古的战士们纷纷举起了盾牌，以阻挡这场从天而降的死亡大雨。云蔚向天空射出了自己的云石箭，那箭似乎长眼睛似的飞入了箭雨。她低声念了一句不知道是什么意思的咒语，她的云石箭便浑身燃起了火，然后点着了它身边的一片云石箭，然后是更多的箭变成了烈火，就在箭雨落入蒙古大军前的一瞬间，它变成一团巨大的火球。紧接着，大地变成一片火海，几千人瞬间变成了焦炭。更多的人在烈火中痛苦地呻吟。

雁雪再一挥手，第二阵箭雨升入天空。云蔚的云石箭再次进入箭雨后，她再念咒语，她的云石箭裂开，变成了几块拳头大小的硫酸。其他的飞箭似乎通灵般模仿着它的模样，一刹那这朵箭云变成了天空那么大的水瓢泼出来的硫酸，砸向铁木真的军队。瞬间，人和牲口腐蚀成了白骨，一切都烂了。

铁木真的眼红了，里面充满了血。扎木合在他的耳边大喊："那个女人会巫术，快杀了她！"

铁木真勒紧萨尔乐的缰绳，转身向云蔚冲来。云蔚看着恨得咬牙切齿的铁木真，吓得不会动了。在那一刻她觉得不是一个人想杀自己，而是这天、这地，甚至连她一直呼吸的空气，她一直信仰的云朵都想杀死自己。她的战马不再听她的指挥，只是冲着铁木真，双腿一软跪了下去，把云蔚摔在了地上。云蔚冲着自己的箭阵大喊："朝铁木真射！用箭射死铁木真！"

突然起雾了，那雾浓得像牛奶，像鱼肚。云蔚眼前一片模糊。箭阵在这大雾里沉默了，铁木真和白马失去了目标，他愤怒地在雾中咆哮着。云蔚站起来，向自己的部队跑去。在雾霾中，她听到了一片惊呼。她隐隐约约地看到举着令旗的雁雪扔掉了旗子，脱掉了铠甲，抽出了刀。云蔚一边跑一边喊："雁雪，你疯了吗？"雁雪回头，云蔚看到了一个疯女人的面容浸在冰冷的浓雾中，每一寸皮肤都是扭曲的，眼睛、鼻子和嘴巴在剧烈地抽搐，面色铁青得像一个死人。雁雪咯咯地笑了起来，这短暂的变故让蒙古军队反应了过来，他们在火焰和硫酸里重新集结，向西夏阵地发起了冲锋。一阵阵黑色的浪潮涌向落思城。

雾在转淡，又在一刹那浓郁。人们模模糊糊地听到雁雪的惨叫。一切又显现出了轮廓，在麻魁女军阵前，雁雪腹部鲜血淋漓，她从自己的刀上取下挂着的肠子，缠在手上骑着自己的马疾驰、挥舞，像是在炫耀某种战利品。

在雁雪冲过云蔚身旁时，云蔚突然看到在她的胳膊上有一个栩栩如生的白云神刺青，姿态英勇神武。雁雪一边大叫着"夏国政权腐败，白云神必将复生，亲手毁灭夏国"，一边在万众瞩目之下冲向万丈悬崖，连人带马摔下深渊。雾散了，脸颊湿了，云蔚以为下雨了，看看天才发现是自己哭了。她听到自己声嘶力竭地在冲千万将士喊话：“蒙古人用邪法杀了雁雪。为了雁雪，我们死守落思城！”然后她看到愤怒的战士们将云石箭安在了特制的枪身上，每个人手里瞬间多出了一根长枪，向着那股黑色的浪潮冲去。她的手里不知道什么时候也多出了一把长枪，她双眼一眨不眨地盯着铁木真，她知道铁木真也在盯着自己。他们杀死了一个个阻挡在自己身前的敌人，终于来到了对方面前，像所有命中注定要相遇的男人和女人一样。两个人用尽全身力气，他的弯刀砍向她的脖子，她的长枪刺向他的心脏，然后两个人听到周围传来了一片细微的密集爆裂声，似乎把空气变成了壳，将他们跟这个正在残杀中的世界隔绝。一声巨响，两个人眼前一黑，双双晕死了过去……

李云旺泛着蒜味的嘴巴告诉我，1199 年西夏国曾发生了一场大地震。“得有二十级，”他翻着《情书录》，对我说，“你看，你是看不懂的，我告诉你，云蔚公主是这样记述的：河翻山倾，天地混沌，人显妄谵，灵异乱生……”

李云旺用手指戳点着《情书录》里云蔚公主留下的奇异文字，说：“神秘吧？你得想这份神秘，精灵古怪，天上人间，世相多么丰富，多么懵懂……你得开动脑筋想，二十级，手机不会告诉你八百年前的那场大地震……”

我正翻看着一条新来的微信，对李云旺说：“是五十万。”

“甚？五十万？”

我告诉李云旺，最新房价调控成果，京城“二歌”有座楼盘，每平方米破了五十万。

“操！”李云旺朝地上狠狠啐了口唾沫，“这事成吉思汗敢想吗？人们疯了，全疯了！二十级地震该来了吧？”

森 林

云蔚醒来时，看到铁木真正入迷地看着自己。她急忙摸向云石弓，可是旁边的地上只有野草。铁木真全身赤裸，只是用藤蔓系着树皮挡住了关键部位。她摸摸自己的身上，也是一样。云蔚又羞又恨地站了起来，才发现自己和铁木真身处一片森林里。树干浓密，阳光洒下来都变成了阴影。四处寂静，连风都没有。

云蔚头疼欲裂，她不知道自己为什么来到这片黑森林里。铁木真对她说："也许是战场上发生了爆炸，或者是天崩地裂了，我醒来后就在这里了。现在这里没有蒙古人也没有夏国人，只有咱们两个人。"

云蔚捡起地上的一块石头砸向了铁木真，铁木真一边躲闪一边对她说："我要想杀你早就杀了。你身上的树皮还是我找来的。"等云蔚扔完了她身边能扔的东西，铁木真对她说："这片林子大得超出了我的想象。咱俩还是商量商量怎么走出去吧！"

云蔚举拳挥向铁木真的鼻子，铁木真一挡，两个人打了起来。云蔚每一下都想要了他的命，几乎是以命厮杀，这让铁木真很恼火也很好笑。他要是不还手，眼前这个疯女人会跟他一直这样揪扯下去。于是，铁木真陪云蔚打到深夜，天上点点繁星忽明忽暗，直到云蔚用尽了全身的力气，才像一堆树下的落叶般跌在了地上。

铁木真说："我饿了，我要去找些吃的。"他知道他是说给云蔚听的。云蔚似乎没有听到，一脸漠然。铁木真微微一笑，向森林深处走去。

在森林里捡蘑菇的时候，铁木真突然看到十一二岁时的自己在另一棵树下捡蘑菇。铁木真心想，这可真邪门！他想起了那时的自己被金国人追杀，终日躲在树上和山洞里，像只受伤的小野兽，眼睛里都是血痕和危险。眼前这个小小的自己让他瞬间想起了往事。

他想走过去向过去的自己打个招呼，可是脚下的路越来越长，似乎永远走不过去。他看着那个小小的铁木真战战兢兢地拿起一朵蘑菇放在嘴里，咀嚼了一小会儿，眼神里流露出了狂喜，采完附近所有相同的蘑菇，消失在树林深处。铁木真想叫住他，告诉他这里的蘑菇都是没有毒的。可是他使劲儿地张大嘴巴，嗓子就是发不出声来。

他不记得自己曾经来过这片森林，只记得从那时起，他在漫长的路上学会了好多本事，如缝补衣服、分辨谎言、虚构身份、和万物对话、从沙子里挤出水来，以及收集没有毒的蘑菇。

他突然看到在草丛里，那个年幼的铁木真探出了头，闪闪发光的眼睛，偷偷地看着他，就像当年他躲在草丛里，眼睁睁地看着那个只有他自己知道的秘密一样。回忆起那个秘密，铁木真心里一阵抽搐，他跑向草丛，可年幼的铁木真早就消失不见了。

铁木真怀揣疑问，回到了云蔚身旁，每个蘑菇他都吃了一半，留下另一半放到了云蔚面前。然后他坐到一个可以防备她突袭的位置上看着她，对她说："吃吧，我保证这些蘑菇没有毒。"

云蔚毫不犹豫地抓起来就吃。她一边吃，一边问："铁木真，告诉我雁雪是怎么死的？"

铁木真说："真的跟我、跟蒙古没有关系。她这种死法我也很意外。但她说夏国必亡，我很赞成。"

云蔚又扑到了铁木真的身上，身子滚烫得像一匹烈马，性子也像烈马，已经打得完全没有了章法，对他又踹又咬，还像真正的女人一样用手挠，挠得铁木真不知道该往哪里下手。他觉得这个女人与其他女人不一样，她像火、像雪、像自然里涌出来的一股灵魂，狠得像是非要咬住他脖子上的动脉，嵌入他的灵魂。铁木真用力摁住了她，说："现在咱俩谁死了都不可能走出这片森林。"

云蔚一头撞在了他的鼻梁上。铁木真捂着鼻子，叹了口气，说："你最好期盼着咱们能走出去。现在麻魁军主将自杀，副将下落不明。可我有四个儿子，还有被称为'四杰'的天才指挥官和'四獒'的勇猛战将。我死了之后，悲伤会变成仇恨，他们十二个会带着全蒙古的战士来夏国复仇，到时候全夏国会给你和我殉葬。"

云蔚看着铁木真气得浑身哆嗦，她沉默了一会儿后说："那你可以杀了我自己走。"

铁木真指指周围说："现在对我来说多一个人就多一分逃出去的可能。"

"等我们走出去，我一定会在战场上杀了你。"云蔚说。

那片森林像是一片巨大的迷宫，每当他们走到一条河流的尽头，又会出现一片密密麻麻的碧绿，像是沉默的送殡队伍。走完这片森林，却又是另一条蜿蜿蜒蜒的河。也许是人在困境中会格外沮丧的原因，铁木真和云蔚觉得这片森林里没有一点点生气。他们从没有在枝头看到过飞鸟，在河流里看到过鱼。只有从天到地的绿，这个世界的每一处都是一样均匀的绿，没有深浅，没有浓淡。走了不知道多少天之后，他们又回到了出发的地方。云蔚绝望了，她对铁木真说："我觉得我快要瞎了，快要聋了，我只能看到一种绿色，也只能听到一片水声。"铁木真铁青着脸说："在我们没瞎之前，没聋之前，绝不能放弃希望。"

那天过后，铁木真的脚步慢了下来，他总是会有意无意地瞥一眼云蔚，观察她的身体状况。每天休息的次数也从两次变成了四次，后来随着森林里的一切被无数草绿色的枝丫切割得越来越破碎，越来越迷乱，铁木真干脆又增加了两次休息，变成了六次。他捡了两根粗壮的树枝，一到休息的时候就用手又抓又挠，云蔚不知道他想干什么。直到有一天，铁木真把一对拐杖递给了她，对她说："送你的，遇到不好过的地方用得上。"云蔚在试拐杖的时候，发现铁木真专注地看着自己，一脸紧张，就像一个在等待老师评点的学生。她对铁木真说："这对拐杖非常合适自己。"铁木真得意地对她说："这是我根据你的身形专门为你做的。"

在过一条湍急的河流时，铁木真突然紧紧握住了云蔚的手，生怕她被河水冲走。云蔚对铁木真说："你为什么这样关心一个想要杀了你的人？"铁木真说："现在我们不是敌人，是伙伴。只有一个把胜利的战士们活着带回家的人，才配做蒙古高原的领袖。"云蔚笑了，说："铁木真，虽然我想杀了你，可你真的是一个了不起的好男人。"

李云旺对我说，其实，铁木真在对云蔚撒谎。在做这一切的时候，他都在对自己的心说："不动心，不动心，你可千万不能动心。长生天说了，一动心就得死。"可心不动有些地方会动，对于女人，那些地方就是男人的灵魂。那些地方让他做这些事，对这个女孩好，关心她。他管得了千万蒙古大军，可也得听那些地方的话。就像冬天管不住野草必然生长一样。如果云蔚能再仔细观察一下，她就会发现铁木真每次拉住她的手，眼皮会猛烈地跳两下，嘴角会不自然地翘起，额头泌出一层薄薄的细汗。可她太累了，危险的环境让男人变得兴奋，心里充满神秘的勇气。同时却也让女人变得坚毅、粗糙，成为注意力百分之百在现实中的动物。

有一天下午，云蔚看到铁木真捧了一束鲜花送到她面前，她也只是惊讶地张大嘴巴，不知道该说什么。

铁木真说："你觉得撑不下去的时候，就看看这束花，它的色彩很丰富。"

那天晚上，云蔚看着这束花无声地哭了个死去活来，她撑不下去了。后来在《情书录》里，她回忆起那个夜晚，还是心有余悸。她说每次她闭上眼睛，还是那片一望无际的翠绿，明亮得像光，发出阵阵嘲笑。“你怎么还不去死？”那片绿对她低声细语，“你就打算和你的敌人在这里厮混一辈子吗？大夏公主的尊严呢？”

云蔚悄悄地跨过那束花，跨过铁木真，来到一片悬崖边。黑暗的悬崖里，茂密的树叶、闪烁的绿光能够照亮岩壁，像是一个怀抱。云蔚长出了一口气，抬脚向悬崖迈去，就在那个瞬间铁木真抓住了她的胳膊，把她拉了回来。

“我们走不出去的！”云蔚冲他喊，“放弃吧，我们都会死在这片森林里。”

秘　密

云蔚不想当着铁木真的面哭，她在努力地控制自己的脸，可越使劲，她看到自己地上的影子越在颤抖，她看到自己的泪水掉在地上砸碎了。然后她看到铁木真伸出手来擦拭她脸上的泪痕，她听到铁木真对她说：“不要怕，这不算什么。我们一定会走出去。”

这时她闻到了铁木真身上飘来一股汗液的新鲜味道，在她后来写给铁木真的信里，她说那股味道让她感受到了铁木真目光中那一缕很特殊的温柔，她的灵魂宁静了下来。她懵懵懂懂，只是知道那片绿不再在她的脑海里说话了。

她问他：“为什么你一点都不害怕。”铁木真笑着说：“这里没有军队，没有战争，只有一片森林，还有个漂亮姑娘。对我来说简直就是休假。”

云蔚太困了，闭上眼睛，铁木真的形象又浮现在她的心头，像是一道阴凉的影子，在疯狂旋转的绿里越来越大，越来越重，直至眼中一片黑暗。在悬崖边上，云蔚在铁木真的怀抱里睡着了。

不知道过了多久，她被一阵马蹄声吵醒。她的第一反应是大声呼救，也许那是夏国派来的人呢。可还没张开嘴，铁木真已经捂住了她的嘴巴，对她说：“安静，否则我拧断你的脖子。”她看着铁木真的脸，点了点头。

在树丛的遮蔽下，他们看到了不远处的陌生访客。不是云蔚的战友，却是两拨蒙古人，都是挎着弯刀的战士，其中一拨人里还有个八九岁的小男孩，紧紧握着领袖的手。云蔚觉得那领袖长得和铁木真有几分神似。她小声地问铁木真：“你为什么不出去？”铁木真没有回答，只是脸色铁青地看着那个小男孩。

云蔚看出了门道，这两拨蒙古人不是同行者，而是仇人。他们瞪着对方的眼珠子，恨不得能溅起火星滴出血。小男孩对那个拉着自己手的男人说：“父亲，我们冲过去和那些塔塔儿人拼了吧！”他父亲笑了，俯下身在儿子耳边低语了几句。小男孩不情愿地走进了树林。对面那群战士的头领大声喊道：“也速该，你的狗崽子要去哪里？”

云蔚很惊讶，更惊讶的是铁木真本人。铁木真对她说：“是啊，真像三十年前。这个男人长得和父亲一模一样。可父亲已经死了。那个男孩长得也真像我，可我已经长大了。”

也速该大笑着回答那人的问题，他说：“扎邻不合，我的儿子去撒尿了。他有名字啊！你怎么不叫他的名字？”

扎邻不合仇恨地望着也速该，要是目光有手，现在早就把也速该扼死了。他肩膀上架着的海东青不安地叫了两声，飞到身旁的一棵树上。

也速该拍拍自己的额头，说：“哦哦！我忘记了，我的儿子叫铁木真，和你的父亲——塔塔儿部的首领铁木真兀格同名。唉，我忘了，我怎么给我的儿子起了个仇人的名字呢？”

也速该的手下望着扎邻不合提醒道：“那是因为夫人生下他的时候，

咱们生擒了铁木真兀格。为了纪念那场胜利，你给他起了铁木真的名字。”

也速该和他的伙伴们放声大笑了起来，笑声震得叶子纷纷落下，也把扎邻不合的刀震出了刀鞘，紧接着所有人都拔出了刀，笑声消失了，一场死战一触即发。

这个时候扎邻不合身旁一个尖嘴猴腮的男人突然笑了，他把刀收了回去。他摊开手对所有人说：“今天我们都是出来打猎的，在这里以命厮杀会触怒山神吧？”他又附在扎邻不合的耳边悄声说了几句，扎邻不合看了一眼也速该，收起了刀。走到马边解下自己的牛皮酒壶，大口地灌了两口，扔给了那个尖嘴猴腮的人。

“尖嘴猴腮”把酒壶捧过头顶，像给神献祭贡品一样捧到了也速该身边。云蔚看到他用极其细微的动作把一些白色粉末弹在了酒壶里。刚想大喊，铁木真一把拉住了她，他说：“没用的，不要白白送命。”

这时云蔚看到躲在另一边草丛里的小铁木真想跳起来，提醒也速该酒里有毒，可是从他身后扑过来一个塔塔儿部战士，把小铁木真压在了身下。云蔚看着塔塔儿部战士把匕首架在了小铁木真的脖子上，对小铁木真说：“没用的，不要白白送命。”小铁木真点了点头，尿渗出他的裤子，打湿了他身旁的草地。

也速该的手下劝也速该不要喝下敌人的酒，可“尖嘴猴腮”却说：“这是代表着和解的酒。喝下这酒，换来的是永久的和平。”也速该看看手下，没有说话，喝了那酒。

云蔚看到铁木真背对着她，不让她看到自己的脸。云蔚从他身后抱住了他，就像是她要跳崖时，他紧紧地抱住了自己一样。

塔塔儿部的人看也速该喝了毒酒，找了个借口就骑马离开了。小铁木真回头，那个胁迫自己的人不知道什么时候走掉了，小铁木真跳起来大喊“酒里有毒”，可为时已晚。也速该的嘴巴、鼻孔和眼睛像失控了的水闸，汩汩的鲜血流到了地上，也速该倒在地上死去了。

云蔚看到铁木真的身体抖成一团，小铁木真和也速该的手下们静静地望着也速该的尸体，然后都看向了两人藏身的地方，似乎早就知道他们两个躲在那里。

小铁木真说："出来吧！你还要躲到什么时候？"

铁木真站了起来，她只好跟着他站了起来。她看到小铁木真走到了铁木真面前，轻轻地握住了他的手。

铁木真对小铁木真说："你真像我。"

小铁木真说："我就是你。"

铁木真说："可我的父亲早在三十年前就去世了。"

小铁木真点点头，说："我知道。今天他再次死去，你还是见死不救。"

铁木真长叹了一口气。

小铁木真说："可你又多活了三十年，这三十年来，每当你想起这个时刻，你不内疚吗？"

铁木真说："你是怎么知道这个秘密的？"

"我说过，我就是你。"小铁木真回答道。

铁木真泪流满面，云蔚紧紧拉住了他的手。

小铁木真突然变成了也速该，脸上血迹未干。所有的人都变成了也速该，所有的也速该都向铁木真敞开了怀抱，呼唤他来自己的怀里。也速该们说："只有这样你才能获得解脱。"

铁木真惊叹道："父亲……"

云蔚拼命地想拉住他的手，可铁木真还是挣脱了她。云蔚大声地叫他，可他什么都听不到，只是想扑进父亲的怀抱。面对这疯狂的景象，云蔚不知所措。这时她看到在枝头栖息的那只海东青。她想起了风玉给自己胳膊上刺的传声翎。她问海东青，这一切究竟是怎么回事。可海东青什么都听不到。云蔚觉得她的心声传到了一阵塑料般的空虚中，就好像对方没有心跳一样。这像一道闪电般劈开了云蔚眼前的一片混沌，她什么都明白了。

云蔚跑过去一把拽住了铁木真，她说："我知道这片森林的真相了。"铁木真呆呆地看着她。云蔚说："我能跟海东青的心灵对话。可树上那只海东青没有心，它不是海东青。这里的一切都没有灵魂！这根本不是森林，一切都只是幻觉，是一个专门为了逼死我们设计的幻觉，这里的一切生灵都是没有灵魂的假象。这就是我们为什么一直走不出去的原因。"

面孔流血的也速该怪叫一声，猛扑向了铁木真。铁木真不知道这世间究竟是真是假，也不想知道了。他闭上眼睛，想把一切交给命运。

云蔚用指甲死死地掐着他的胳膊，对他说："你个混蛋振作起来，你父亲的死错不在你，他不会希望你用死来求解脱的。"

也许是胳膊上那些被云蔚挠出来的血道子刺痛了他，也许是云蔚的话打动了他。铁木真突然想起来那时自己希望和父亲并肩作战砍死这帮塔塔儿人时父亲在他耳边说的悄悄话。父亲说："孩子啊，我知道你很勇敢。可你现在要找个地方躲起来。"铁木真说："我不怕死。"父亲说："你要永远记住，我的孩子，一个能把蒙古战士们活着带回家的人，才配做蒙古高原的领袖。"

铁木真清醒了过来，可为时已晚，不知不觉中他即将走入死亡的怀抱——

就在假也速该抱住他的一瞬间，他听到了也速该发出了一声痛苦的惊诧。他睁开眼，原来是云蔚抽出了也速该腰间的弯刀，插入了假也速该的心脏。假也速该怪叫着，流出了血。他的五官开始变形、扭曲，像是一团泥巴。铁木真和云蔚周边所有的假也速该，所有的一切都随之开始扭曲、变形，流出了血……

人　间

李云旺说，铁木真和云蔚看着整个森林瓦解、坍塌，变成无数星辰般的碎块和色彩鲜艳的断线，两个人像是身处一张抽象画里，风很大，抽在他们身上生疼。铁木真高兴地说：“这下好了。”

云蔚说：“这有什么好的，你让风吹傻了吧。”

铁木真说：“有风就有活路，我们逆风前行就对了。”

两个人走啊走啊，幻象的威力越来越小，那些星辰像雨滴般打在他和她的身上，铁木真不知道什么时候又配上了铠甲和弯刀，云蔚的长袍也披在了她的身上，她向背后摸去，云石弓安安静静地在等待她的召唤。此时他们看到前面有一个黑乎乎的人影在光亮处冲他们招手，云蔚长出了一口气说：“终于活下来了。”可那黑影咯咯地笑了，他说：“你们也就是再活一阵了，你们走不出去的。”

那人又瘦又高，却披着一个大大的斗篷，像翅膀。他还留着两缕长胡子，像须子。他奸笑着，仿佛一只蚊子般令人感到厌恶。铁木真问他：“你是谁？”

他说：“我是金国‘魑魅’部队的成员，我叫‘虫’。把你们困在幻之森里的人叫‘景’。他本想把你催眠，直到诱导你自杀，这是他的拿手好戏。可没想到让云蔚这个小丫头闯进来了，偷鸡不成蚀把米，就由我虫爷把你们解决在这里吧！”

又遇到“魑魅”部队的成员，云蔚倒吸了一口凉气。“魑魅”是从远古时流浪人间的魔物在金国组成的特种部队。他们一共有七个人，据说每个人都有着摧城拔寨的能力。

铁木真却毫不在意地对虫说：“我只是问你是谁。你话怎么这么多？”

虫眯起了眼睛，突然掀开了自己的斗篷，斗篷里他那惨白的裸体变成无数长有骷髅头花纹的黑盔飞虫。云蔚注意到每只飞虫的爪子里都握着一个小小的炸弹。虫说：“我的能力就是把身体变成投弹虫。这炸弹是由魔族的烈性炸药制成，别看它个头小，每一颗都能炸碎石头。”

铁木真笑了，说：“你怎么可以把你的绝招告诉敌人？”

虫笑得比铁木真还开心，说：“因为知道我秘密的人都死了。”

铁木真说：“可从小到大，所有想杀我的人也都死了。”

虫气得胡子哆嗦起来，说：“你们两个去死吧！”虫大手一挥，投弹虫密密麻麻地向铁木真和云蔚冲去，无论铁木真和云蔚躲到哪里，虫子们都紧紧地跟着。

云蔚射出了一根云石箭，念起了只有她听得懂的咒语，只见那根箭上长出了一朵鲜花，在刺向虫的途中无数花粉落在了那些飞虫的身上。可箭在即将击中虫的额头时被他躲了过去。虫说：“这就是西夏的云石箭？变成一朵鲜花？”他对那群飞虫吹了声口哨，无数炸弹落了下来。

爆炸的轰鸣声中，铁木真听到了虫的狂笑，他说：“别做梦了，我用炸弹编织的虫网是不会给你们角度逃脱的。”可铁木真并没有再躲闪，而是迎着虫冲了过去，炸弹纷纷落在他的身上，铁木真瞬间变成了一个血人，可他的刀也即将砍在虫的脖子上，虫听到铁木真对自己说：“我不逃，我只想杀了你！”

铁木真所期盼的事情没有发生，虫的嘴突然张开，猩红长舌如同利剑般刺进了铁木真的肩胛，那些飞虫飞回了斗篷，重新变成虫的身体。

虫狞笑着说：“不要小看我，我比你更清楚自己的弱点。”

这时虫听到云蔚的叹息，云蔚对他说：“如果你有下一世，请不要盲目崇拜炸弹，也不要轻易小看任何一朵花。”

虫本想把自己的身体分解一部分去炸死云蔚，可身体却没有反应。虫低下头观察自己，才发现从自己身体里长出了无数根藤蔓，把自己死死勒住，被穿透的洞里有血渗出来。他想起了从云石箭落在投弹虫上的那些花粉，想起了云蔚那句咒语。他惊讶地看向云蔚。

云蔚说："我之所以能够当上麻魁军的副将，是因为我能操控云石，让它的五行发生变化，使得云石弓箭产生不同的威力。"

藤蔓缠绕住了虫的脖子，他的脸越来越红，他的全身失去了知觉，他松开铁木真。他在人间听到的最后一句话是铁木真说的，铁木真说："最后死的果然是你。"然后，他的脖子被勒断，身体变成一堆死去的飞虫，脑袋落在地上。

周围的一切随着他的死变得渐渐清晰，铁木真和云蔚闻到一股浓烈的血腥味。两个人发现他们身处命运中本来的战场，尸横遍野，有蒙古人也有夏国人。云蔚泪水流淌，铁木真叹了口气，说："我们终于回来了。"一个身穿金国战衣的魁梧男人坐在不远处的一堆尸体前，胸口插着云蔚刺入假也速该身体的弯刀，铁木真和云蔚走了过去。

铁木真说："景？"

景虚弱地点了点头，说："真是没想到你们能杀了我和虫，从幻之森里逃出来。"

云蔚指着战场说："这些人都是你杀的？"

景说："别开玩笑了，他们是为了自己国家战死的战士。"他突然怪笑，声音像老旧的木船在江水里逆行般刺耳，他说："别看你们一起逃出来，可你们还得杀来杀去，这就是你们的命运啊。"

云蔚突然想起了那时在中兴，间谍噬心的遗愿正是关于一个叫景的男人。云蔚从怀里掏出了噬心的香包，塞到景的手中。濒死的景脸上泛起了两道红晕，眼神里有光芒射出，他问云蔚："你见过我师妹？"

云蔚没有说话，只是点了点头。

景失落地说："是啊，这么重要的东西都到你的手里了，你当然见过她。"

云蔚对他说："噬心死前许愿说希望下一世不再做战士，能和你在祖国的大魔山上一起看太阳升起，痛饮一场。"

景伸出手，好像自己碰到了噬心的裙摆，他说："大魔山的太阳好美，噬心的酒好烈。"然后，他黯然死去。

云蔚对铁木真说："你怎么那么自信，知道自己不会死？"

铁木真说："因为有你。"

云蔚指指战场上的那些死尸，愤怒地对铁木真说："这些小伙子，这些美丽的姑娘，都因为你死了。"

铁木真说："他们不是因为我死的，他们是为了人间能够反抗像景、像虫那样的怪物屠戮生灵而死。"

然后，云蔚听到了铁木真的身体发出像是微风吹过草原一样的"沙沙"声。云蔚惊讶地发现，铁木真身上的伤口在快速自动愈合，没过多久，他受的重伤全都好了。铁木真尴尬地苦笑。

云蔚的利箭对准了铁木真的脑袋，说："你到底是什么鬼东西？"

铁木真反问："你真的要杀死我？"

云蔚几次拉紧了弦，铁木真说："你认为我是什么，我就是什么。"他没有反抗，甚至张开了双臂，闭上了眼睛。

云蔚看到了地上铁木真送给自己的拐杖，那拐杖的顶端此时长出一朵紫色的牵牛花。它就像一双手一样拽着她的心，她看着眼前这个不老不死的怪物，可脑海里浮现出来的却是在幻之森中两人共同经历的种种。

"啪"的一声，云蔚的弓弦断了，云石箭掉在了地上。铁木真长出了一口气，说："看来我今天又不会死了。"然后他对着四周挥挥手，说："不要躲了，都出来吧。”几十名蒙古战士从各处站了起来，迅速组成了人墙，把铁木真保护在中央。

扎木合和脱里的鬼魂从地底下冒了出来，对成吉思汗说 ：“我们找了你两天。究竟发生了什么事？”

铁木真算算日子，心想看来在幻之森里的一个月，等于外面的一天。他叹了一口气对扎木合说 ：“一言难尽。我不在的这两天你们怎么样？”

扎木合看了一眼云蔚，说 ：“一言难尽，总之我们获得全胜。”

成吉思汗对云蔚说 ：“幸亏你刚才没起杀意，否则他们会用刀斧把你剁成肉酱。现在你走吧！”

云蔚看着铁木真，咬咬牙，转身走了。

成吉思汗闻着空气中她渐渐消失的芬芳，心里感觉到无限的忧伤。

云蔚回到落思城，那里已经被摧毁，到处都是废墟和焦土，那个美好的传说将永远不会在大地上重现。她看着这一切，心中痛恨刚才那个矛盾的自己。几个麻魁士兵在巡逻时发现了失魂落魄的云蔚，将她带回军营。看到云蔚，所有的战士们都哭了。风玉向云蔚讲述了这两天发生的事情，云蔚这才知道，铁木真和自己消失之后，蒙古军以为自己的领袖被杀，变得无比疯狂。而由于失去了云蔚和雁雪的能力，麻魁军的云石箭威力大打折扣，蒙古军最终打下了落思城，拿走了所有能拿走的、毁灭了所有能毁灭的，扬长而去，更多的蒙古军队正在集结中。正如成吉思汗所言，蒙古帝国在认为他死后，准备不惜一切代价，摧毁整个夏国。

云蔚问风玉 ：“夏国的援军呢？”

风玉告诉了她一个令她难以置信的消息 ：得知落思城危在旦夕后，夏恒宗派了神勇大将军李威和威猛大将军张力各率五万大军从中兴城出发支援麻魁，可他们在同一天晚上都死了。

云蔚惊呼 ：“怎么死的？”

风玉说：“他们死的时候和雁雪死那天一样，也都遇到了大雾霾。雾太浓，人伸手都看不到自己的手指。在大雾里，两个军团都和前来截击他们的蒙古军队正面相遇。浓雾里的死战，谁都看不清谁，只能乱打乱杀。起先是李威将军在东线战场发出骇人的笑声，像雁雪一样大喊‘天谴夏国，夏国必亡’。之后失去了声响，没过多久，在相隔数百里之外的西线战场，张力将军也做了同样的事情。此时天快亮了，大雾散去，人们看到李威将军和张力将军都死了。两个人的尸体躺在地上，和雁雪剖腹相似，两个人的内脏被放在一旁。”

“他们都是好人。”云蔚一想到大夏接连失去了三员猛将，想起他们在朝廷上和求和派争论时的认真样子，不无伤感的说，“我再也不能拿李威将军的白胡子开玩笑，再也无法和张力将军赛马了。从此之后，大夏的拳头上又少了两根手根，多了两道鲜血淋漓的伤口。”

风玉轻轻地把手放在了她的肩头，对她说：“你现在必须振作起来，你没有时间悲伤。现在你是将军了，是麻魁军的最高指挥官，整个大夏都指望着你。”

云蔚问风玉：“三具尸体在哪里？”

风玉苦笑，说：“雁雪坠落的悬崖下面是奔腾的黄河，估计早就被激流冲到十万八千里之外了。不知道为什么，蒙古人把李威和张力的尸体抢走了。”

云蔚沉默了，风玉问她：“我们现在该怎么办？”云蔚还是沉默，风玉说：“战情紧急，刻不容缓。”云蔚抬头看他，说：“我得求你帮我个忙，这件事绝密，只能你我知道。”

风玉毫不迟疑地点头应承了。

两天后的一个夜晚，云蔚和风玉来到一处叫阿尔寨石窟的地方，那里到处都是风化的窑洞，窑洞里有不少的佛像，那都是佛教徒对自己信仰的供奉。这些佛教徒不管蒙古人还是夏国人，如今都尘归尘、土归土了。只有看不出悲喜的佛像在凝视着云蔚。等着她的，还有带着两具尸体而来的铁木真。

这个地方是云蔚精心挑选的地点，在双方势力的中间，交通十分便利。除了佛教徒们白天来此雕刻佛像，到了夜晚这里空无一人，只有看破了红尘的佛在这里停留。除非是疯子异想天开，否则绝不会有人想到夏国的云蔚公主和蒙古的领袖铁木真会在这里见面。

当风玉得知云蔚委托自己的事情竟是去约铁木真见面，希望他交出尸体时大吃一惊。他对云蔚说："你是不是疯了？铁木真怎么会帮助自己的敌人？"云蔚却斩钉截铁地说："他一定会答应的。"风玉心里一万个不愿意，但还是飞越了数以万计的蒙古军队，来到铁木真的指挥桌前，谁让她是云蔚呢。

风玉本是抱着必死的决心去的，可当他如云蔚吩咐的，将一根顶端生长着紫色牵牛花的木棍放在桌子上后，成吉思汗的表情缓和了，他叹了口气对风玉说："我答应她的请求了。"

尸体上的白布被掀开，李威和张力平静地躺在地上。云蔚一眼就看到了两个将军胳膊上都有一个白云神刺青，两个刺青一模一样。此时她想起了雁雪惨死的景象，在雁雪和她擦肩而过冲下悬崖的刹那，她清楚地看到雁雪胳膊上也有一个相同的刺青。这个刺青从此之后就像一个烙印一样，深深地刻入云蔚的脑海。

成吉思汗问她："为什么白云神的脸被云朵遮着？"

云蔚告诉他："从夏国的祖先开始，大夏境内一切白云神形象的脸都隐藏在云朵中。神的脸不是凡人可见的，这样更能凸显神的威严和神秘。"

经过尸检，李威和张力身上被凶手挖出来丢在地上的器官，加上雁雪坠崖时挑在刀尖上的肠子，凑在一起正好组成了一副人体存活必需的完整内脏。可他们浑身上下，别说取出器官必须的刀口，就连一个流血的伤口都没有。

风玉倒吸一口凉气，说："这真是见鬼了。那他们的内脏是怎么被取出来的，他们的血都流到哪儿去了？"

云蔚冷笑着说："也许真是见鬼了。凶手是故意把他的杰作丢在地上的，就像是在向我们示威。"

"聚齐人体内脏这样的事只有疯子能干得出来，"成吉思汗说，"更像是在给你们出题，能连续杀得了三个统率千军万马的将军，凶手绝不是疯子。他这么干一定有他的用意。"

一个瘦得像根麻秆儿的高个子蒙古人走了进来，他眼睛很小，云蔚看不出来他是睁着眼睛还是闭着眼睛。

铁木真对云蔚说："这个人是蒙古方面的验尸官。"铁木真吹灭了灯。云蔚抽刀质问他要干什么。铁木真说："云蔚，你不要紧张，他是我们蒙古的世袭大萨满，他能看到我们看不到的事情，听到我们听不到的声音。"

云蔚问铁木真："你为什么要帮我。"

铁木真犹豫了一下，说："我不是在帮你。在你我两国的战争中，竟然出现了要暗杀我的金国魔族刺客，我心里总是打鼓。我必须弄清楚金国的阴谋。"

云蔚再没有说话，铁木真心里长叹一声。

后来他在《情书录》中写道，其实他想告诉云蔚，他这么做，是因为他希望能再次在不互相残杀的情况下见到云蔚。云蔚这样回复："愚蠢的男人啊！你不知道，当你说那些冠冕堂皇的理由时，我的内心是多么失落。我隐隐约约地渴望你告诉我，你想见我。"

黑暗中，萨满把一些药粉洒在了两具尸体身上，口中念念有词。不一会儿，云蔚和铁木真看到一些像血迹和水渍似的印迹在两人的身上出现，黑暗中闪烁着蓝色的磷光。

萨满说：“人间要比魔界气温高很多，所以魔族在人间哪怕再轻微的活动，都会流汗。这就是魔族分泌的汗水痕迹。”

云蔚惊呼：“是金国人杀了大夏三员大将？”

铁木真说：“总之，他们在死之前都和金国的魔族接触过，你们也领教过‘魑魅’的厉害。”

此时屋子里突然想起了尖厉的笑声，众人循声望去，竟是一个蒙古士兵。他眼神涣散，笑得无比疯狂。他突然抽出刀向离自己最近的云蔚砍去，云蔚傻在了当场。铁木真看着刀刃离她的脖颈越来越近，心里闪现了几个念头，身体做出的反应，却是直接伸出了血肉构成的手抓住了刀刃，它离云蔚咽喉的距离，只剩下一根女人头发的距离。

看到云蔚还活着，铁木真长出了一口气，他说：“原来是这个样子啊。”云蔚看着他，不懂他在说什么。只有铁木真自己知道，他在想原来为一个女人心动是这个样子啊。就是不由自主地想为她流血，还感觉不到疼，只能感觉到甜蜜。

铁木真的鲜血滴在云蔚的脸上，云蔚看着替她自己承受这灾难的铁木真，看着他的眼神，两个人的呼吸如此接近。她不知道他在说什么，他握住那刀刃的时候在想什么，可她能感觉到他的眼里闪过的那道光，然后她突然觉得这个自己懂了的世界在一瞬间发生了翻天覆地的变化。她的心溺死在了铁木真的眼睛里。

她知道，爱情来了。为了掩饰慌张，她撕碎了自己衣角的一边，给铁木真包手。众人已抓住了那个行凶者，铁木真问那人是谁。那人回答：“我是‘魑魅’成员，我的名字叫‘偶’。”

铁木真问他：“你想干什么？”

偶说：“大金皇帝让我前来给蒙古和夏国送个信，大金‘魑魅’对暗杀铁木真和李云蔚以及夏国三位将领被杀这两起事件负责。”

云蔚悲愤地说：“我们替你们抗击蒙古，你们就这样报答？”

偶说：“你不要得意，这次你和铁木真没死是侥幸。这也警告你们夏国主战派，不要对金国有二心，否则必死无疑。”他怪笑了一阵，猛得咬断了自己的舌头，众人惊呼。

窗外却再次传来那癫狂的笑声，铁木真叹道：“所谓‘偶’，就是远距离操纵人的心神，把人变成傀儡的邪术吧！好可怕的方法啊！”

阴冷的风中，起雾了。云蔚低声说：“小心，已经有三个人不明不白地死在雾里。”众人都裹紧了衣裳，抽出了刀。

那笑声突然停止了，这雾似乎也是偶极其恐惧的东西，一阵慌乱的脚步声由近及远，迅速消失了。可那雾渐渐地消散，和世间所有的雾一样，像是从不曾存在过。

告别的时刻，铁木真千言万语不能说。他只是问云蔚：“夏国真的要为了金国，不惜被蒙古摧毁？”

云蔚咬咬牙，说：“请你给我半年时间，我来说服大夏皇帝和蒙古联手抗金。”

铁木真说：“我为什么要给你时间？”

云蔚说：“麻魁军的本事你见过了，大夏还有三十万军队。合作的话，全供你调遣。你若入侵，我们会血战到底。”

铁木真笑了，说：“要是半年过去，你失败了怎么办？”

云蔚决然地说：“那我将和夏国共存亡。”云蔚说这句话的时候，她那狂跳的心终于平静了下来，就像一团火被大雨浇灭了一般。她看着铁木真黯然的表情，心中满是酸楚。她少女的灵魂无比渴望眼前的这个男人感受到自己的善意，可战士的尊严让她保持缄默。在那一刻她觉得自己憋得快炸裂了。

两人理智地互道“保重”，走向各自的马，各自的战士。云蔚昏昏沉沉的，不甘心就这样被爱情抛弃。她突然站住，回头看向铁木真，才发现铁木真也在看着她。

在《情书录》里，云蔚伤感地说：“那时我好年轻啊。我的脑袋轰隆隆的，快炸了。那可真是我最勇敢的时候，也是我最美的时候。你知道吗？当时你要是对我说，咱们一起去死吧，我就会和你一起去死。那时我天真地以为这样我们就可以回到幻之森，再也不用出来了。”

铁木真只是对云蔚挥了挥手，表情僵硬地说：“你记得答应我的事情！否则夏国必亡。保重！”

云蔚黯然地点了点头。

风吹过了荒野。

“风吹过了这片荒原，茫茫的人间，不也正是那永恒的迷雾吗？云蔚啊！我们这些分道扬镳的生者，和在这场战争中牺牲的死者，都是在这夜与雾里匆匆赶路的人……”成吉思汗回忆起这次离别，在给云蔚的回信里这样伤感地写道。

李云旺放下了手中的《情书录》，呆呆地看着窗外，没有雾。天边似火般燃烧着的是云朵。

我怀疑地问他：“雾成杀手，金国真有这样的本事？”

李云旺对我说：“后来我查资料，原来夏国的地层是一片煤的海洋。关于《情书录》里一切怪力乱神的事件，科学可以解释成煤层断裂，地下的瓦斯涌了出来，让蒙古大军，夏国的张力、李威大将军统率的十万雄兵顷刻间死去，那时的铁木真和云蔚无法破解这真相。而善使妖法的金国……”

我说：“赶紧打住。我的女朋友说过，如果非要用科学解释历史，就什么事情都没法聊了。”

李云旺嘎嘎地大笑起来，说：“她说得对，我都爱上她了！”

我抚摸着《情书录》，说：“我选择相信她相信的一切。”

第二章

蒙　古

《情书录》里说，铁木真站在一个高台上，突然想起了在“幻之森”里的云蔚。近乎赤裸的云蔚，溜光水滑的皮肤，幻想让他觉得自己要勃起了。草原上没有遮挡，他急忙收腹。没人知道他心里在想什么，铁木真暗暗得意。风太大，他缩了一下脖子。然后他听到台下有人咳嗽，才停止了胡思乱想，向台下放眼望去——

台下正注视着他的眼睛密密麻麻的，恍若璀璨星河流到了草原上。这片草原从来没有像此时此刻一样，聚集这么多人。这些人也从来没有像此时此刻一样寂静。

在这片寂静之前，人们遵照大萨满的意思，已经狂欢了九天九夜。九天前，大萨满对铁木真说，他做了一个梦，一个非常神圣的梦。为了知晓这个梦的秘密，他要自我封闭足足九天，然后他就在这个高台上的白毡房里闭关了。

李云旺告诉我，这个高台是用九百九十九根大树搭成的“尚喜”。相传长生天向他在人间的沟通者萨满法师传递重大指令时，为了避免被人间污浊的泥垢弄脏双脚，就只会降落在平静草原上巨大的神树或是树木搭建而成的高台上，这些神树和高台就被称为“尚喜”。作为“帖卜腾格里”，也就是“通天巫”的大萨满，相当于蒙古草原萨满教的教主。每当长生天显示了神迹，他就会在这座高台上自闭，有时三天，有时五天，出来后他就会向蒙古人解释长生天神迹之后的旨意。可这次不同，最爱热闹、吃羊腿能吃四斤、给姑娘唱歌能唱一夜的大萨满竟然要在小白毡房里待九天才出来，这个消息很快震惊了整个草原。

九天里，草原上所有的蒙古人闻讯赶来。吃光肉的牛羊骨头搭成梯子，爬到顶端能一把拽住太阳的须子。摔跤手们竞技时流下的汗水和鲜血，汇在一起能填满干涸的河床。每一个人都在提醒身边的人：“歌可不能停啊，酒可不能断啊。”许多人的嗓子唱哑了，还有许多人醉得再也找不到回家的路。

可铁木真一直坐在自己的金帐里一言不发。无论外面发生了什么，他都漠不关心。他的脑海里过了千千万万件事，心里乱成了一团麻。和云蔚告别已经快半年了，可他还是怀念在“幻之森”里和云蔚共处的那些日日夜夜。在那些简单的日子里，他就像人世间所有的普通男人一样，只用去想一件事，如何让自己和自己身旁的女人好好地活下去。

“太阳就要升到天空的最顶端了。阔阔出应该快出来了。”扎木合似乎看出了铁木真的心不在焉，轻轻地对他说道。

云蔚的印象随之在铁木真的心里灰飞烟灭。他睁开眼睛，骄傲而又慈爱地看着自己的子民们。为了他们，别说风了，就是天上下刀子，自己也不能像个普通人那样显示软弱。

所有人都紧张地看着那白色小毡包，等待着大萨满出来揭示长生天的神意。

门开了，大萨满摇摇晃晃地走了出来。他九天滴水未沾，如今面色惨白，双眼红肿，可是脸上却洋溢着喜悦和兴奋。大萨满走到铁木真的面前，跪了下来。铁木真听到大萨满声音颤抖着说："伟大的铁木真，长生天召见了我。他让我向你和这草原宣布，让你代他统治草原上的万物，他说在你的带领下，蒙古人将会把这金色的草场延伸至四海的边界。因此，他为你取了汗名——'成吉思汗'。"

大萨满站了起来，他大声地向所有人说："长生天告诉我，'成吉思'是大海，'成吉思汗'的意思就是长生天所封，四海之内最伟大的可汗！从此以后，铁木真就是草原上唯一的可汗。万物的成吉思汗，我们的成吉思汗！"

草原上安静极了，草忘记了生长，马忘记了晃尾巴拍飞虫，飞虫们站在马屁股上忘记了逃命。风都停在半空中，人们的额头都沁出了汗。太阳依然在空中，却和刚才有了截然不同的意义：今天，是蒙古草原走入统一新纪元的第一天。

人们激动得说不出话来。他们冲着高台上那个神灵一样的小黑点吱哇乱叫着，慢慢的，杂乱的噪音汇合在了一起，变成了有节奏的呼唤。

"他们在叫什么？"成吉思汗问脱里。

"他们在叫你的名字。"两个鬼魂敬畏地看着他，一起说，"成吉思汗，大海一般的成吉思汗。"

从此之后，象征汗权的九足白旄纛插在了成吉思汗的金帐顶上。九角狼牙白的刺眼，九条白色牦牛尾迎风飘摇，像是从天边飘来的神的语言。无论春和冬，无论日与夜，这神谕始终迎风飘摇。

李云旺说，铁木真成为成吉思汗，是公元 1206 年的某一个无比普通的白昼。那一天的深夜，也同样是一个无比普通的深夜。成吉思汗秘密来到自己新组建的亲卫军驻扎的军营。没有灯火，在黑暗中，一万多名战士在战马形成的灿烂草原上静默地呼吸，就像大海在呼吸。成吉思汗知道这些战士都是蒙古千户长、百户长的儿子，他们渴望像他们的父亲一样，为成吉思汗立下显赫战功，甚至渴望超越他们的父亲，为了伟大的成吉思汗战死沙场。亲卫军是万名死士组成的忠勇部队。成吉思汗如果需要他们，他们就是从天而泻的钢铁洪流，无情地吞没着世上的一切。死士们看着成吉思汗模模糊糊的身影，就像当年的成吉思汗身处长生天的怀抱中一样心潮澎湃。

成吉思汗开口了，他的声音很小，却有力且坚决。他说："我的战士们，我组建这支亲卫军，不是为了让你们保护我个人，而是我们的祖国有一个更伟大的任务，需要你们去完成……"

说到此处，他有意停顿了一下，虽然黑暗中还是一片沉默，可他能感觉到战士们的心像是狼群在捕猎时的肉体一样滚烫，对此，他很满意。他接着说道："你们肩负着的是决定大蒙古国未来的绝密使命，很危险，几乎是有去无回的事情。你们怕吗？"

战士们异口同声地说："不怕。"虽然他们连究竟是什么事情都不知道。成吉思汗笑了，说："怕也没办法了。为了这片草原，我做出了谁都不知道的牺牲。这是一个真正的蒙古男人能做的最光荣的事情。现在该轮到你们了。"

在如谜一样的夜色里，成吉思汗给人们出了另一个谜。他说："金国有远古的魔族帮助，夏国有装备了云石弓箭的麻魁女军，这两个在蒙古草原上虎视眈眈的国家都有属于自己的超级武器，可我们有什么？长生天固然伟大，可它要管的事情太多，顾不上帮我们打架，一切就只能靠我们自己了。你们真正的使命就是走遍世界，去火山口，去海底，去异族的神庙，去群山的巅峰，去一切有着最可怕传说的地方，寻找能帮助我们蒙古在战争中取得胜利的超级武器。"

成吉思汗的话讲完了，亲卫军的战士们鸦雀无声。成吉思汗说："我知道你们的沉默不是害怕，而是受不了离别。我以长生天赐予我的汗名向你们发誓，为草原牺牲的儿子，他的英灵将永生永世地成为草原的一部分。”

亲卫军的上空发出一声低沉而压抑的怒吼，那是他们与伟大君主的神圣契约。成吉思汗看着这些男人们，点了点头。他们像深夜中的潮水一样默默退去了。从此之后，世界的各个角落，都出现了从蒙古草原来的行商队。

这黑暗一下子显得空旷了。在空旷的黑暗里，他像少年时的自己一样孤独。他刚刚下令让人们去寻找攻打夏国的武器，可此时，一阵甜蜜的冲动从他的内心叛逆地涌出，那是回忆中的云蔚，还有想象中的云蔚。无数的云蔚在成吉思汗心中的苍穹里变成一个巨大的、正在微笑的云蔚，还有那双勾魂摄魄的大眼睛，这令他难以自已，也令他忧心忡忡。

李云旺解释说：“成吉思汗也是人。天黑下来想的都是人事。”

我说：“为何天黑下来想的才是人事？”

李云旺诡异地笑了笑，接着说：“但他是天神一样的人。天神不可畏，人若是天神，足以让世界惊颤千年！”

刺 青

在阿尔寨石窟和铁木真告别后，每一个夜晚，云蔚都会梦到铁木真，他在雾中，时而像爱人，时而像敌人。

半年前，云蔚回到中兴，就将发生的事情一五一十地都上报给朝廷，夏恒宗奖赏了她。可每次云蔚提起要联蒙抗金，主张联金抗蒙的求和派就会摇头跺脚地激烈反对。他们说，大夏是来自天空的国家，是云彩做成的国家，是这个世界上最圣洁的国家。大夏不应该卷入蒙古和大金的肮脏世仇，联盟金国可以抵挡蒙古铁骑，这是大夏立国之国策。

雁雪等主战派骨干的死，也成了求和派要求夏国联金抗蒙的理由。他们说如果大夏和金国打起来，这个朝廷上所有的人都可能成为肚子被掏空的亡国罪人。这句话震慑了大臣们，他们顿生被人切肤被掏掉五脏之痛。为了驱除这疼痛，他们磕头泣血地赞成联金抗蒙。云蔚和残存的几位主战派元老势单力薄，每当他们在争辩中被求和派驳斥得体无完肤时，云蔚就无比想念雁雪等死去的战友。

云蔚知道自己彻底失败了，夏国与成吉思汗的战争是不可避免的。她心灰意冷，唯一能让她提起兴趣的事情，就是拿着死者身上共有的白云神刺青图案，走遍中兴城的大街小巷，探访这个图案的底细。

在《情书录》中，她回忆起那段灰暗的日子，对成吉思汗说，她知道求和无望，只能和成吉思汗在战场上相见，便不愿再跟他联系。她心里觉得自己能做的事情只剩下两件了，一件是为大夏战死，另一件就是为战友们报仇。她总觉得，三个人共有的这个神秘文身在提醒她，真相并不仅仅是金国杀手剿灭夏国主战派这样简单。可她探访了所有的刺青店，没有一个人知道这个刺青的来历。

铁木真在草原上称“汗”的消息传到夏国的时候，来使顺便给夏恒宗带了一封成吉思汗写的信。在信里，成吉思汗最后一遍劝夏恒宗联蒙抗金，否则他就会带着蒙古大军来到中兴亲自割下夏恒宗的头。

那时，夏恒宗刚用完大麻。他看到自己在云海中飞翔，这个消息生生地把他拽回到自己的龙床上。他连夜召集文武百官开会。他问躲在龙椅后面的帐子里听政的罗太后：“怎么办？”罗太后不答，只有微微弱弱的诵经声从帐子里传来。他问文武百官：“怎么办？我们该怎么办？”无人敢答。

就在这时，云蔚站出来说：“这是我们最后的机会了。我们该联合蒙古，跟一直压迫我们的金国决一死战。”话音未落，罗太后咳嗽了几声。

“不行！”李遵顼和其他求和派像以往那样，从人群中冲了出来。李遵顼咆哮着：“谁要挟大夏谁就是逆天，谁就罪该万死！夏国和金国抗衡，纯粹是自寻死路！蒙古若是敢来侵犯，臣愿和蒙古决一死战！他铁木真凭什么当四海之‘汗’？”求和派们跪在地上使劲磕头，李遵顼磕得脑袋都破了，血流在地上把白石砖地洇红好大一块。

云蔚还想再说些什么，李安全走出来浑身哆嗦地拉住了云蔚。夏恒宗指着李安全痛骂：“云蔚怎么有你这样一个废物爹！”李安全额头上冒出了一层黄豆大的汗珠，口中喃喃道：“皇上骂得对。”然后，他白眼一翻晕死了过去。

夏恒宗问求和派：“死战是怎么个死法？又是怎么个战法？”众人无言，低头看地，一个劲喃喃：“陛下，陛下。”夏恒宗气得站在龙椅上大骂：“平时我想玩个野姑娘你们一个个都跟为了大夏社稷要活剐了我似的，现在嘟哝个陛下就想打发了我。我告诉你们，中兴城被攻破那天，我一定得亲眼看你们殉国了再去死。一帮老饭桶！老骗子！”

夏恒宗的药劲彻底过去后，他已经骂晕了两个年老的大臣，还有好几个被骂晕了。夏恒宗也累了，跳下龙椅坐在上面喘着粗气。他眼前一阵阵发黑，挥挥袖子，百官都长出一口气，那两个已经被骂晕的老臣也缓过劲来，放了个屁，然后混进群臣中，他们像一群水母般无声地游出了宫。

夏恒宗睁开眼睛，只剩下云蔚一个人孤零零地站在大殿上。夏恒宗问：“你怎么还不走？”

云蔚说：“雁雪生前待臣如母亲对女儿。母亲为国捐躯，女儿不能走。”

夏恒宗狂笑，指着大殿上历任皇帝的画像，说：“好样的！列祖列宗你们看到了吧？大夏最忠诚的除了我，还是女人！”

云蔚说：“对大夏忠心、愿为它捐躯的还有麻魁军，以及让各国胆寒的三十万铁血将士。他们都愿意为大夏的明天和无仁义的金国死战到底。”

夏恒宗挠挠脑袋，提上了鞋，走到了云蔚面前，仔细地观察着她不悲不喜的面孔。他苦笑着，挥挥手说："你是好孩子，可这事太大了，我做不了主，你走吧。"

云蔚黯然，说："陛下是大夏的君主，在臣看来，那是唯一能保大夏平安的办法。"

夏恒宗没有说话，从袍袖里拿出了一把发着荧光的草药，凑在鼻子前深深地吸了一口，跌坐在龙椅上睡着了。云蔚知道，这种草药是金国从草原上漫地的麻黄草中提纯特供夏国的，在毒市上被称为金麻叶，夏国人都好这一口，夏恒宗尤甚。云蔚恨透了金国这帮祸害夏国的坏蛋。

云蔚走出皇宫，心中茫然失措，不知道自己该去往何方。环顾四周，她看到了街边聚集了一群贵妇和名媛，透过人群的缝隙，她看到了卖红布的红熊和他那如同血在烧燃般鲜艳的红布，她猛然想起来上次见到红熊时，她正和雁雪并肩作战捉拿噬心，不由得伤感起来。红熊冲她招手，云蔚走了过去。

红熊对她说："云蔚公主，看你的脸色不是很好啊！买我的红布吧，给自己做一条红色的舞裙，穿上它，你一定就是人间最美的女人。再不开心的事情，到时也会烟消云散啊！"

云蔚苦笑道："红熊啊红熊，我真不明白，为什么你的布能这样红？"

红熊凑到云蔚耳边，小声地说："云蔚将军，今天是看你不开心，我才把这个秘密告诉你。换成别人，就是亲爹娘死了也别想让我同情。我的红布之所以美，是因为我的染料里有一道秘方，切碎的红曼陀罗花瓣。这可是我的独家秘方，你不能告诉别人啊！"

云蔚看着他故作神秘的样子，不由得哑然失笑。此时，她看到在对面，一群人如同行尸走肉般在大街上游荡，向来来往往的人们散发着传单。云蔚皱起了眉头，她认得他们。在历次的战争中，都有丢失了孩子的父母。有些人认清了现实，知道在乱世中即使孩子没死，也不可能再找到了，于是就怀揣着愧疚与痛苦，选择了重新生活。而这群人则截然相反，他们坚信自己一定能找到自己的孩子，生要见人死要见尸。在漫长的寻亲路上，他们彼此相识，相互扶持，渐渐的，变成了一个小团体。夏国人给他们起了一个名字，叫“不幸人”。谁都不爱看到他们，觉得晦气。每当天空阴云密布，下起了小雨时，夏国人就会感叹：“看来，‘不幸人’又来了啊！”

一个表情凄楚的男人走到了云蔚的面前，向她问好。云蔚说：“张才，我不是和你们说过好多次，不要来首歌吗？”

张才是这群人的领袖。他向云蔚鞠躬，说：“公主您行行好吧！这里聚集了咱们国家最有钱有势的人，万一有哪位老爷发善心，愿意帮我们找孩子呢？”

张才的眼睛里闪烁着希望的光，这让云蔚心中十分酸楚。她说：“这里的人只想着自己，他们是不会帮你们的。张才，放过自己吧，往前看吧。”

张才倔强地摇了摇头，说：“我一定会找到我的儿子。”他把一张印有他儿子头像的传单塞到了云蔚的手里，转身离开了。

负责巡逻的卫兵走到了云蔚面前，耳语道：“用不用把这些扰乱治安的人赶走？”云蔚恶狠狠地说：“混账，他们哪里扰乱治安了？他们是世界上最可怜的人！”那卫兵讪讪地离开了，那群“不幸人”也离开了。

此时云蔚看到父亲站在道边，在冲自己挥手。他似乎一直在等她。云蔚走了过去，说：“你没事吧？”李安全笑着沉默。云蔚说：“就知道你是装的，你刚才拉我干什么？”

李安全叹了一口气，说：“人们都说你疯了。”云蔚说：“那你觉得我疯没疯？”

李安全苦笑着说：“全朝廷的男人都跟在罗太后屁股后面，巴结金国，去和蒙古决一死战，而你一个姑娘要联蒙抗金！云蔚，你不要忘记雁雪是怎么死的。”

云蔚说：“我一天都不敢忘，她没有战死在蒙古人的战刀下，她惨死在金国魔族的陷阱里。”

李安全用一种很奇怪的眼神望着她，说：“你就这么想为国捐躯？我真奇怪你究竟是不是我的女儿。”

云蔚说：“我是大夏的女儿，更是大夏的战士。”

李安全还想说什么，一辆充满胭脂香味的马车穿过整条街停在了他的身边。马车门被打开了，里面的白熊皮上躺着一个近乎赤裸的女人，眼神涣散地看着这对父女。

云蔚冷笑着说：“我还以为你是在等我，没想到你是在等首歌城里最红的妓女如月。”

李安全哈哈大笑，说：“我又不傻。我知道我的女儿一旦有了主意，十头牛都拉不回来！你看她的肩胛，是不是光滑得像一轮明月？管它蒙古还是金国，我只想醉死在里面。”他跳上了马车，骏马一声嘶鸣，扬起了一路烟尘，消失不见了。

云蔚的心里乱得像一团麻线，她对藏在自己心里的铁木真说：“实在抱歉，让你失望了。可如果你要来，我必须得和你决一死战。”她知道只有回到自己的部队中去，做好对抗蒙古的准备，即使是死，也要在成吉思汗面前死得体面，亡得有尊严。

《大藏经》

几天后的一个下午，云蔚正在对她的战士们进行魔鬼式的集训时，她看到一个小和尚摇晃着大屁股跑到了她的面前。他大汗淋漓，呼出的气息像是拉车的马驹的呼吸般滚烫。小和尚对她说：“太后唤你去趟万佛殿。”

云蔚到达万佛殿的时候，夏恒宗已经到了。他站立在面对佛像念经的罗太后一旁，屏声静气，像是罗太后的宠物。看到云蔚进来，夏恒宗点头示意。云蔚听到罗太后对夏恒宗说：“皇帝，给佛祖上根香吧。”罗太后把香递到了夏恒宗的手边，夏恒宗接过来，只是苦笑。罗太后看了一眼佛，又看了一眼他，眼神像佛的形态般庄严肃穆。她问夏恒宗：“我们不是说为了拯救大夏，要尝试所有的办法吗？”夏恒宗犹豫了一下，把香烛敬在了佛像面前，说：“什么办法都试，为什么就不试试打破老传统，和蒙古一起抗金？”母亲轻声地叹了一口气，说出了一句让李云蔚毛骨悚然的话，因为这句话她再熟悉不过，之前雁雪等三个惨死的将领也说过同样的话：“内忧外患，这是天谴大夏啊！”

夏恒宗咳嗽了一声，别有深意地看了一眼云蔚，罗太后像是从噩梦中醒来一样，住嘴不说了。夏恒宗问母亲：“母亲，我觉得我变了，你看我是怎么了？”罗太后看了他一眼说：“儿啊，你的额头上多出了三道皱纹。”夏恒宗听了罗太后的话，脸上露出了一副恍然大悟的愚蠢样子，这让云蔚觉得恶心。夏恒宗悲伤地摸着自己脸上的三道皱纹，说：“这一道属于凶残的蒙古，这一道属于卑鄙的金国，还有一道是我实在想不出来对付豺狼的办法，愁的啊！我可怎么办哟，母亲，我可怎么办哟。”夏恒宗哼哼唧唧地伏在罗太后的双膝上号啕大哭了起来。罗太后抚摸着儿子的头，对儿子说：“念经吧！烧香吧！信佛吧！从善吧！佛祖会给你指出一条明道的……”

夏恒宗哭啊哭啊，罗太后说啊说啊，母子俩的声音此起彼伏，循环往复，像是大小和尚念经。不知道过了多久，夏恒宗抬起头来说：“我哭累了。”罗太后说：“我也说累了。”夏恒宗站了起来，恢复了一个皇帝的样子。他问罗太后：“佛真的能解决我的问题？”罗太后说：“我知道，佛也知道，你不会信佛，你只是想解决你的问题。儿啊，你就死马当活马医吧！”

夏恒宗嘿嘿地笑了，他问：“究竟怎么个医法？”罗太后说：“抄经吧！抄经的时候佛祖就能听到你心里的呼唤。你派人把大夏所有的《大藏经》都抄一遍，然后你抄最后一本的最后一遍的最后一段。佛祖就会降临，带我大夏走出险境。”夏恒宗想想，叹了口气说：“白云神也好，佛祖也好，我现在是有枣没枣都打一竿子吧！我静心抄佛经，母亲，我听你的。天下没有害儿的母亲。”

夏恒宗站了起来，罗太后也站了起来，她走到云蔚面前，慈眉善目地说：“你为什么要不断地劝说我儿子勾结成吉思汗和金国作战？”罗太后问云蔚这句话的时候，这个大夏国最有权势的女人和蔼的脸就像一朵又大又圆的荷花。

云蔚说：“不是勾结蒙古，是联合蒙古。”

罗太后冷笑着说：“你作为一个麻魁军首领，责任是和任何一个敢来侵犯的敌人死战到底，而不是去告诉我儿子他该臣服于谁。那是我的责任。”

夏恒宗的毒瘾又犯了，赶紧要抽大麻，众宫女忙侍候，他嚷嚷说：“要金国特供的金麻叶！不要当地的土劣货！”一口金麻叶吞下，他像个低能儿一样拍着手，高兴地喊道：“金国就是他妈的地道！知道我大夏爱什么，本皇爱什么！成吉思汗有甚？蒙古的羊膻顶风能把人呛死！我定了，大夏国皇帝定了，死战到底！跟蒙古人死战到底！只要有大金国的金麻叶，爱谁谁了！成吉思汗能把金麻叶给我？”

夏恒宗又带出了哭腔。罗太后心疼儿子，狠狠瞪了云蔚一眼，转身去抚慰皇帝说："有佛爷罩着哩，大夏命长着哩！我儿不怕，不哭……"

云蔚还想说话，罗太后对夏恒宗说："亲爱的皇帝，就把云蔚公主和她的麻魁军派来帮我抄《大藏经》吧。她们到了成亲年龄不成亲，憋得一个个胡思乱想，抄经可以让她们心静……"夏恒宗跺着脚拍着手，像个白痴似的傻笑大喊："麻魁军抄经！好！好！"

告别了罗太后，夏恒宗和云蔚一起走出万佛殿，夏恒宗突然一把拉住了云蔚，他的癫狂在太阳光下突然消失得无影无踪。他非常平静地对云蔚说："我听说你和铁木真一同迷失在黑森林里，现在，你和他还有联系吗？"

云蔚不敢相信自己的耳朵，她结结巴巴地说："陛下什么意思？"

夏恒宗说："我早就想和蒙古联手抗金了。"

云蔚看着忽闪着一双大眼睛的夏恒宗，说不出话来。

"你知道我怎么能当大夏国皇帝这么久吗？"没等云蔚答话，夏恒宗坏笑着说，"就是因为遇到事的时候，我的母亲让我往东走，我偏朝着西走，这就是我的成功之道。成功人士都不听母亲的话！"夏恒宗看着云蔚，一字一顿地说："记住，这是我的圣喻！"

李云旺说："历史上的夏恒宗，从小就是个问题少年。我这里关于他的不良记录多了去了，这得感谢大夏国刚直不阿的史官。他刚登基时，在御酒里撒尿，赏给众大臣喝。史官如实记下，后被夏恒宗剜去了左眼珠。有一天他没有金麻叶抽，在朝堂上发了疯，自己赤身并令众臣裸体一同议政，还令宫女暴露上身、太监裸露下身侍候。那次朝议的是流民禁入四歌地区，宋人入'壁'不用签证，二歌地区统统对暗娼开放，渐与官妓同工同酬等民生外交大事。裸身议政，又被那位瞎了左眼的史官如实记录，因此史官又被剜去了右眼珠……"

我说："有点变态吧？这是真的假的？"

李云旺说："我家几十代人用了快八百年的时间干什么了？就是翻阅大夏这点破事。我给你说吧，仅夏恒宗当朝时，史官共被剜去十七颗眼珠，削去十二个鼻子，骟去八颗卵子……"

我说："云蔚和这样的昏君谋事能有个好？"

李云旺说："和明君就有好？是君就是草地上的大牲口！"

我看着山一样魁梧的李云旺，不禁暗忖："高手真的在民间。"

太阳底下，万佛殿前，脸色青黄的像庙里的小鬼似的夏恒宗，打了个哈欠说："本皇早想收拾金国这帮混蛋了！金麻叶里掺假，还他妈大夏国专供！我傻瓜啊？"

云蔚觉得什么家国天下，突然感到自己和大夏的人民在夏恒宗这些人眼里其实什么都不是，就像那一行行在草地上徒劳奔跑的蝼蚁，她内心中感到一阵悲哀。

夏恒宗对云蔚说："请你用你的办法转告成吉思汗，我打算在《大藏经》抄写结束的庆典上，把夏国这些保守的老顽固，包括我的母亲罗太后统统软禁，然后起兵和他一起攻打金国。"夏恒宗提出的一个条件是，克金后，大夏要实行金麻叶的彻底垄断。云蔚心中有些凄凉，但还是答应给铁木真传送消息。

深夜，云蔚冲天空唱歌呼唤风玉，风玉悄然而至。风玉听后忧心忡忡地对她说："云蔚，这国不救也罢！实际上，我这是在害你。要是被别人发现了，你会被求和派以私通敌国的罪名千刀万剐。我家人世世代代传信，这样的惨剧见得太多了。别看我们是鸟，可也有颗心！"

云蔚说："如果有万分之一的可能性，阻止大夏被战争毁灭，哪怕被锉骨扬灰，我也是愿意的。"

云蔚说这话时的眼神，风玉再熟悉不过。他说："云蔚，你一露出这样的眼神，我就知道怎么劝你都没用了，你好自为之吧。”风玉挣脱了云蔚的拥抱，长啸一声，变成海东青，飞入了漆黑的夜空。

云蔚对着清冷的夜空喊：“风玉，带好消息给我！”

在等待成吉思汗回信的日子里，云蔚带着麻魁军的姑娘们走遍了整个西夏，把国境内能找到的《大藏经》全部呈放到了罗太后的面前。罗太后花费重金，从世界各地请来了几十位高僧，整日从黄昏到黎明，跟她一起抄写经书。那段日子作为看守万佛殿的守卫，云蔚觉得自己的神经快要崩溃了。她实在想不明白，为什么要把麻魁军这样的王牌部队派来守庙。每天听着晨钟暮鼓，不少女兵反应，别说杀人的勇气了，现在走在大街上突然出现个好看的小伙子心也不跳了，看都不想多看一眼了。

同样崩溃的，还有夏恒宗。罗太后和他的高僧们抄经抄了足足有三个月，才抄完了四卷。夏恒宗说，照这个速度，等把《大藏经》抄完了也过去八百来年了，那时世界上不会再有大夏只会有大夏的故事。为了加快速度，他的智囊团为他出了个主意，从南宋请来了一个可以御剑的道士。

夏恒宗问他：“能御剑，能不能御笔？”道士不屑地“哼”了一声，面对地上放着的几十根又粗又大的狼毫笔，闭目凝神，大喝一声“起”，只见笔们像是幼儿园里刚刚睡醒了午觉的小孩子们，晃晃悠悠地飞到半空中，把笔头都朝着道士。道士说：“孩儿们，各就各位吧！山上道爷们明年过冬的棉服，可全靠你们了。”笔们轻轻点头，各找各的白纸，各翻各的经书，道士又大喝一声“抄”，笔们就开始摇头晃脑，洋洋洒洒起来。夏恒宗大喜，指着那道士说：“好！就是你了！”从此之后，道士每天在万佛殿行走，罗太后抄经的速度果然快了起来。

这天，风玉来了，对云蔚说：“成吉思汗回话了。”说着递上一封秘信，云蔚接过后迫不及待地拆开，信纸上的字迹正是成吉思汗的。信的内容很简单："两天后，石窟见。"云蔚忽然觉得自己很奇怪。在她内心深处，首先想到的竟然是见这个男人时，自己要穿什么衣服，而不是如何去和他谈判。

到了见面那天，云蔚穿着一件白衣白裙，在黄昏的晚霞里，像是天边的一朵云。成吉思汗一看到她，眼睛便亮了。对于他的这个反应，云蔚很满意。

阿尔寨石窟的众佛无言地凝视着他们。成吉思汗说："本来我可以派心腹来的，可我自己来了。"云蔚问："为什么？"成吉思汗说："因为我想见你。"云蔚的脸红了，她说："我很高兴。"他又说："你说有事关两国人民生死的大事，现在你看着我的眼睛，把这件事告诉我吧！"云蔚看着他的眼睛，那双眼睛像是一双手，似乎要在对视中攫取她的灵魂。她不由自主地问他："看着我的眼睛，你就以为能看出来我是不是在说谎？"他点了点头。她又问："你就这么信任我？"他说："不信任你，我就不必来了。"她沉默了一阵，把夏恒宗的计划一五一十地告诉了他。

"就为了垄断金麻叶？"看到铁木真眼神里飘过的一丝狐疑，云蔚的脸红了，这块泛过的红晕与爱情无关，她是为夏恒宗而羞愧。

铁木真沉默了。在他沉默的时候，扎木合的鬼魂和脱里的鬼魂在他的头顶飞翔，从这个佛像的身上，跳到那个佛像的身上。他们激烈地辩论着，这件事情究竟是一个转机，还是一个陷阱。铁木真在决断大事时，很愿意听这两位死敌的意见和争论。这两位死敌真正做到了知无不言，言无不尽。此时，任凭心里千军万马掠过，铁木真只是看着云蔚的脸。这件事究竟是真是假，对他并不重要，他只是在猜测，眼前的云蔚说这番话的时候，究竟有多少是真心，有多少是假意。

看着脸上阴晴不定的成吉思汗，云蔚急了。她说："时间不多了，在我们的皇帝发动政变的时候，需要你的帮助。你的军队和我们里应外合，大夏和蒙古就会迎来一个新的时代。”

成吉思汗回答道：“我明白了，我相信你对我说的话是真心的。”她刚松了一口气，成吉思汗接着说：“但我无法相信你们的皇帝夏恒宗。”

云蔚愣住了，是啊！她怎么能确定夏恒宗不是在通过欺骗她来欺骗成吉思汗呢？她能像眼前这个人一样，通过双眼就能看透人心吗？她凭什么为自己的双眼担保，她又凭什么为夏恒宗担保？云蔚觉得自己的嗓子里被人灌进了铅水，对于她的祖国，对于她死去的战友们，这是最紧要的关头，可她一句话都说不出来。

成吉思汗说：“但我会试着尽量相信你。在你们政变的那一晚，我的军队将在夏国边境集结。当你在中兴城的‘壁’上燃放焰火时，我自然会看到。那时我的军队会冲入夏国，帮助夏恒宗铲除他的敌人。可如果你不出现，我会带着我的战士们撤退。”

云蔚愣了，她说：“你凭什么信任我？”

他回答道：“因为我们闯出了幻之林，我们两个都没有死。云蔚，这是我能做的全部了。”这句话他没有说全，他希望云蔚能听明白，他的意思是：“这是我所能为你做的全部了。”可云蔚低头不语，他知道，她心乱如麻，他只能默默祈祷，云蔚会在某一个时刻想起今日的他所做的决定，明白他的心意，他已将全部的赌注押在了她的身上。

云蔚咬咬牙，说：“好。中兴城的天空，那晚一定会燃起焰火。”她转身想走，他不知道从哪里来的一股勇气，拉住了她的手，像在幻之林里两人一起渡过那条波涛汹涌的大河时一样。她没有说话，只是看着他。那股勇气又消失了，成吉思汗尴尬地松开了手，像一个将军对一个战士交代任务般说：“发动一场政变，往往九死一生，我祝你能够成功。你可一定要在政变里活下来啊。我会在这里等你，我们痛饮一场，庆祝你说的那个新时代的到来。”云蔚点了点头，说：“新时代一定会到来，准备好你们蒙古最好的酒等我吧。”说罢，她转身离开了石窟，在他的目送下，消失在了海一般的夜色中。

云蔚回到中兴，向夏恒宗汇报了成吉思汗的决定。夏恒宗把牙咬了又咬，把脚跺了又跺，痛骂了一通成吉思汗的狡猾。然后他一把拉住了云蔚的手，对她说："这件事必须要干！无论蒙古人帮不帮忙，为了大夏，为了金麻叶，必须把我的母亲和她的势力铲除了。”看着无比坚定的夏恒宗，云蔚问出了那个一直堵在她嗓子眼的问题："罗太后不反抗，皆大欢喜。可如果遇到反抗呢？”夏恒宗说："云蔚啊，明天是决定大夏命运的日子。你心里只要想着大夏就好了。”

在道士写废了一仓库狼毫笔后，这一天终于到了。全大夏的政要和贵族都聚集在万佛殿，麻魁军作为护卫军进驻万佛殿内外，每一个士兵都是云蔚的心腹，她们高度戒备严阵以待，只等云蔚下了命令，就会发动政变拿下罗太后。

云蔚站在万佛殿的最高处，望着人群和片刻之后必将成为焦点的高台，忧心忡忡。

突然间，法螺齐鸣，香火缭绕，罗太后在那几十位高僧的簇拥下走上了高台。她闭目念经，所有人效仿。大殿上庄严肃穆，佛祖慈悲，没有丝毫腥风血雨的征兆。诵经完毕，罗太后睁开眼，看到她的儿子夏恒宗走上了高台。她将笔递给了他，说："抄经吧，大夏将会因为你的善行，受到佛祖保佑的。”

夏恒宗拿起了笔，却没有在那纸上抄经，而是把它掰成了两截，人群哗然。有政治敏感度高的想跑，云蔚大喊一声“封锁万佛殿”，所有的出口和窗户边一瞬间都出现了持刀戒备的麻魁军。

罗太后铁青着脸问夏恒宗："想干什么？”

夏恒宗说："母亲，佛祖救不了大夏，也救不了你。我还是给你找个庙，你想念经念经，想吃斋吃斋去吧。”

那道士大喝一声：“不得对太后无礼！”他挡在了罗太后身前，口中念念有词。云蔚看到战士们的刀在道士的法术里蠢蠢欲动，像是即将要脱离刀鞘，她抽出云石箭，瞄准道士的脑袋射了过去，道士扑地，刀又回到了鞘里。

夏恒宗说：“我的母亲哟，请不要让史官在史录上把今天记录得特别丑陋和血腥。我也不想再把他们的眼珠剜掉。”

罗太后叹了一口气，说：“你永远不该小看神佛，他们法力无边。”

夏恒宗冷笑，道：“我的母亲哟，你眼开佛眼看看，麻魁军已经把这里围得鸟都飞不进来一只，你还能怎么样？”

就在云蔚要奔向九歌在“壁”上点燃焰火时，罗太后仰天狂笑了起来。在狂笑声中，大殿里，突然传来“轰隆隆”的声音。人们惊讶地看着大殿上那些袒胸露乳的佛像脑袋裂开了，肚子裂开了，嘴巴裂开了，一瞬间，戒备森严的万佛殿多出了数十条暗道。数千名铁甲兵手持长矛巨斧包围了夏恒宗，也包围了云蔚和她的麻魁军。

在惊异中，云蔚看到她的父亲李安全在李遵项等求和派成员的簇拥下走出了暗道，走到了罗太后身边。云蔚这时才明白，玩起阴谋来，小的永远斗不过老的。一切正如成吉思汗所言：夏恒宗是不值得信任的，他过于高估了罗太后的母性。在他想发动政变推翻罗太后之前，罗太后的大网早就笼罩在了他的头上。这也是罗太后为什么指定麻魁女军来执行防卫任务的原因了，她要把一切反对她的势力统统铲除掉。而为罗太后出此计谋的正是李安全。

夏恒宗苦笑着对李安全说：“真没想到我会败在你这个废物手上。”

李安全指指他，又指指自己，说：“好奇怪，我怎么这次没晕过去？圣上，吾皇，你骂啊，你再让我们赤肚子议政啊？你再让我们喝你的龙尿啊？”

夏恒宗对李遵顼说：“你可是本皇一手提拔起来的，你怎么敢背叛我呢？”

李遵顼脸红了，说：“我是陛下您一手提拔起来的，可比起爱陛下，我更爱我们的大夏国啊！”

罗太后说：“儿啊，你永远是我的儿，在我的眼里你永远是吃屎的娃！可大夏需要的是一个皇帝，不是一个把他拖向战争深渊的人。”

夏恒宗苦笑着说：“草原上燃烧着的野火，难道还会专挑一个方向的草地焚烧吗？”就在罗太后等人品味他这句话的时候，夏恒宗突然怪叫一声，扑到了罗太后身上。这对亲生母子当着所有的佛和所有的人厮打在了一起。他们打肿了对方的脸，撕烂了对方的衣服。众人不知所措，李安全捻须道：“让他们母子打！看看狗脑子能打出猪脑子？”

此时此刻，云蔚觉得自己陷入了一个由白云神编织的天大的蛛网里，动弹不得。云蔚抽弓搭箭对准了李安全，麻魁军的战士们则紧随其后。铁甲刀斧手们把李安全和罗太后紧紧地围在了中间。李安全大笑着说：“你算什么，女儿？这铁甲是专门为了你的云石弓特制的。快投降吧，我和太后都谈好了，你年幼无知，我们不办你的罪。你乖乖回家去，明天又是新的一天，你该干吗干吗。最好是找个男人把自己嫁了，除了铁木真，大夏、金国的男人任你挑！”云蔚暴怒，可被夏恒宗阻止了。

夏恒宗惨笑着对她说：“你父亲说得对，算什么。我们失败了，不要忘记我对你说的话，你是麻魁军的首领，你的心里要永远装着这个国家。”

李遵顼也为云蔚求情，对罗太后和李安全说：“云蔚公主率麻魁军已有多年，对国家赤胆忠心，定是大夏栋梁……”

李安全道：“我的女儿我知道。她为大夏国想杀老夫，可老夫为了大夏国决不会杀她！”

夏太后道："看看，这就是老人！这就是爹娘！"她哭着，说着，随手劈了夏恒宗一个漏风的巴掌，"你这吃屎的娃啊！"

国争变成了家闹。于是，麻魁军和铁甲兵都刀枪入库，夏恒宗被夏太后揪着一只耳朵，揪回了后宫。夏恒宗哎呀呀地尖叫着说："母亲，我的母亲，我不当皇帝了成不成？"

李安全大摇大摆地坐在了龙椅上，耸着鼻子嗅了半天，道："咋一股屎味？"

在云蔚后来写给成吉思汗的一封信中，她再次回忆起她迫于无奈放下了云石箭的这一幕，种种复杂情绪混合成了苦涩的眼泪，将信上的字迹打湿，变成了一页无人能够解读的天书。

那晚，成吉思汗和他的大军在西夏边境等待了一夜，直到黎明的旭日从东方升起，他还是没有看到中兴城上空升起的烟火。在班师回营的路上，成吉思汗黯然神伤，他知道，无论中兴城里昨晚发生了什么，如果她还活着，他们都注定是敌人了。在那一刻，他无比盼望她已死去，就像一个中年男人被初恋情人约出来见面时，在奔赴约会地点的路上时所想的那样。

同样是在1206年，同样是一个无比普通的清晨，云蔚的父亲李安全继位，成了大夏的第八位皇帝，史称"夏襄宗"。

夏襄宗即位后的第一件事，是把首歌中兴广场上的那座夏恒宗的神像推倒了，在原址上立起了自己的神像，比之前那座更高更大。他做的第二件事，是让被赶下皇位的夏恒宗不到一个月就得病暴毙了。据李云旺说，夏襄宗特意为夏恒宗建了一座金宫，里面堆满了金国送来的金麻叶，几十位太监、宫女们轮流逼着夏恒宗不停地吸食，几十天不舍昼夜，直至夏恒宗气绝。而为夏襄宗上位立下汗马功劳的罗太后，在给金国连上三封奏折，泣求金国承认夏襄宗帝位的合法性后，也在一天的黄昏突然永远地消失在了万佛殿的佛堂上，再也没有人见过她。

李云旺瞪起大眼睛看着我说："这就是历史！"其表情很复杂，让我的后背都有些发凉。李云旺像一个哲人对我说："历史的背面，就像煮饭的锅底，谁家都是黑的。"这让我倒吸几口凉气，不由得对历史的阴阳两面，充满着头皮发麻般地敬畏。

夏襄宗做的第三件事，是在金国特使的监督下，向世界表明他的立场，知会大宋、金国，告之北方草原，夏国永远不会对蒙古臣服。"哪怕只剩一兵一卒。"夏襄宗顿了顿，清了清嗓子，才看了一眼云蔚，"我也会和成吉思汗死拼到底！"夏襄宗很激动，竟然很痛快地放了一个响屁。他身旁的宫女不敢笑，脸憋得像下蛋的小母鸡，太监们一脸诡异。夏襄宗恰到好处地甩甩袍袖，说："血战到底！"

云蔚木然地站在殿上，胸中像翻了江，她的心在流泪，她想这是亡国的诏书，夏国和蒙古和平结盟的可能性一点都没有了。

而雄踞在黄河北岸蒙古高原上的成吉思汗知道，只有把夏国打服了，蒙古才能毁灭躲在夏国身后的金国。他也知道，死羊眼般的夏国，将是他此生最难啃的一块骨头。而云蔚公主是世上最柔软、最有温度的一块骨头，让他吞不进去，吐不出来。他跪在青山之巅，仰望长生天，大喘着气问："你说的心，就是此物？"

破　城

五个月后，成吉思汗站在夏国的重要关隘——斡罗孩城对面的高山上，和为了迎击他而站在斡罗孩城城墙上的云蔚，一起目睹了一副惨烈无比的画面。他们看到蒙古军队和夏国军队像两条即将解冻的巨河汇流般碰撞到了一起，大地都为之颤抖。他们看到蒙古帝国血红的战马群和夏国雪白的战马群碰撞在了一起，战马们在无比神圣的将死之际痛苦地呻吟。他们看到蒙古青年的刀刃和夏国青年的刀刃在对方头顶上呼啸而过，碰撞在一起。在一个个生命倒下所扬起的尘埃中，一道道血和另一道道血在大地上的坑洼里继续心有不甘地代替它们已经去长生天的主人们继续殊死搏斗，再次碰撞在了一起。

面对这惨烈的景象，成吉思汗却无比冷静，似乎血液都已冻结，再也不会流淌。他的目光越过了这躺满死尸的土地，死死地盯着那个在斡罗孩城上似乎也在注视着自己的小白点。他对自己感觉到好奇，他在想自己如果和云蔚再次面对面，会和她说些什么。也许什么都说不出来，就像眼下在战场上的战士们一样，只好哀鸣这生和死，咆哮这生和死，歌颂这生和死。

五个月来，云蔚在这里率领着夏国军队对蒙古人进行了殊死的抵抗，却与成吉思汗避而不见。现如今，夏国军队快打光了，斡罗孩城今天迎来了蒙古军队最猛烈的攻势。天地莽莽，可成吉思汗的眼里只有对面城头上的那个小白点，他知道那就是云蔚，他也知道云蔚也正在看着他。

不知不觉中，黄昏来临了，双方休战，开始打扫战场，准备迎接晚上的死战。哀鸿遍野，到处都是残肢与血迹，蒙古伤员和夏国伤员痛苦的呻吟响彻天空，单听这声音，竟都是一样的人类。

大战在即，成吉思汗躲在自己的金帐中，谁都不见。人们都以为他在整理思绪，可他只是在给云蔚写信。在信里，他劝云蔚为了一城百姓，开城投降，他将保证这座城市不会被战争毁灭。信中还写道，两国恶战的五个月里，来自天边的风经过斡罗孩城，都会沾染上一片血红。每次他眺望斡罗孩城的城顶，都在寻找云蔚的身影。可找到了，又能怎么样，他不知道。作为战士，天地之大，我们却只能在这样的场合相遇，也许这就是命运吧。在信的结尾，他这样写道："我亲爱的云蔚，也许明天的斡罗孩城，会和明天的太阳一样新鲜。一切都像是没有发生过。投降吧！作为一个战士，你只有活下来，才有反败为胜的可能。"

一只海东青路过，他把这封信投了出去。在晚霞如血般染红天空的时候，风玉带着一封云蔚的回信飞到了成吉思汗的金帐里。信写得也很简单："我将战斗到我死为止。"

太阳彻底落山了，星辰和月亮闪耀，成吉思汗叹了一口气，看着风玉投入夜空的身影，他冲阵中的千军万马挥了挥手，然后巨石砸向了斡罗孩城的城墙，瓦砾粉碎后溅到了天上，和女人们的眼泪混合，变成了尘里的雾，雾里的雨。

云蔚不顾天上乱飞的巨石，骑着马穿行于街道，挥舞着战刀高声鼓舞斡罗孩城的军民坚守这破败了的城市。她看到一群人从废墟的瓦砾中匆匆奔来。云蔚仔细一看，是那群到处寻找自己孩子的"不幸人"。他们每个人手中还抱着一个不住啼哭的孩子。她拦住了他们的领袖张才，说："你们这是干什么？"张才气喘吁吁地说："每次打仗，都有孩子找不到父母了。我们就把这些孩子聚集到一起，等战斗结束了把他们还给亲生父母。云蔚公主，您说，这次我还能活着把这些孩子交到他们的父母手上吗？"云蔚看着善良的张才那恐惧的脸，拍拍他的肩膀说："我们会战斗到最后一刻的。"

那一夜，敌人的尸体在云蔚的脚下堆成了小山。可倒下一个，后面就会冲上来两个。不知道打了多久，云蔚连抬抬手指头的力气都没有了。就在她准备以身殉国的时候，原本喊杀震天的城池，却突然沉默了，如生者和死者头顶的天空。云蔚跑到了城墙上，瞠目结舌地看着战场，黑暗中，蒙古人撤军了。

第二天，云蔚站在这座城的废墟上，看到张才他们把从战火中救出来的孩子还给父母，她的心中感到了无限欣慰。

战士们押来了一个蒙古俘虏，他告诉云蔚，经过了五个月的鏖战，蒙古军队的粮仓全都空了。云蔚这才恍然大悟，昨天蒙古的攻势之所以那么猛，是因为那是他们能够发动的最后一次有效进攻。

回到指挥部，云蔚将成吉思汗写给自己的劝降信烧了，看着火光，云蔚庆幸自己在最后一刻没有被他所蛊惑。可她并不为自己的胜利喜悦，那焚烧谎言的火光是暖的，云蔚的心却是冷的。

此时此刻，成吉思汗正骑着萨尔乐，和他的战士们一起返回蒙古。他表情平静，心里却是百感交集，他想再次见面时，云蔚一定会恨不得一刀捅死自己吧？

可草原是生死场，他别无选择。

重　逢

在《情书录》中，云蔚这样回忆起自己在斡罗孩城想要殉国时的心境：“斡罗孩城。它曾经是一只飞翔的鸟，一朵盛开的花，一眼旺盛的泉，可你经过了它，它就死了，凋敝了，干涸了。莫非你是上天派来的死神？天地间的万物，只要与你擦肩而过，就会把生命献祭于你？你永远无法想象，当时的我知道你写信骗我时，我有多么恨你。”

云蔚就这样怀揣着无尽的惋惜和愤怒生活着，两年很快过去了。

1208 年的一个无比普通的清晨，金国来的使节为夏国人带来了一个消息：金国的皇帝金章宗死了，他的两个皇后都没有为他留下子嗣，因此他的叔父完颜永济篡权，成了金国的新一任皇帝。今年夏国和蒙古的贡品，完颜永济要亲自接收。

云蔚作为护卫，陪着她的父亲去了金国边境。在那里，隔着很远她就认出了成吉思汗。后来在《情书录》中她说："就像在斡罗孩城之战时，我站在城头，浴血杀敌，可每一道阳光都把我的目光带到你数十里之外的金帐上去，在我看来，那就是平原上一个闪闪发光的小亮片。可我知道，那个亮片里的小黑点就是你。我多么想一箭射穿你的脑袋啊，可惜我的箭射程没那么远。此时此刻，我离你越来越近了。一年多过去了，你一点都没有变。你的头发、你的胡子还像是乌黑的寒铁一样明亮，你的身躯、你的四肢还是像燃烧的火焰一样魁梧。你可真是一个怪物，我心爱的男人，时间像一场永恒的风暴，蚊蝇穿越其中都不能幸免，可你身上连一粒细沙都没有。看见我，你嘴角动了一下，你笑了。全世界都看不到，可我知道你笑了。这真让我骄傲，也许时间战胜不了你，也许世界战胜不了你，可我能。"

在城墙下，成吉思汗对她说："好久不见，云蔚将军。我的老对手变成大姑娘了。这两年你过得好不好？"云蔚看着他，知道他是在竭力地掩饰自己的不安。云蔚又看了眼父亲，他目不斜视地冲她点了点头。于是她冷冷地对他说："不好。"

成吉思汗皱起了眉头，竟然当真了。他问她："为什么不好？"

她说："在斡罗孩城我竟然没有取到你的首级，怎么能过得好？"

他大笑，说："李安全，你这个宝贝女儿可真是伶牙俐齿。"

夏襄宗说："大夏的一国之君，乃是青天子，名字是你乱叫的？"

她看到他懵了，他挠着头问她："什么是青天子？"

她骄傲地回答他："夏是白云神创造的天空之国，所以皇帝是青天的儿子，故称之为'青天子'。其他国家都只是地上的国家，皇帝也只是黄土的儿子，所以被夏人称作‘黄天子’。”

成吉思汗听了这个解释，笑得更加开心了。他对她说：“我就喜欢你们夏人这一点，特别会自己骗自己。”

这话气得云蔚恨不得拔刀把他给杀了。可她晚了一步，金国的新皇帝——完颜永济站在了城楼上。他居高临下地望着他和她，眼神里的冷酷，像是望着沙地上的一行行空欢喜的蝼蚁。他的胡子迎风摆动，犹如一对死鲶鱼的须子。

成吉思汗凑到她身边耳语：“别看完颜永济人模狗样，他一当上皇帝，干的第一件事情就是绝上一任皇帝金章宗的后，一个有身孕的皇后让他给毒杀了，另一个皇后让他送进庙里，没过几天莫名其妙地摔死了。”

完颜永济站在城楼上说：“今天是我作为大金皇帝第一次和蒙古、和夏国的君主见面，所以我特地命令手下人准备了个节目助兴。”

他话还没有说完，云蔚觉得身上一冷，理智还在，可身体已经不由自己控制了。她弯弓搭箭对准了近在咫尺的父亲。成吉思汗抽出了刀，所有的人高度戒备，若是天上此时下雨，一定会被人们的紧张蒸发成雾。她听到成吉思汗声音低沉地对完颜永济说：“我不管你对她做了什么，但你现在最好停止。”

完颜永济微笑着说：“这仅是金国‘魑魅’部队中一个叫‘偶’的战士玩的小把戏。我知道你们忌惮金国是因为魔族，我告诉你们，虽然金章宗死了，可是魔族还是会和我们金国精诚合作。你们不要有任何非分之想。”

他的话说完了，云蔚也能动了。“偶”，她永远不会忘记的一个名字，那个杀掉了雁雪的杀手。此时此刻，她看到了他。偶是个胖子，站在完颜永济的身边。完颜永济正在为他鼓掌，像是他刚才表演了一个了不起的魔术。偶还牵着一只黑狗，那黑狗比他还胖。

夏襄宗吓傻了，他跪在地上，指着自己身后上百车的贡金和贡品，大声地说："夏国希望和大金永远成为朋友，好邻居。夏国人永远不会变心。"云蔚的脸红了，恨不得找个地缝钻进去。她听到了成吉思汗的耻笑，他问她："这就是青天子？简直就是狗屁。"

完颜永济指着成吉思汗说："你怎么不像夏襄宗一样下跪。"

成吉思汗狂笑，他抬起马鞭指着完颜永济说："我以为统治中原的皇帝，能让什么狗屁青天子下跪的皇帝一定是个天神一样的人物。没想到是个连妇孺小孩都不害怕的孬种。你看看你那个样，凭什么让我下跪？"

完颜永济的脸色瞬间变成了一泡狗屎。所有人都惊呆了，几百年来，这个蒙古人是第一个敢如此臭骂金国皇帝的人。完颜永济的脸色铁青，成吉思汗催马扬鞭远去了。他的话还在风中飘扬：金国的时代已经过去了，蒙古的时代即将来临。

完颜永济对城下的金国士兵大喊："你们是聋子吗？还不快把他杀了！"可没有人敢动手，在远方的地平线上，突然站满了穿着一身黑甲的蒙古勇士，迎接他们的领袖归来。

这一幕，在云蔚心里是永不磨灭的烙印。后来，她在《情书录》里回忆时写道："你知不知道，当时你在敌阵里渐渐远去的背影，潇洒得一塌糊涂。你在风中发出的豪言壮语，让我差点跌下马去。我不知道这场狼狈的纳贡是怎么结束的。等晕头晕脑的我清醒过来，我已经脱离了我父亲夏襄宗的纳贡队伍，一个人孤零零地在这异国的街头游荡。我心里那股埋在记忆灰堆里的复仇之火在此刻开始燃烧。我在一个小酒馆里渐渐等到了黑夜，我戴上了草帽，向完颜永济的行宫走去，准备行刺他。我想，即使我死了，我的死如能唤醒父亲的战意，是值得的。在一条灯火璀璨的街上，一个黑衣人突然拦住了我，拽着我的胳膊，把我摁在了一条小巷的墙上……"

供　述

这次来金国前，他的父亲千叮咛万嘱咐，一定要小心，要注意安全。万一打起来，能走就走，千万别和人拼命，到最后枉送了自己的生命。“只有一种情况是例外，”父亲严肃地说，“你是成吉思汗的亲兵，要是成吉思汗受到了威胁，你要竭尽全力保护他，这是我们草原男儿最荣耀的使命。”

好在这次行程非常顺利，伟大的成吉思汗怒骂金国那个新皇帝的时候，他说“蒙古的时代即将来临”的时候，不但他的眼圈红了，他还听到了战士们心脏怦怦地跳了起来。当时成吉思汗要是大手一挥，他和他的战友们绝对会毫不犹豫地向前冲去，为神圣的大蒙古帝国献身。

回来的路上，他用敬畏的目光偷偷摸摸地观察着这个自己用生命保护的男人。作为成吉思汗的贴身卫兵，每次他看到那些文人骚客和戏子小丑在他面前搔首弄姿，称呼他为“天神”，把所有好听的词放在他的名字前面，把他夸成一朵花的时候，他都想笑。他了解成吉思汗，他根本不是这些马屁所吹捧的人。成吉思汗吃肉也剔牙，吃撑了也放屁，睡着了同样打呼噜，上火了撒的尿也是黄的，看到陌生而姣好的美女还是会不由自主地偷偷瞅上一眼。

已是深夜，驻扎着蒙古军队的大地上刮起了风，风裹挟着石子，打在金帐上发出似乎昆虫在烛火里爆炸一般的清脆声响，一阵又一阵。年轻人听着这声响，觉得今天的这个黑夜真是十分的漫长。

成吉思汗唤他进去加火，他举起了一盆篝火走进了金帐。他看到成吉思汗正在读些什么东西，然后他的身体失去了控制。他不由自主地走了过去，把一盆篝火向成吉思汗泼去。若不是成吉思汗推倒了桌子伏在下面，瞬间就会变成一个火人。然后他拔出了刀，在刀离成吉思汗的头颅只剩下一根眉毛那么长的距离时，他听到了某种尖锐物刺穿空气的声音，一根箭插进了他的咽喉。

这个年轻人在人世间看到的最后一个人，是那个大喊大叫的夏国女军人。卫兵们冲了进来，云蔚拉起成吉思汗，对他说："你猜得果然没错，完颜永济真的派偶来暗杀你了。"

成吉思汗摸摸那年轻战士的脖颈，他已经失去了生命征兆。成吉思汗恼火地对云蔚说："难道你们就没有别的办法对付偶了吗？"

云蔚说："对我而言，多死一个你的人，就是少了一个大夏的敌人。"

原来那天，在金国街头拦住云蔚的人，正是铁木真派来的密探。他向云蔚传达了成吉思汗的口信："我如此羞辱完颜永济，他一定会派人报复。我也知道以你的性格，一定会去行刺他。云蔚，你与其做扑火的飞蛾，不如做钓鱼的渔夫。"

云蔚斟酌了一番，来到了蒙古军营，和成吉思汗的卫兵们埋伏在暗处，足足等了三天，终于等到了偶下手的时刻。

那个年轻人的尸体上，突然鼓起了一个小疙瘩。这个小疙瘩在他的脸上迅速地游走，跳跃了几下，年轻人的脸皮裂开了。一只背壳上有星空运转的小飞虫展开了翅膀，飞了起来。那壳竟会变色，迅速地和周遭环境融为一体。云蔚大喝："快躲开！"可为时已晚，那虫子飞进了又一个士兵的鼻孔，士兵举刀就向成吉思汗劈来，被身边的人拦了下来。那人疯了一样又扑又咬，众人无奈，顷刻之间，好端端一条生命变成了一摊肉泥。那虫子示威似的又重新出现在了半空中，在众人头顶飞了两圈，飞出了金帐。

成吉思汗随之冲了出去，骑上萨尔乐，带着云蔚，追踪那小飞虫。

在暗夜里，萨尔乐跑啊跑啊，像是懂得了主人的心意，越跑越快。没多久，竟然把追随他的士兵们远远地甩在了后面。独处时，成吉思汗问云蔚："要是那小虫子飞进你的脑袋里，你会杀了我吗？"云蔚冷笑着说："它不飞进我的脑袋里我都想杀了你。"成吉思汗说："要是它飞进我的脑袋里，我绝对不会杀了你。"云蔚心头一震。

黑暗中响起了一个"咯咯"的怪笑声，偶牵着自己的大黑狗从一棵树后走了出来。偶一张嘴巴，那虫子竟然飞了进去。偶抚摸着自己那条黑狗的头说："你太相信自己的意志力了，这飞虫是我们两个在大魔山下的沼泽里足足找了三年，历经九死一生才抓到的宝物。远古时期，它是我们魔族驾驶魔龙的工具，你又算得了什么。"

云蔚问他："你就是偶？"他点了点头。云蔚再问："落思城之战那三个夏国将军都是你杀的？"偶笑了，他说："手起刀落，毫不费事。"云蔚凶猛地扑向了他，他身边的黑狗吓得逃掉了。偶躲开了云蔚的攻击后张开了嘴巴，成群的飞虫从他的嘴巴里喷了出来，呈雾状向田野中扩散，数百名蒙古战士刚刚赶到，就中了这雾的毒，虫子飞进了他们的耳朵里、鼻孔里、嘴巴里，经由这些地方，飞入了他们的大脑。蒙古战士们脸色铁青地包围了成吉思汗和云蔚。

偶刚想挥手下格杀令时，成吉思汗抢着问偶："你一定很想做个人吧？能用筷子夹东西吃，能躺在床上，能喝茶作诗。"

偶愣了。

成吉思汗突然抽刀，一刀捅进了偶身旁那黑狗的身体。狗倒在了血泊里。

偶和那些被他迷惑的蒙古士兵们瘫软在了地上，像被雨水浇透了的泥像。云蔚摸摸偶的鼻孔，说："他们只是昏迷了，一会儿应该会醒过来。"

晕倒的人们的嘴巴里，有小虫爬了出来。人们铁青的脸色、扭曲的表情渐渐恢复了正常，像是在甜美地沉睡。小虫则纷纷摔在了地上，死了。

血泊中的狗喘着粗气，竟然问出了人话："你是第一个知道我才是偶的人，你是怎么看出来的？"

成吉思汗说："你说你们一起去大魔山沼泽里探险，应该是生死与共的关系。可云蔚攻击你的人偶，你却躲得远远的。这个世界上，只有弃狗的主人，没有不护主的狗。所以他是你的狗，你才是偶。"

狗笑了，说："实在是太狡猾了。不愧是成吉思汗。"

狗开始咯血，眼睛里闪烁着妖艳异常的光泽。狗哀叹道："人类有言，鸟之将死，其鸣也哀。人之将死，其言也善。我这是回光返照啦，作为一只快死的狗，该还的账我还，不该背的黑锅狗爷我也不背了。我有些话要对云蔚说。"

云蔚走了过来，蹲在了垂死的狗面前。它猩红的舌头上冒着咕咕的热气，像是一只刚刚熄灭的蜡烛。

狗说："汪汪汪，冤有头。汪汪汪，债有主。真话跟你讲一讲。夏国的三个人，狗爷倒是真想杀。可李威也好，张力也好，狗爷的虫子也飞出去了，合适的人偶也找到了。就下刀子那么一划拉的工夫，突然就起雾了。那雾可真浓，浓得像是狗爷失明了一样，什么都看不到。狗爷的两只虫子好像没头的苍蝇一样在雾里乱飞。这个时候，狗爷听到了两声惨叫，一声是那李威的，一声是那张力的。狗爷身为'魑魅'的金牌杀手，什么样的惨叫没听过。最凄惨的，充其量也就是遇到了变态的审讯者，用专门折磨人取乐的刑罚在受刑人身上弄出来的动静。可这惨叫不同，它是只有亲眼见到了死神的人才会发出的声音。狗爷我战战兢兢地操纵着飞虫，飞到了云雾的深处。唉呀呀，不得了。看到的景象吓得狗爷我临死前还想大叫几声……"

那黑狗汪汪地大叫了两声。云蔚急忙问："你看到了凶手？"

黑狗点头说："狗爷看到了凶手，狗爷也看到了雾。雾就是凶手，凶手就是雾。雾分裂出来了个雾人，那雾人长着的尾巴是层层的雾。雾人有腿有手，雾人有鼻子有眼。雾人目露凶光。虽然战场相隔百里，可雾人同时出现在两个人面前，紧紧地扼住了李威和张力的喉咙，他们两个大张着嘴，脸上的恐惧就像活见了鬼。我听到他们俩苦笑着说，这是天谴夏国，天谴夏国，汪汪汪！汪汪汪……雾人变成了一道细细的雾，钻进了李威和张力的嘴巴里。他们两个人的身体渐渐变得惨白，白得透明。渐渐的，雾从他们的毛孔里渗了出来，变成了一个浑身往下滴答血的雾人。它手里拿着李威的心肝，捧着张力的脾肺。他们跪在地上，低着头，似乎在敬神。雾散了，雾人消失了，他们都不敢抬头，疼痛让他们浑身哆嗦。就像我现在这样，汪汪汪，汪汪汪……"

死亡即将降临到这只叫作"偶"的黑狗身上。它浑身剧烈地抽搐了起来，突然一只飞虫从它的耳朵里飞了出来，成吉思汗闪避不及，那只毒虫飞进了他的嘴巴。黑狗残忍地笑着说："狗爷死了，你失控了，你会杀死所有你看到的东西，包括这个你发誓你绝不会杀的傻女孩和你自己，汪汪汪，汪汪汪……"它拖着自己的身体，和这笑声，想爬进那具人偶的怀中，可爬到一半，笑声断了，它死了。

夜　色

她看着他的脸变得血红，那毒虫像一个肉瘤般在他的脸上游走。他对她说："你快走吧，等这虫子钻进我的脑子，一切就都完了。"

她捂着他的头，似乎那样虫子就会从他的身体里飞出来。她说："我不走，你刚才说了，你是不会因为一只小虫子杀了我的。"

他闻到了一股她身上的香甜，那是少女血液的芬芳。这让他的双眼充血，让他的牙齿发痒，他的双手紧握成拳在不住地颤抖。他突然转身，骑上萨尔乐奔驰。他对自己的坐骑说：“萨尔乐啊萨尔乐，我也不知道该去哪里，只要摆脱了她就行。”可她就像他的影子一样，死死地跟在他的后面。她的喘息声令他心烦意乱，他咬破了嘴唇，借此提醒自己千万不要回头，扼住她的脖子掐死她。

萨尔乐像是懂得灵性，竟载着主人又来到了阿尔寨石窟。他回头看，她还在后面跟着他。此时此刻，她的马痛苦地哀号一声，竟然倒地累死了。

他跳下马，想去救她，她却从马下钻了出来，把他压在地上。他大声喊道：“你怎么就那么傻呢？刚才是刚才，现在是现在。你不是一直在说，恨不得亲手杀死我吗？”

她说：“你说得对，说刚才是刚才，现在是现在。”

她把他拉进了一间石窟，墙上、顶上、地上画满了佛。佛们慈悲地看着他们，像是看着两个孩子。那肉瘤在游走，即将到达他的眉间，到那时，他必死无疑。她抽出一根云石箭，把箭头拔了下来，对准肉瘤即将到达的部位。

他问她要干什么，她说：“反正都要死了，你怕什么？”

箭头在皎洁的月亮下闪烁着圣洁的白光，顾不得犹豫，她的脑海一片空白，只想救他。她用箭头在他的额头上啄了一下，划了一道，那小虫随着喷溅出来的一股鲜血飞了出来，嘶叫着向她的眼珠扑去。她的手拿着云石箭头，精准地冲着小虫一刺，虫瞬间变成了一道灰尘，在微风里消散在了众佛的怀抱中。她想在自己的衣服上撕一块布，为他擦拭一下额头上的伤口，可他拦住了她，抱住了她。

月朗风清，她暗骂该死，你可一定得把持得住自己。可小腿发麻，好像有蚂蚁在爬。她听到了他的心在蓬勃地跳动，她看到自己伸向他的手被他拦住，她感到被他揽入了怀中。她一直在提醒自己，冷静冷静，千万要冷静，可身体不由自主地伸展。她恶狠狠地说：“你再也不能像在斡罗孩城那样骗我。”他说：“我不会再骗你。”她不知道他这句话究竟是真话还是谎言，可那又有什么关系呢。她只想这一刻永远不要结束，他就像一团火焰，烧光了她的衣服，她变成了一眼泉水。任凭这团火把自己撕裂、撕碎，灵魂变成了漫天的繁星……

他在狂喜中，似乎听到了长生天的叹息。它对他说：“你违背了你的誓言，你动心了。”他感觉到神力从自己的身体里消退，被身下的爱人吞噬。这个曾经无比清晰的世界，成了一片浑浑噩噩的雾。

她跨在他的身上，摸着他额头上的伤，说：“为什么你的伤口不再自动愈合了。”

他说：“我不在乎……”

远处，传来了蒙古士兵们呼唤他的喊声。她着急，想穿衣服。他却再次把她压在了地上。

她悄声说：“他们在找你。”

他说：“我现在只想看着你。”

脚步声和呼喊声渐渐在远处的大地上沉寂了。风吹绿浪，在草原的背面，两具鲜活的肉体，一对强健的灵魂在搏命欢腾。他用指头在她的锁骨上慢慢划动着，像是一只燕子掠过春水，他看着那锁骨完美的曲线上的一滴汗水掉在自己的脸上。他心想，这次真完蛋了。她像是察觉到了什么，捧住他的脸，就像是捧住了他的心。他们仿佛两匹冲出了牢笼的烈马，在石窟的佛前狂野地跳动了起来。

第三章

清　醒

李云旺念着念着流泪了，泪点打在《情书录》上，他问我 ：“你咋不流泪呢？我每次给你的女朋友念，我都在电话这头听到她都哭湿了几条手帕。难道你听不出马尔克斯、聊斋的味道？这是人类历史上最早出现的魔幻现实主义，这是我给《情书录》的准确定位。”他看着一脸木讷的我，摇摇头道 ：“读这古老的文字，你不感到心颤？”

我说 ：“我不知道什么时候才能和我的女朋友重逢，我觉得我已经老了。”

自从来到阿尔寨石窟，时间就像挣脱了枷锁的野马，失去了一切禁忌。有时候，手表上的秒针明明才走过一格，可我却觉得已经天长地久。又有时候，我似乎看到了太阳升起又落下几千回，生死轮回了十几次，可眼前的绿茶还在茶几上，没有被热水泡开。照镜子的时候，我发现这些日子我掉了不少头发。我再看看李云旺，惊讶地发现他的额头上那两道皱纹更加深了。

我问李云旺 ：“你有没有这样的感觉，这一切究竟是怎么回事？”

李云旺微笑着对我说 ：“当你阅读历史的时候，自己也在变成历史的一部分。”

我仔细一想，觉得这哥们儿实在是太棒了。用我公司那个奶大腰细的前台小妖精的话来说：“哇噻我靠，丫特别酷炫！”这话是多么有道理啊，放在谈判桌上，放在客厅里，放在我和我的女朋友做过无数次爱的那张床上，都是真理。

李云旺对我说：“别想这么多，我带你去石窟里转转。”

我们走在阿尔寨石窟里，天地很安静，吹过树木的风是甜的，我充满了困惑的心是苦的。

南山是一座小小的红土山，可在它的脚下，我比它更小。南山上有一百个洞窟，像一百只紧闭的眼睛面对着我，每个石窟里都有一个佛。在石壁上，这些红的白的黄的黑的绿的佛，或坐或躺或立或跳，这些佛姿态随意、法相庄严。我看着这些佛，想起了成吉思汗和云蔚在这里幽会的无数个日日夜夜。我突然觉得，一秒钟也好，一千年也罢，都是人的矫情。在真正的智慧面前，我们都是尘埃。那些佛祖，那些罗汉的白皙皮肤下，淡蓝色血管闪烁着微微荧光。在我看来，不像佛祖，不像人，倒像是活了千百年的妖精。

我双腿哆哆嗦嗦，跟每个佛说的都是套话，希望佛祖保佑我能找到我的女朋友，佛无言。李云旺哈哈大笑，他说我太俗了，佛懒得搭理我。

这个时候，我的微信接收到了一条新闻：阿富汗黑寡妇做人体炸弹，炸毁了美国驻某国大使馆，炸死了无数美国人。我把这个消息告诉了李云旺，他哀叹道：“其实历史没有前进，世间的一切都只是在轮回，一点进步都没有。”

我问他：“何出此言？”

李云旺说，西夏律书《天盛律令》中就有记载：“守大城者，当使军士，正军，辅主，寨妇。”“寨妇”，便是军寨中的女兵，翻译成西夏语，就是“麻魁”。这些女兵为了保卫祖国，为了给她们战死的亲友复仇，任何事情都做得出来。她们就是那些黑寡妇的祖宗啊。战争，只会把美丽的女人变成炸弹……

李云旺把脚下的一颗石子向前方轻轻地踢去，石子摔出几百个台阶，隐匿在了黑暗里。他拜了拜佛，说，佛告诉他，我们该走了，接着回去读信，我就能找到我的女朋友。

我听李云旺的，听我女朋友的，听佛的。回到羊肉馆，李云旺继续给我念《情书录》。

屋外起风了。大风呼啸。眼前的一切开始流动。那上百个石窟里的千万尊佛与这我始终不解的世界在我的心头渐渐消散，陪伴我的是冷茶、旧书与星辰，还有我亲爱的朋友李云旺。近千年始终没变的痛苦，又要继续上演。李云旺说，那个晚上，成吉思汗和云蔚在一起待了很久很久……

那个晚上，成吉思汗和云蔚待了很久很久。在离别的时候，他告诉她：“你知不知道，其实我给你写了好多封信。上面都是我想对你说可是说不出口的话。”她惊喜地掐了掐他的胳膊，说：“咱俩真是一对，我也给你写了好多信。”两个人约定，回去后要交换这些信件，并继续写信给对方。

这个约定很甜蜜，但风玉的心中却为它饱尝苦涩。它隔三岔五地就要飞越蒙古和大夏的禁地，当这爱情的信使在天空翱翔的时候，它随时担心哪位神箭手要向“心仪的姑娘”展示技术，一箭把自己给射下来。但比起对死亡的恐惧，风玉最担心的还是云蔚。表面上看，她在尽忠职守地训练着她统领的麻魁军，一如既往。可风玉能看出来她像着魔了，整日就想着用什么样的词句，才能最准确地向成吉思汗传达思念。为了等他的回信，云蔚整日苦苦地守在九歌“壁”的顶端，从黎明到下一个黎明，期盼着海东青从蒙古飞来的身影。

有一次，风玉实在忍不住了，对她说："云蔚，你再这样下去，我就不给你送信了。你心里不能只有一个男人，你是夏国的精英，你内心应该有更高的追求。"

云蔚傻傻地笑了，她说："每次那人接到我的信，都是什么反应？"

风玉本想骗她，说点难听的，说人家云淡风轻，忙着指挥千军万马吞并天下。你只是他胯下千万个女人当中的一个罢了。可看着云蔚那明亮的眼神，像血一样红的嘴唇，闻到云蔚身上那青苹果一样的少女乳香，风玉不忍心了。他说："成吉思汗接到信以后一切都表现得很像个大汗，可我是只海东青，我能从一万米的高空看到在草丛里隐蔽的田鼠。我自然也能看到他接信的时候腿会轻微颤抖，拆信的时候手会轻微颤抖，读信的时候，他的喉头和他的心脏会轻微颤抖。总之，云蔚，他和你一样，你们是人类中最蠢的两个白痴。"

云蔚笑了，说："你刚才对我讲，我应该有更高的追求，可我是一个普通的女人，这个世界最伟大的男人读我的信时都会颤抖，我还有什么可追求的呢。"

风玉难过地低下头，看着自己的影子对云蔚说："不知道，我不知道。"然后，他变成一只海东青，尖啸一声，刺入云霄，再次消失在了天际之中。

李云旺说，起初成吉思汗和云蔚通信的内容围绕着各自的童年，往昔共同经历的岁月，对方不在身边时自己遇到的趣事、看过的美景、吃过的美食、听过的优美音乐。渐渐的，他们开始探讨彼此的梦境，噩梦美梦，他们无话不说。他们希望从那些奇怪的景观深处，了解自己爱人的真实性情和真实想法。随着"梦境"这个话题越来越深入，他们已经忘记了是谁先第一个构想两个人未来的。这是两个人无法逾越的一道鸿沟。

夏襄宗对蒙古、对成吉思汗有着刻骨的仇恨与恐惧。无论云蔚如何斡旋，他都不肯跟蒙古进行和谈。

成吉思汗开始不断催促云蔚嫁到蒙古来，云蔚每次看到成吉思汗的请求，都觉得自己的尊严受到了侵犯。她反问成吉思汗能不能不要再强化蒙古军队，让四邻，尤其是让大夏感到不安。只有在内心平静的情况下，她才有可能嫁给成吉思汗。

这样来来回回了几遍之后，成吉思汗实在忍不住了，他说我们不要让这宝贵的情书变成车轱辘话，你是不是想用自己交换大夏的平安。云蔚看到信里的这句话，一个人闷在被子里号啕大哭。她反问成吉思汗，那她能不能换取大夏的和平。成吉思汗沉默了很长一段时间之后才回信。信上说："为了娶你，我可以让河水倒流，让太阳从西方升起。可天地不会颠倒，蒙古、西夏和金在大地上的命运，永不会改变。"等了很久，他也没收到云蔚的回信。

为了践行他在金国所说的"蒙古的时代即将来临"，在 1209 年一个无比平常的清晨，成吉思汗率大军第三次来亲征西夏。在这场战争中，蒙古人杀红了眼，像是洪灾一样迅速攻破了夏国的一道道防线，向都城中兴挺进。而夏襄宗在战争的初期，只想着怎么建造更华丽的宫殿，打听哪里又有了容颜绝美的姑娘，他对快感的追求跟他杀死的前任夏恒宗比起来有过之而无不及。假皇帝总比真皇帝更喜欢做皇帝的种种权力，这就像一个太监总比一个正常的男人更喜欢琢磨性事一样。

每当前方的信使向夏襄宗汇报军情，他总是摆摆手指指金国的方向，对所有人说："不要怕，成吉思汗只是秋后的蚂蚱，蹦跶不了多远。用不了多久，金国和魔族就会像以往敌人入侵我们时那样，来增援我们，像老鹰捕猎一般把他嚼碎了啊！"

蒙古人每攻克一座城池，夏襄宗就把这句话重复一遍。直到夏国的三十万大军被蒙古军消灭得所剩无几，他才慌了神。他派人去金国，询问为什么金国的增援迟迟不到。

完颜永济微笑着说："蒙古是我们的敌人，可夏国也是我们的敌人，就让他们打去吧，杀去吧。等他们打得差不多了，咱们再去给他们收尸。"

信使知道夏国完蛋了，在回去的路上便逃跑了。这件事情通过市井谣言传回中兴，夏襄宗号啕大哭，等哭够了以后，他一边招呼太监和嫔妃们赶紧收拾财宝，准备逃难的路线，一边跺着脚咒骂完颜永济这天杀的蠢驴，好端端的两个国家就要被他给葬送了。

夏襄宗希望云蔚和他一起逃难，可云蔚一口拒绝了他，她说："我会死守中兴城。"风玉站在她的身后对她说："我陪着你，我们同生共死。"

远方传来蒙古人的喊杀声，夏襄宗的那群妃子和云蔚的弟弟妹妹们坐在马车上不住地啼哭。夏襄宗叹了口气，亲吻了一下云蔚的额头。他对风玉说："我现在认你做义子，从今往后你就是大夏的王子了。"

风玉说："我是海东青，我是苍穹的儿子！"

夏襄宗不耐烦地说："你爱谁谁吧！"说完，他带着承载他的女人和孩子，以及半个国家财富的车队浩浩荡荡地离开中兴城逃难去了。

夏襄宗一走，他的大臣们也都各自逃难去了。偌大的一个朝廷，只剩下了国师张昊与中书令刘元礼坚守自己的岗位。他们二人也是主战派的骨干，雁雪死之后，主战派势力微弱，但他们一直在背后默默地支持着云蔚，支持着军队。

在所有的防御工事准备好之后，云蔚曾经劝过张昊和刘元礼也去逃生，不要做无谓的牺牲。可张昊说："都城丢了，我这个国师生不如死。若是我的死能保住都城，对我而言，是真正的死得其所。"刘元礼是个结巴，他说："云……云蔚……蔚公……公主，不……不要再多……多……多说了。我……我们，答……答应过雁雪，要与中……中兴、与夏国，共……共存亡。"云蔚看着这两个男人，想起了那些与大家曾经一起为夏国的未来慷慨激昂的日日夜夜，想起了雁雪，她紧紧地握住了他们的手，再说不出来一句话。

夏襄宗走了没几天，成吉思汗就率领军队攻到了“壁”下。他们用火药炸“壁”，用投石机砸“壁”，可这用云石筑成的巨墙就是纹丝不动。每一天，成吉思汗都会派人在“壁”的下面大骂，告诉那些脸色苍白的守城士兵，蒙古人破“壁”的时候，就是血洗中兴城的时候。

可成吉思汗知道，光是靠叫骂，他是不能攻破中兴城的。时间一天天地流逝，他绝不能让上次攻打斡罗孩城时弹尽粮绝不得不撤兵的情况在中兴城重演。他一遍又一遍地看着以前云蔚写给他的那些情书，不放过其中任何关于中兴城的字句。

有一天，在一封情书中他读到，每当云蔚思念他的时候，她就会坐在中兴城旁边那条黄河上的渔船上，看着蓝天白云在河中的倒影，她觉得自己心中的无限情愫，就像黄河滚滚奔腾的河水……成吉思汗一拍大腿，一个主意浮现在了他的心头。

当他在黄河岸边，看着云蔚看过了无数遍的风景时，他的内心只有苦涩，却没有她所感受到的那般甜蜜。扎木合的鬼魂和脱里的鬼魂在黄河上飞舞，如同两匹狂奔的野马。扎木合问他：“你将要做的是一场屠杀，你会为此失去云蔚，你确定你要这样做吗？”

成吉思汗依然没有对鬼魂说话，但他觉得脱里的鬼魂替自己回答了扎木合的问题：“他是成吉思汗！他必须这样做！他是成吉思汗！他只能这样做！”这叫声在黄河上凄厉地回荡。

第二天，云蔚在“壁”上看到，仅仅一夜，蒙古军队就修筑了一座简陋的堤坝，就在她曾经无比思念成吉思汗的黄河上。这条对于她像是爱情一般深沉的蜜之河，如今变成她深爱之人手中魔鬼一般的武器。堤坝让黄河改变了方向，洪水如同千万头健壮的白熊般向她的中兴城冲来。

河水只轻轻地一击,“壁”就四分五裂了。河水从各个方向灌进了中兴城,冲毁了房屋和街道,淹死者无数。

蒙古战士乘着无数“浑脱”——用整牛皮做成的皮筏,乘风破浪涌进中兴城。

成吉思汗的总攻开始了。

敌人和黄河一起宰割着这座城市,云蔚身旁的战士问她现在该怎么办,她抽出了刀,说:“麻魁军的姐妹们!我们在最美丽的时候战死,倒也不失为一种爽快!”麻魁军的女子们纷纷抽出了战刀,那数万刀刃划过刀鞘内沿的锋利声响在他的心里划出了血。脱里的鬼魂惊叹道:“这是要和我们死战啊。”成吉思汗对身旁的传信兵说:“天黑之前攻入内城,拿下中兴。”

中兴的内城此时一片大雾,活着的人在湍急的河水中逆行,死去的人被黄河淹没,河水带他们到了远方。云蔚的云石箭已经射光了,她不知道自己什么时候手里拿了把敌人的大砍刀,她用这把刀砍倒了一个又一个敌人。她不知道自己还能坚持多久。这时她看到一个传令兵跑到了她的面前,传令兵气喘吁吁地对她说:“中兴的外城已经彻底失守了。”云蔚在齐腰深的河水中大喊:“所有人撤回内城,我们一定要守住内城。”

一番血战后,云蔚终于回到了内城,战士们从倒塌的皇宫废墟中抬来了巨大的梁木,顶住了城门。蒙古人在外城停止了喊杀。成吉思汗下令,军队在外城休整,等待洪水将内城淹没,把内城所有人淹死再进去。

云蔚看着手中的战刀,它已经卷刃了,到处都是裂口。她清点了自己的战士,生者不到十分之一。她环视着中兴内城,这祖国的核心:曾经洁白的一切现在到处被炮火熏成了污黑。水位越来越高,刚才还在脚面,现在已经齐腰深了。除非有奇迹,否则用不了多久,中兴就会沦陷成一座地狱。

一个士兵跑了过来，告诉云蔚：“张昊与刘元礼镇守的东门告急。”

就在云蔚赶往东门增援的路上，她看到一个身穿绿色裤子的女人跑到了她的面前，摔倒在地，抱住了她的腿。那女人号啕大哭地说：“云蔚大统领啊，救救我吧。我找不到我的儿子了。”四周的人想把她拉走，可这女人用尽全身力气拽着云蔚，说什么都不松开。云蔚本想吓唬她这是延误战机，是要杀头的。可她看着那女人凄楚的面容，猛然想起了同样在一场战斗中丢失了孩子的雁雪，她的心软了，她喝退了周围的人，问她出了什么事。

那女人说，自己叫李彩娥，儿子叫李小麦，男人昨晚殉国了。刚才一瞬间水就灌满了他们的屋子。她死死地拉住儿子的手。可有人打晕她，夺走了孩子。

这个女人的哭号声像极了孩子刚丢时的雁雪，这在云蔚绝望的心里燃起了一股激情，她对周围的人说：“请大家帮帮她。越是在这样的危难时刻，母亲越是应该陪伴着自己的儿子啊！”

那群成天在中兴城里游荡的“不幸人”挤出了人群，围住了李彩娥。他们的领袖张才询问李彩娥，你的儿子长什么样。人群中传出了一阵“哇啦哇啦”的乱叫声，发出这声音的人，是卖红布的红熊。红熊说：“李彩娥啊，你的儿子已经死了。我亲眼看到，洪水冲垮了你的家，你的儿子在洪水中像一片小小的叶子，起初他还在拼命挣扎，可他的脑袋撞在了一块大石头上，碎了。他的尸首被河水吞噬，早就不知道飘到哪里去了啊。”

李彩娥疯了一样地摇头，说：“不可能！我们家小麦子水性好得像一条鱼，他怎么会死在水里呢？小麦子不会死！小麦子是被人拐走了！你骗人！”

李彩娥扑在云蔚的怀中，不停地说自己的儿子没有淹死，是被人从她的手中夺走了。她又哭又笑，像个疯子一样。红熊还在手脚并用地比画着说：“我没有骗你，因为骗你更残忍。”从东门那边传来的喊杀声越来越高了，云蔚一把推开了李彩娥，她指着人群中那些丢了孩子的父母说：“你清醒些吧！失去儿女的人不止你一个，这就是战争！”

那些“不幸人”抽泣了起来，李彩娥的脸色变得铁青，像是死了一样。她不再哭闹了，她说：“我没失去儿子，他没死。他是被人拐走了……”

云蔚不再理会喃喃自语的李彩娥，她继续向东门奔去。

东门此时此刻沉浸在那片大雾中，城门上到处都是裂痕，外面蒙古军人的冲撞越来越激烈，这扇门眼看就保不住了。云蔚问士兵：“张昊和刘元礼在哪里？”士兵回答说：“在指挥部。”

城墙尽头的一个堡垒，便是麻魁军的指挥部。在城墙上，云蔚穿过了一排排紧张戒备的士兵，来到了堡垒门前。她想推门进去，可是门却从里面锁上了，云蔚和士兵们使劲砸门，可那门就是纹丝不动。这个时候，云蔚听到了堡垒里传来了张昊和刘元礼的惨叫。在雾中，她猛然醒悟，夏国将领灵异的死亡事件怕是再次上演了。云蔚指挥士兵们用火药炸开了门，冲了进去。

堡垒中到处都是雾霾，朦胧中云蔚听到张昊和刘元礼声嘶力竭地叫着“天谴夏国！这是天谴夏国啊！”然后便悄无声息了。两人死后，那雾霾竟像有智慧般的幽灵从窗户和门上溜走了，堡垒中的一切变得清晰了起来。云蔚看到张昊和刘元礼倒在地上的尸体，张昊失去了双手，刘元礼失去了双腿。他们的残肢在地上整整齐齐地摆放着，凶手像是在向云蔚示威。

此时地动山摇，东门终于被蒙古军队击破了。听着外面的喊杀声，云蔚闭上眼睛仰天长啸：“莫非，这一连串巨大的灾难，真是上天要灭夏国？”

成吉思汗的士兵像冬天的寒风般涌进了内城，就在夏国人拿起手中的武器，准备和他们进行最后的血战时，天空下起了巨石雨，准确地砸烂了这些入侵者的头颅。海东青的长鸣在人们的头顶响起，呼啸而过的黑影遮挡了阳光，人们忘记了厮杀，纷纷仰望天空。

当云蔚跑到城墙上时，她看到无数只海东青，在风玉的带领下飞到了那座黄河上游的堤坝上，它们的爪子抓着巨大的石块，云蔚向风玉大喊："风玉走吧！不要白白牺牲！"风玉对云蔚说："大夏是天空之国，要像云彩一样自由。大夏的风玉也是自由之身，宁死不屈。"

成吉思汗大喊："这些海东青要毁了堤坝！快用箭把他们射下来！"他身后的神箭手抬起弓来，漫天箭雨升起，带着海东青们的尸体落下。可一切为时已晚，无数石块也随之落下，砸烂了人的头骨，砸断了人的肋骨，也砸毁了那座大坝。黄河再次改道，冲进了蒙古军队的大营，将蒙古士兵吞噬大半。看着遍野哀鸿，成吉思汗狼狈地下令撤兵。

战况改变，岌岌可危的中兴城竟然保住了。可云蔚的注意力全被风玉吸引了。她看着风玉变成半人半鸟的模样，抽出长刀向成吉思汗冲了过去。风玉从空中俯冲时的大喊，整个天空都能听到："云蔚，希望下一世你也能变成海东青，我带你去看真正的天空。"

成吉思汗看着冲过来的风玉，想起了那些自己曾经站在草原上，等待风玉和海东青们穿越层层封锁，从远方带来云蔚书信的时刻。他懊恼得恨不得给自己两个耳光：自己怎么就没有想到，会飞的风玉不仅是信使，也是很可怕的战士啊！真是让爱情冲昏了头脑。成吉思汗大手一挥，万箭齐发，风玉跌落在了他以死捍卫的土地上。

成吉思汗走了过去，风玉奄奄一息，身体时而变成人，时而变成鸟。他瞪着成吉思汗，成吉思汗俯下身，轻轻地摸着风玉的额头，对他说："你是一个伟大的战士，也是一个优秀的信使，可惜我们的立场不同，否则你会是我最好的朋友。"风玉不再抖动，身体越变越小，最终变成了一只海东青。他的肉身已寂灭，他的灵魂在天空中不朽。

云蔚愣愣地看着这一切，她对自己说："你是'壁'上的最高长官，你要是冲动跳下去中兴就完了。"士兵们问她："蒙古军队被黄河淹了，我们现在应该怎么办？"云蔚咬牙切齿，正要发布乘胜追击、全歼蒙古军队的指令时，她看到地平线上出现了一支金灿灿的车队，那是她的父王夏襄宗所组织的逃亡队伍。她眼睁睁地看着那辆金马车停在了成吉思汗面前，夏襄宗跳下车，像一只哈巴狗一样张着嘴，对着成吉思汗微笑。

夏襄宗发出了狗一样的声音："敬爱的成吉思汗，伟大的成吉思汗，我恳求您，让这场战争就此结束吧！这是个误会啊，我和大夏已经认识到我们结交错了朋友，金国人就是一群狼，一群魔鬼。从此之后，我和大夏愿做您和蒙古最忠诚的朋友，助您消灭金国。"

皇帝回来了，云蔚不得不下令，让人打开城门。在夏襄宗的率领下，朝廷中所有的精英都去迎接成吉思汗。云蔚看到父亲单腿下跪在了成吉思汗的面前。成吉思汗对夏襄宗说："李安全啊李安全，你们这些夏国的掌权者还不如天空上的飞鸟。"夏襄宗媚笑着，像是听不懂这人类的语言。

云蔚还看到大地上所有的人都跪了下去，除了蒙古人，还有夏国人。刚才还在以命厮杀的人群，片刻就融为了一体，像是在跪拜这世间唯一的太阳般跪拜眼前这个自己睡过的男人。

夏襄宗回头骂她："云蔚，你眼瞎了，怎么还不跪下？"云蔚苦笑着，说："父亲，你才是一个真正的瞎子。如果刚才你不下令停战的话，也许这个时代就是我们夏国的了。这是风玉用命换来的机会啊……"

然后，任凭夏襄宗如何辱骂她，云蔚都不再回应。她瞪着成吉思汗，成吉思汗也看着她，两个人心里的话都化成了身边的风、脚下的血。

云蔚越过了成吉思汗，她捧起风玉的尸体，要去埋葬她的朋友。成吉思汗看着她，就像什么都没看到一样。他长叹了一口气，拍拍萨尔乐的屁股，带着他的战士们，涌进了中兴城。

白云神

从此之后，成吉思汗的军队源源不断地通过夏国开到金国的边境线上，对金国的边陲城市进行攻击和骚扰，准备和金国一决雌雄。可完颜永济就像一个瘫痪的病人一样，即使金国的老臣们纷纷撞死在了他的龙椅上，他也不敢抬起屁股来，和蒙古作战。人们都说，金国的气数尽了。

成吉思汗每次通过中兴城的时候，云蔚都站在人群中，和所有的夏国人一样，看着威武雄壮的蒙古骑兵从城中穿行而过，脸色蜡黄。

从风玉死了那一天起，成吉思汗和云蔚再也没联系过。她看着他的样子，有时像一个士兵看着自己的敌人，有时像一个女人看着一个陌生而丑陋的男人。沉默，他和她之间只剩下了沉默。

他想跟她说，杀死风玉非自己所愿，是历史的选择。可命运就像海，云蔚就是这海洋里最冷漠的海浪。她和这大海中的一切背道而驰，只为了离他越来越远。

她越不理他，他就越想她。她眼神里的光，她嘴唇上的光，她胳膊上金黄色汗毛上的光，她脚指甲上的光，她侧躺着时腰际到屁股上那道蜿蜒曲线上的光，让他心中爱火熊熊。时光不知不觉，又过去了两年。

1211 年的一天，是无比平常的一天。只是那天的阳光在成吉思汗的心里格外耀眼，因为它是蒙古与夏国正式结盟向金宣战两周年的纪念日。

为了让成吉思汗开心，夏襄宗攒足了劲。他组织了盛大的庆典，献给成吉思汗的贡品，用牛车拉，可以从中兴城排到天边外。若是全堆放在九歌的“壁”上，可以把“壁”压垮。他似乎忘记了在两年前的今天，自己的都城尸横遍野。

在中兴城皇宫举办的晚宴上，成吉思汗的目光始终在负责安保的云蔚身上。她走到哪里，他的目光跟到哪里。他一杯接着一杯喝酒，然后猛地一拍桌子，说自己要去撒尿。他的卫兵上前搀扶他，被他推开了，他指着云蔚说 :“两年前的今天，我和云蔚将军在这座城市死战。现在，我要她带我去撒尿的地方。”

大厅中鸦雀无声，夏国人低着头，脸上全是愤怒。蒙古人满头大汗地握着自己的刀把，血战一触即发。夏襄宗脸色苍白，冷冷地说 :“大汗，您喝醉了吧？”

成吉思汗说 :“我没有喝醉，我很清醒。”

一个夏国大臣实在忍不住了，抽出了刀。眨眼间，刚才还在把酒欢歌的人们就刀戈相向了。此时此刻，云蔚穿过人群，走到了成吉思汗面前，说 :“把刀都收起来吧，你们都喝醉了。我带你去，跟我走吧。”然后，她带着他在众目睽睽之下走出了皇宫。

两个人走到花园的时候，云蔚看着一棵参天大树，不由得驻足愣神了。成吉思汗看四周无人，扑上去，他扼住她的脖子，把她挤到了那棵树上。他恶狠狠地对她说 :“你这个歹毒的婊子。你的冷漠简直就是在戕害我。你比金国人还要坏，还要阴险。”

她只是看着他冷笑，然后他眼一花，她已经挣脱了他。她手中握着一根云石箭，抵在了他的喉头。她说 :“狭隘的不是我，阴险的也不是我。你知道这棵树下埋着的是谁吗？”

他这时才看到，树下有一个小小的墓碑，墓碑上刻着“风玉”。

她对他说 :“对你而言，今天是蒙古和夏国结盟两周年。可对我来说，是我最好的朋友两周年祭日。即使全大夏都投降蒙古了，我也不会投降。”

不远处响起了脚步声，成吉思汗对云蔚说 :“你的父亲来找我们了，把手放下。”

夏襄宗等人找到他们的时候，他和她正并肩一起看着风玉的墓碑。夏襄宗谄媚地说：“和平总是要付出代价的，风玉王子就付出了他的生命。”

成吉思汗说：“风玉就是一个妄图反抗蒙古帝国的疯子，我就是出来撒野尿结果在这儿迷路了。”

众人无言，云蔚猛然转身就走了。成吉思汗看着她远去，感觉自己是被遗弃在了这片寒冷的白色石头之国里。

第二天，他醒来照镜子时，发现自己一夜之间老了十岁。他长出了白头发，长出了皱纹。他叹了口气，知道自己再也不能在战斗的时候勇猛冲锋了。他终于品尝到了心动的苦果，长生天赐予他的神性从那一刻起，离开了他的智慧和他的肉体。从此之后，他的生命和我们的生命一样，模糊不清，令人忧心忡忡。可他还是在处心积虑地发动和金国的战争间歇，抽空给云蔚写她收不到的信。再伟大的男人都会被爱情夺走尊严和智商，他坚信总有一天自己会让她回心转意。

没过几天，几个蒙古兵喝醉了酒，竟然跑到大夏的禁地——供奉大夏建国国神白云神的神殿上，在象征着白云神的巨大云石上呕吐、撒尿。事情闹到了朝廷上，大臣哭声一片。

夏襄宗倒也坦然，蒙古人进城后，他就迷上了喝茶。他派人走访四海，寻找世界上最珍贵的好茶。无论是南山顶上被春天第一阵风催开的小白花，还是东海最深处岩石缝隙里的千年珊瑚，都让夏襄宗泡着灌进了肚子。大臣们在哭诉，他劝大臣们喝茶。“一喝茶，他就觉得自己在阳光下生长，枝叶在随风摇摆。”渴望变成植物人的夏襄宗还说，“你们要是想死，你们就自己找死去。非逼着我拿主意，就是逼我去死。谁逼我去死，我就让他死。”

听皇帝这么说，他们哭得更起劲了。这些泪水，使得夏襄宗像是得了风湿般浑身不舒服，到最后，大家的眼泪都流光了，变成了掩面干号。其实他们的袖子里都藏着生姜或是芥末，吃上一口，袖子再放下来，又是泪流成河。

云蔚看到此情景，一言不发。她单枪匹马来到了蒙古军营的门前，可那里戒备森严。云蔚绕着军营的围墙走了一圈又一圈，脑子里过了无数个如何冲进去，将那些私闯禁地的士兵杀掉的念头，可又一一被她否决了。

两个时辰后，在如血的夕阳中，成吉思汗看到了久违的海东青的身影，那只海东青像是认得他似的，飞到了他的金帐里，趁着卫兵们驱赶它时的混乱，它将一张纸条丢在了成吉思汗脚下。士兵们把海东青赶走了，成吉思汗从地上捡起纸条，上面是他熟悉的字迹：我在阿尔寨石窟等你。

石窟中的月光依然皎洁，佛像们平静地看着成吉思汗，仿佛什么都没有发生过。他想起自己上次来这里，是第一次和云蔚有肌肤之亲的时候，回忆起那一夜，他的心不由自主地又怦怦跳了起来。他看到了云蔚，她在万佛的簇拥下凝视着他。这是他这些年来离她最近的一次，他惊讶地发现，她长大了，从一个少女彻底转变成一个女人。她凝视自己的眼神不再有好奇与迷茫，而是像此时此刻石窟中的油灯火焰一般澄明、宁静、悲伤。

他听到她对自己说：“你必须把那几个闯进禁地的士兵交给我，否则我即使叛国，也将发动麻魁军对这侮辱进行反击。”

他回答道：“这几个士兵是我故意派去那里的。”

她简直不敢相信自己的耳朵，她愤怒地对他说：“你最好给我一个合理的理由，否则今晚咱们俩只有一个能离开这座石窟。”

他在她的脸侧耳语道：“我找到那个杀了雁雪以及你那些战友的凶手了。”

她惊讶地问他：“是谁？”

天　谴

他为她展开了一幅画像，她脱口而出：“怎么会是这个人，不可能！”

画像上的那个年轻人，正是在夏恒宗掌权时靠自己的实力考中了状元，又被夏恒宗任命为大都督府主统管兵权的李遵顼。也正是这个李遵顼，在万佛殿政变中帮助夏襄宗推翻了夏恒宗，如今他位居一人之下万人之上。

她连声叹道：“这不可能，李遵顼现在是父亲最信赖的人。”

他笑了，说：“怎么不可能？你想想，这些死者有什么共同点？”

她想了想说：“他们都是夏国朝廷内的主战派，他们的身上都有一个白云神刺青。”

他点点头说：“刺青恰恰证明，他们有着一个共同的信念，就是夏国面对蒙古和金国，必须以战为主。你再想想，谁是这些人最大的敌人。”

她脱口而出：“求和派，如今做了王位的我的父亲。你是说，他为了做夏国的皇帝，让李遵顼杀了雁雪，杀了这些为夏国鞠躬尽瘁的主战派？”

他说：“从表面看，似乎是这样。可你们低估了李遵顼的野心。夏恒宗掌权时，他就掌管了兵权，可那时主战派势力正强，于是他依附于你父亲和罗太后组成的求和派，借着他们的势力消灭了主战派和夏恒宗。现在你的父亲只想躲在皇宫里，过他的安生日子。而李遵顼掌管着夏国的军权，朝廷里也没有了反对派。为什么要给夏襄宗做狗，不自己去当皇帝呢？”

她隐隐约约觉得，他说的话都是对的。可她又害怕他是在挑拨离间。

她说："这一切都只是你的推论，你有证据吗？"

他拿出一沓纸，摊在了她的面前，对她说："证据都在这里。"

她读了几行那些纸上的内容，脸色变得铁青。那是李遵顼的账目，上面显示李遵顼最近手头有巨额的资金流动。还有一张部队将领更迭名单，中层以上军官全被李遵顼换成了自己人。她是李遵顼的下属，她认得李遵顼的字迹，这些都不是伪造的。这几页纸把她心中所有谜团的制造者都指向了李遵顼。

他说："你是个聪明人，这种种迹象表明了什么，你自己最清楚了。"

她说："一次政变。"

她又问他："你怎么会有这些东西？"

他笑着告诉她："夏国是蒙古到金国最重要的战略枢纽，我不但在监视李遵顼，我甚至还在监视你。大夏的精英阶层，也就是能住进中兴首歌的，大概有一千余人。我可以向你保证，我一旦下了命令，一个晚上这一千多人就会消失，再也不会有人找到他们。"

她突然问他："李遵顼比我父亲更怕你，他做了夏国的皇帝，对你只有好处没有坏处。你为什么要调查这个案子？"

此时天快亮了，石窟中的佛祖都面露倦容。他没有说话，只是看着她。可一接触他的眼神，她什么都明白了：无论谁做了夏国的皇帝，于他而言都只是扑火的飞蛾。只是他想尽了所有的方法，想和她见面，想和她说话。最后他想，只有做这件事，自己才能达到目的。

他的眼神是那样夺目，连烛火都随之闪烁。

她说："我没有原谅你，并且我永远不会原谅你。"

他说："我不求你原谅我，作为一个战士，我问心无愧。我只求你遇到任何事情，都可以约我商量。现在所有人都是你的敌人，只有我是愿意帮助你的人。"

看着他焦急的模样，她有些心酸。她摸了摸墙上的那些佛像，说："有什么事情，我会再约你在这里见面的。你要答应我一件事。"

他问她是什么事。她说不要再派人监视她了，他答应了她。

她临走时，他牵住她的马说："明天我会把几具血肉模糊的尸体挂在辕门上，告诉我的士兵们，这些尸体就是擅闯夏国禁地的犯人。大夏现在是蒙古的友邦，藐视大夏就是藐视我的朋友。"

他依稀听到她说了声"谢谢"，然后她打马离开了。她远去的方向传来了悠扬的牧歌，歌声飘到了天际里，笼罩在阿尔寨石窟的上空。像一阵小雨，滴落在大地上。

当云蔚把这些证据摊在夏襄宗的面前时，夏襄宗并不在意。他抱着怀里半裸的姑娘，抿了一口夜光杯中的美酒，不在意地瞄了桌上的那几页纸一眼，脸色即刻变了。他一把推开姑娘，捧起信纸，纸在他哆嗦的手中发出了"哗哗啦啦"的声音，一层黄豆大小的冷汗从他的额头摔碎在了地面上。

夏襄宗对云蔚说："快带着你的麻魁军，去李遵顼家把他秘密逮捕，他要是反抗，就地处决。"

云蔚点头，她刚要出去，夏襄宗问云蔚："这些绝密情报你都是从哪里搞到的？"

云蔚说："你命都快没了，还关心这个问题？"

夏襄宗挠挠头，答："你说得对，我不关心。"

云蔚走后，夏襄宗一把抱住了半躺在地上瑟瑟发抖的女人。那女人说："都什么时候了，陛下还有这个心情？"

夏襄宗说："皇帝该享的福我都享了，该受的罪我也都受了，该死就死，爱谁谁吧。"

云蔚带着麻魁军，赶到了李遵顼的齐王府。他们没有敲门，而是搭梯子翻墙进去。结果让云蔚大失所望。李遵顼的整个王府黑乎乎的，所有房子都空了，每扇门都大开着，像是在咧着嘴嘲笑云蔚。这时，哨兵向云蔚报告，李遵顼集结了他的军队，包围了中兴府。他自己带着大批人马，正在向皇宫进发。

等云蔚杀回去，李遵顼的军队已经攻打进了皇宫，宫门口到处都是太监和婢女的尸体，血汇聚在一起像是小溪一样，流进了中兴城的下水道里面。

李遵顼在铁甲兵士们的簇拥下，脸色阴沉地看着云蔚，说："幸亏这个昏君身边有我的眼线，否则今晚死的就是我了。"

云蔚说："今晚死的人够多了，你还是投降吧，我可以为你求情，把你流放到战场上去，在那里你会流芳百世。"

李遵顼说："这里就是我的战场。"

身披黑灰色铁甲的战士们包围了云蔚和她的女兵们，这个景象让云蔚想起了上次政变的情景。

在厮杀中，云蔚身上的伤口越来越多，因为失血过多，她失去了自主意识。恍恍惚惚中，她猛然想起了在阿尔寨石窟里，成吉思汗对自己低声下气说话的情景。他做了那么多，就是为了讨自己欢心。虽然一切都失败了，自己就要死了，可她发现自己真的很为他的做法开心，这对他来讲是幸运还是不幸？她觉得这个世界真是太荒谬了。

然后她看到成吉思汗骑着白马，带着一队蒙古士兵冲进了这场混战，在人群中杀出了一条血路，冲到了她的身边。成吉思汗跳下白马，走到她面前，把她搀了起来。他很平静，可她能听到他话语中的焦虑，他说："你这个女人真是太奇怪了，你怎么笑了？"

李遵顼推开了不敢再轻举妄动的人群，挤到了成吉思汗的面前说："这是夏国的内政，大汗也要干预？"

成吉思汗说："我怕你们的内政干扰蒙古和夏国共同抗金的大业，所以来帮你们参谋参谋。"

此时，夏国传信兵来报，在金国边境线驻扎的蒙古大军突然调转了矛头，在向中兴城集结。

成吉思汗说："李遵顼，我现在挥一下手，你就是今夜当了皇帝，怕是也要做噩梦。"

李遵顼的面色铁青，他说："开弓没有回头箭，大汗应该理解。"

成吉思汗说："理解，我当然理解。我来的路上一直在想办法，我有个办法你想不想听？"

李遵顼说："怕是我不想听都得听吧？"

成吉思汗笑着说："最复杂的问题往往用最简单的方法解决。你和夏襄宗就在这皇宫的钟楼顶决斗吧。全中兴的百姓给你们做观众，我给你们做裁判。谁赢了，谁就去做夏国的皇帝！"

看着在钟楼顶端瑟瑟发抖的两个男人，云蔚咬牙切齿地对成吉思汗说："你这个混蛋，你这是在侮辱这个国家。"

成吉思汗说："我这是给了你父亲一个机会，也给夏国一个机会。你以为皇帝那么好当吗？你别看他们的双腿在发抖，心里头说不定有多高兴呢。你信不信，假设我指着一泡狗屎说谁先吃进去谁能当皇帝。他们两个会毫不犹豫地扑向那泡狗屎的。"

云蔚说："你也是皇帝，你吃过狗屎吗？"

成吉思汗笑了，钟楼的钟被敲响了，两个男人厮打在了一起。

云蔚紧张得全身冰冷。在钟声中，成吉思汗小声地对她说："要是只吃狗屎就能当得了皇帝，那这个苦难的人世该变得多么美好啊！"

百姓们仰视着这场决斗，瞠目结舌。这是一场多么难看的决斗啊！两个男人站在高高的城墙上，他们害怕一不小心摔下去变成一堆肉泥，每走一步都战战兢兢，像是两只夏天里被剃光了毛的黑猫。夏襄宗手里拿着一把剑，可他就像一个只会用爪子挠敌人脸的泼妇般尖叫。每一剑刺出去都软弱得风吹来就能把剑刃刮断。而李遵顼每次朝脚下看一眼，就会发出猪被杀掉时才会发出的惨叫，他的刀早就从手里掉下去了，他大喊着：“救命啊，救命啊！快把我放下去吧！我不想当皇帝了。”

后来，夏襄宗每刺出一剑，老百姓们就会“哇”的一声发出一阵哄笑。李遵顼每叫一声，老百姓们也会“哈”的一声发出一阵哄笑。他们还兴致盎然地在人群里开了盘口，像是赌斗鸡一样地纷纷下注。他们一人捧着一把葵花籽，现场的哄笑声和牙齿磕葵花籽壳的声音混成一片。那声响仿佛一群饥饿的食人鱼，在海里看着即将摔进海面的鲜肉，兴奋得咬牙切齿。

这场决斗从深夜一直持续到太阳即将升起，两个角斗士的衣服都被汗打湿了，头发一缕一缕地贴在额头上。隔着很远，钟楼下的每个人都能听到他们沉重的喘息声。新的一天即将来到，空气里漂浮着新鲜燕麦的味道，可此时此刻起雾了。那雾一下子将两个决斗者的身影都吞噬掉了。云蔚和成吉思汗齐喝一声“不好”，一起向钟楼顶上冲去。

在雾里，成吉思汗有一种感觉，这不是雾，而是某种生物的皮肤，甚至是身体的内壁。他听到了夏襄宗和李遵顼的尖叫，一切都和那传说中连环凶杀案的景象一样。他对云蔚说：“小心，千万小心。”

那雾突然如一团在人手中的布一样，迅速从太阳上、从大地上收缩、聚集。人们的视线瞬间清晰了，云蔚发出了惊呼声。雾竟然凝聚成了人形，有鼻子有嘴，有手有脚。他站在浑身是血、跪倒在地的李遵顼面前，手扼着他的喉咙，李遵顼快要被掐死了。

雾人回头看了成吉思汗一眼，那眼神里空无一物。成吉思汗刚抽出刀，那雾人已松开了扼着李遵顼的手，飘到了他的面前。雾人用手摁住了成吉思汗持刀的胳膊，成吉思汗一瞬间觉得好像自己被人脱光了衣服扔到了寒冬的雪原，冰块劈头盖脸地砸在了自己的身体上。他在一瞬间就麻木了，他的意识中没有生没有死，没有青春没有衰老，没有光明也没有黑暗。后来在《情书录》中他对云蔚说："我想，死后去的世界，大概就是这个样子吧。"

后来，他觉得手上有点点滴滴的灼热，这让他渐渐恢复了意识。他看到雾人竟然长着一张孩子的脸。无辜、纯洁而好奇，像一团雪白的绒毛般令人不敢用眼神去玷污。是雾人的眼泪打在了他的手上，他壮起胆子，问这雾人："你是谁？你为什么要哭？"

雾人哭得更加悲伤了，他说："我是谁？我为什么要哭？"这两句话，雾人喃喃自语来回重复着，此时云蔚的惨叫声从雾霾中传来。成吉思汗循声望去，夏襄宗躺在血泊里，已是身首分家。他的头颅被摆放在了他的胸前。云蔚举起刀砍向了雾人，刀刃刚一接触到那流动的白，雾人便被打散了，变成了虚无。虚无把云蔚闪到一边，又在成吉思汗面前重新凝聚成了雾人。

那雾人悲伤地哭着对成吉思汗说："我是天谴……"几乎是一瞬间的事，雾人就移位站在了钟楼的塔尖上，众人还没来得及惊呼，太阳彻底从地平线上挣脱出来了，一刹那，雾人烟消云散，无影无踪。

云蔚扑到夏襄宗的身上，这个举动把她自己也吓了一跳。一直以来，她以为自己对父亲毫无感情，父亲对自己也没什么感情。父亲最感兴趣的是权力，自己最爱的是大夏。如今，爱把他们分开，死亡却把他们紧紧地拉到了一起。

在人们围拢过来之前，云蔚看到父亲的手上有一行血写的小字，那是父亲的字迹：女儿，去查云神之子。云蔚擦掉了他手上的这行字，却无意看到了夏襄宗的腰间竟然也有一个白云神刺青。云蔚觉得天旋地转，她伏在父亲失去了头颅的身体上，无声地抽泣了起来。

成吉思汗看着被吓傻了的李遵顼说："恭喜你，从现在起你是大夏的皇帝了。"

钟楼上，一个新的时刻来临了，钟声响起，洪亮悠长，人民跪在了地上，山呼万岁。那喊声让宫墙颤抖，吞没了云蔚呼唤自己父亲的哭声。

我问李云旺："白云神究竟是什么？"

李云旺带我走进羊肉馆后面的一间屋子，里面非常干净，有股焚香后的芬芳。在屋子的正中央，矗立着一块巨大的白石。李云旺走上前去恭恭敬敬地磕了几个头，我不由得目瞪口呆。他瞪了我一眼，我急忙跪下来，有样学样。

经过一番拜祭后，李云旺告诉我，白云神就是西夏的创国神。为了杀死魔王，保卫夏国人民，他让自己的身体碎裂成无数块白石。夏国人凭借这神圣的武器打败了邪恶的魔王。从此之后，每个夏国人家庭里都供奉着这样一块白石，以此来纪念白云神的丰功伟绩。

"每个民族都有自己所崇拜的图腾。"李云旺说，"就像汉族人崇拜龙，蒙古族人崇拜长生天。我们夏国人崇拜的，就是天空中的白云和它落入人间后化成的白石。"

李云旺说这些话的时候，非常肃穆庄严，我打了个寒战，急忙装模作样地又跪在那白石下面磕了个头。李云旺笑了，他拍拍我的肩，说："好兄弟！走！我们吃羊肉喝酒去！"

真 相

在我啃羊肉的时候，李云旺说，夏襄宗死后，夏神宗李遵顼解除了云蔚的兵权。于是她把所有的精力都用在了调查父亲用生命透露给自己的线索上。她四处偷偷找人打听，云神之子究竟是什么，可没有人知道答案。

而自打在钟楼遇到雾人之后，每当有雾的时候，成吉思汗就会嗓子发干，额头冒冷汗，他总担心会从雾里钻出来个人一刀把自己给宰了。他觉得西夏不像之前那样软弱可欺了，它神秘莫测，一个不小心，自己的生命和野心就会栽在这个国家。

云蔚找到了夏国读书最多的人，他曾经是皇家图书馆的馆长，后来看破红尘，出家当了和尚。当云蔚向他请教“云神之子”的底细后，这位老僧人盘腿坐在蒲团上，闭目凝神，脸上所有的皱纹都挤到了一起，显示着他的脑部正在进行激烈的运动。云蔚觉得，眼前的这个老者变成了一台会思考的机械。老僧人的思考从黄昏一直持续到了第二天黎明，才睁开了眼睛。他不好意思地挠挠头，对云蔚说，“云神之子”这个名字，我依稀记得自己看到过，是当年在皇家图书馆当馆长时，在那里翻阅一本古书时看到的。可具体是哪本古书，我却忘记了。云蔚叹道：“不可能啊！您可是夏国读书最多的人，记性一定好。您再好好想想。”老僧人不好意思地笑道：“等你读了那么多的书，你就会明白，所有的知识不过就是狗咬狗，还不如一阵风，所以，我才来这里做了和尚啊！”云蔚再三恳求老僧人再想一想，那老僧人答应了她，让她第二天再来。可当她第二天来到寺庙时，看到的却是躺在棺木里的一具尸体，庙里的住持告诉云蔚，老僧人在她走之后没多久，便暴毙了。云蔚拜祭了老僧人，离开了寺庙，可她的内心并不失落，她知道这绝对不是巧合，是有人灭口。自己终于找到了“云神之子”的蛛丝马迹。

首歌广场的皇帝巨像，这些年来换得特别勤。原址起先是夏恒宗的神像，后来夏襄宗篡权，换成夏襄宗的神像。现在李遵顼成了夏神宗，第一件事就是推了原来的夏襄宗神像，立起了自己的像。

人们不知道，巨像的双脚里，便是夏国的皇家图书馆，那里呈放着大夏建国以来所有伟大的书籍和绝密的资料。云蔚来到了这里，却被守馆的士兵挡在了门外。

士兵告诉云蔚，皇家图书馆内部正在重新装修，谢绝任何人入内。至于什么时候能装修好，没有人知道。云蔚问士兵，装修是从什么时候开始的？士兵告诉她，昨天。云蔚觉得这看似荒谬的遭遇中，有着缜密的联系。似乎有一双大手，在自己的头顶拨弄着障碍物，控制着自己的方向。

这样的状况持续了很长一段时间，起初她以为自己能坚强地扛过去，可渐渐的她开始产生幻觉。最严重的时候，她走到哪里，都能看到死去的夏襄宗。夏襄宗对他说："云蔚啊！不要再调查下去了，找个好男人嫁了，生个孩子过安稳的日子吧。"

"可是父亲，"有一次夜里，云蔚实在忍不住了，对她父亲的鬼魂说，"是你在临死前用血写下线索，让我去查云神之子的。"

"哪里有什么云神之子哟……"夏襄宗的鬼魂哀叹道，"一定是我死了，你过度悲伤，产生幻觉了。"

就在云蔚神魂颠倒，决定去万佛殿当尼姑的时候，成吉思汗的密探给她送来一封信，约她在阿尔寨石窟见面。

当天晚上，她去了石窟。他早就在那里等着她，看着神色憔悴的她，他十分难过。他希望能让自己的御医给她把脉，开几副调理身体的药草。可她说："你要是找我来就说这些，我现在就走了。"

他无奈地摊开手说："起先，我以为雁雪和夏国主战派成员们的惨死，是李遵顼为首的求和派干的，死者们身上的白云神刺青，只是有着一般含义的普通刺青。可那天我们见到，你父亲的身上也有白云神的刺青，而你的父亲和夏神宗都是求和派的骨干，雾人连他们都杀，我的推论错了。”

她说：“真没有想到，伟大如你，都有错的时候。”

他看着面容憔悴的她，百感交集，不知该从何说起。他像上次一样，拿出来一沓纸，说：“看看吧。”

她接过那沓纸，看了几页，心里恨得想把他咬死。那沓纸上详细地记录着她生活的一点一滴。她去了哪里，和谁见面，吃了什么，睡眠中说了什么梦话，他依然在监视着她。

她说：“你骗了我。”

他说：“我知道你在调查一个叫云神之子的神秘组织，它一定和那个雾人有关系吧？”

她一眼就看穿了他，她说：“夏国终于也有让你害怕的东西了，我真不知道是该高兴还是该悲伤。”

他说：“你先不要为我悲伤。倒是你，才让我感到担心。”他告诉她，自己的眼线在跟踪她的时候，无意中发现夏神宗早就布下了一个天罗地网在等着她。那些消失的证人，那些化成了灰的证据，统统都是夏神宗的爪牙所为。这些人甚至还偷偷地潜入到她的家里，给她的食用水里投下令人神魂颠倒的迷药，半夜扮成她父亲夏襄宗的鬼魂来吓唬云蔚。

她并不领情。她对他说：“你让我觉得我活在你的网里。”

“当我监视你的时候，你的每一个细节我都不愿意错过。我又何尝不是生活在你的网里。”

她问他：“你把真相告诉我，想干什么？”

他说：“夏神宗花了这么大精力，暗地里阻挠你，证明他一定知道云神之子的秘密。现在你的对手是夏国皇帝，没有我你根本不可能和他作对。我们做个交易吧！”

第二天早上，成吉思汗率领他的大军围住了中兴城。九歌“壁”上，风大得能把头发吹乱。夏神宗探出半个身子对“壁”下的成吉思汗喊：“大汗不去实现破金的理想，率着大军一次又一次来中兴是什么意思？”

成吉思汗说：“我听说夏国有一个狗屁云神之子，和那钟楼上的雾霾怪物有牵连。我十分怀疑，这头怪物会对我的国家不利。我希望夏国能够彻底查出云神之子的底细，否则我不能保证不安的蒙古军队不会撕烂和平协议，重新进攻夏国。”

夏神宗沉思片刻，冷冷地说：“我从来没听过夏国有什么狗屁云神之子。但如果大汗怀疑，我和夏国人民愿全力相助您调查。”

此时云蔚走上了城墙，跪下对夏神宗说：“我的父亲、我的统帅都死于和云神之子有联系的雾人之手。我愿身先士卒，担负起调查云神之子底细的责任。”

成吉思汗说：“好！云蔚将军和我不打不相识！她负责调查，我就放心了。”

夏神宗说：“云蔚，既然大汗点了你的名，我就给你一个月的时间。可是你一个月后给不了我和大汗一个交代，该怎么办？”

云蔚盯着夏神宗的眼睛说：“要真是那样，我愿以死谢罪。”

云蔚终于进入了皇家图书馆，她在一件呈放着夏国历史上各种绝密文件的资料室里待了将近一个月。在那里，云蔚看到了太多不敢让她相信的秘密，基本上全都是关于乱伦、背叛与谋杀的。

一个月后，云蔚脸色苍白地走出了图书馆。看到了夏神宗正在图书馆的花园里翻阅一本古籍。云蔚走过去向夏神宗请安，夏神宗不耐烦地摆摆手说：“免了这虚假的一套吧！你知道咱们不是巧遇，我在这里等了你一个上午了。”云蔚沉默。

夏神宗一脸轻蔑地问她：“你现在是不是特别想哭，或者特别想吐？”

云蔚没有说话。夏神宗说："我懂，每一个在那房间里待过的人都想吐。我也一样。你看看你的脸色吧，和个黄脸婆一样。你变成了一个和那间屋子一样冰冷肮脏的人。你真要把我们夏国自己的秘密告诉敌人？你知道我为什么要做那么多事情来阻止你吗？因为你苦苦追寻的答案，只会引来他对我们夏国的耻笑！"

云蔚斩钉截铁地对夏神宗说："我追求的答案是正义，没有人能耻笑正义。"

夏神宗呻吟一声，说："你告诉我，你的正义是什么？"

云蔚说："一个人可以死，但不能死因不明。"她告别了夏神宗，在中兴城里绕了好几圈，确信把所有跟踪自己的人都甩掉之后，来到了阿尔寨石窟。

此时此刻，成吉思汗正在等她。他像只狐狸一样微笑着说："你很守时，可你两手空空。你带来了什么？"

她说："我带来了真相，有时谎言才需要更多的谎言和假象来维持，而真相只需要一个人把它讲出来就行了。"

秘　密

他对她说："把你知道的真相告诉我吧！"

她像是在首歌广场上对那些孩子们上历史课一样小声地对他说，在远古的时候，白云神打败了魔王，为人间赢来了和平。为了镇压魔王，白云神在封印它的地方创建了这个国家。然后它的身体化为无数块白石，以供它的子民保护这个国家。祖先们传说，当夏国遇到灭顶之灾时，集齐白云神四散的身体，白云神就会复活，再次和邪恶作战……

她说不下去了，他是敌人的领袖，她为自己滔滔不绝地向这个人讲述一个虚无缥缈的传说感到羞愧。她看了一眼他，没想到他很认真地点了点头说："我知道这样的传说。每个国家、每个民族都有自己的创世传说。"

她深深吸了一口气，然后说："可有人把这创世传说当真了。"云蔚的思维里仿佛突然出现了一个黑暗的旋涡。在这个旋涡中，她看到了被人们在历史迷雾中称之为真相的东西，有时，这东西简直滑稽得让人想哭。

她说，她在翻阅那间小屋子中的秘密档案时，才发现历史是由无数谎言组成的故事。史书中记载的恶棍与魔鬼，也许是真正的爱国者。而那些闪耀着璀璨光芒的伟大人物中，从不缺乏伪君子和阴谋家。人性的各种悲剧冲击着她的灵魂，令她身心疲惫。一个月快过去了，可她的调查一无所获。就在她绝望之时，她却从一本她休息时用来解闷的史诗中找到了云神之子的秘密。

那是一本从远古流传下来的史诗，故事波澜壮阔，语言清新脱俗。作者自称，他亲历了白云神和魔鬼的战争，并目睹了白云神的死亡。当白云神碎裂成无数石块后，跟随白云神战斗过的夏国勇士们之中，有一小部分人团结在了一起，秘密结社。

这些人相信，战争结束后的和平再漫长，也只是下一次战争之前的间歇而已。单靠夏国人自己的力量，是无法在这个世界中永远不败的。只有白云神才是人间的漫长战争中能救夏国于灭亡的唯一希望。于是，他们一直在秘密研究着让白云神复生的方法。他们给自己的组织起了一个名字，叫作"云神之子"。

随着组织的壮大，为了保守组织的秘密不被敌人窃取，他们规定在每次集会时，每个人都必须白袍遮身，白纱盖脸，不许向其他成员打听对方的真实身份。而每个云神之子成员在入会后的第一件事，就是要在身体上文一个白云神刺青。一来是为了坚定自己的信仰，二来当在现实生活中遇到不得不向其他成员证明自己是云神之子成员的紧要关头，这个刺青便是身份证明。

说到此处，她惨笑道：“这个白云神刺青，我在雁雪和死去的主战派成员们身上见过，也在夏襄宗这样的求和派身上见过。这就是说，所谓的主战派和求和派，所谓的皇帝和大臣，都只是人们在白天的表演中各自所扮演的角色。他们根本不相信那些他们号召别人付出生命来维护的观点。只有到了晚上，他们白袍遮身、白纱盖脸时，他们才敢露出他们的真面目：一群宁愿相信虚无缥缈的传说，也不愿正视现实的懦夫神棍罢了。”

她本以为她的这番话，会引起他的耻笑。她不安地看向他，却发现他在沉思。她问他在想什么，他回答道：“也许这不是虚无缥缈的传说呢？”

她哀叹道：“莫非你也疯了？”

他反问道：“否则他们为什么会死？”

他将她问住了，她盯了他半天，说：“你发现了什么？”

他说：“只有在一种情况下，才会有人这样处心积虑地消灭云神之子的人。那就是他知道云神之子的信念不是传说，他十分惧怕他们让白云神复活！”他拿起供桌上的一个橘子，剥成几瓣放在了桌上说：“我是雾人，第一起案子和第二起案子的死者被我取走了内脏。第三起案子的死者被我斩断了四肢，第四起案子的人被我割下了头颅……”然后他将自己掰碎的橘子瓣重新合在了一起，组成了一个圆形，放在了桌上，看着她。

她惊呼：“雾人在每起谋杀中破坏的人体器官，凑在一起就是个完整的人！”

他阴沉地点了点头，说：“这多么像你那个传说中白云神复活的过程啊！这种做法所蕴含的寓意，又像是恐吓，又像是威胁。看来云神之子和雾人之间有着深仇大恨。你要想找到雾人，为雁雪报酬，就必须把知道云神之子能复活的人从黑影里挖出来。可你现在的处境非常危险。可以断定，夏神宗也是云神之子的成员，否则他不会耗费那么大精力阻碍你的调查……”

她看着他，突然走神了。她想到自己似乎很笨，远没有他聪明。这让她觉得他和她之间是不平等的，她的尊严受到了伤害，她多么想捉弄一下他啊！让他知道自己不是好惹的。

她说：“你好像不太开心？”

他没有说话。

她说：“我知道为什么。”

他看着她。

她说：“你知道白云神会复活，你被它吓住了。你怕你雄霸天下的壮志，在夏国被它的巨拳摧毁。”

他像是被她说中了心思，烦躁地站了起来。他说：“你的行动一定要快。”

“为什么？”她问。

他指了指桌上的橘子，说：“雾人的收藏品还没有集全，这个仪式还没有完成，他一定还会作案的。你不想再有夏国人死，就一定要快。有什么事情随时和我联系，我会帮你。”

她问他：“当初你说你调查雁雪的死因，是为了和我见面。现在你帮助我，是为了我，还是为了你自己？”

他看着她，眼里只有无限的柔情，然后他挥挥手，走了。

本想捉弄人的她狼狈地站在众佛之中，看着这些冷酷无情的石像，她懵了。她看着刚才他站立的那个地方，回味着他的眼神，似乎看到他的灵魂还站在那里，她的脸红了。

云蔚再次上朝的时候，看着自己熟悉的人群，却觉得一切都变得陌生了。无论是朋友对她示以微笑还是对手冷眼看她，都在她的内心深处引发了滚滚惊雷。这里的每一个人，都有可能是云神之子的成员。人群从来都没有像此时此刻般可怕过，简直比那团杀人的雾霾还可怕。

退朝后，云蔚没有离开。她在皇宫的花园里和夏神宗单独见面了。就在她思考如何从夏神宗的口中套出云神之子的蛛丝马迹时，夏神宗问她："你把云神之子的秘密都告诉成吉思汗了？"

云蔚点了点头，夏神宗冷笑，说："我恨不得杀了你。为了雁雪，值得你出卖自己的祖国吗？"

云蔚说："为雁雪，就是为祖国。夏国惨败到今天这个地步，和这个案件有千丝万缕的联系。杀掉云神之子成员的那个雾人，才是真正会毁掉大夏的人。请您把真相告诉我吧！为了我们共同的祖国。"

她看到夏神宗正在瞪着自己冷笑。她听到夏神宗说："你要知道真相？那你就去调查吧。有蒙古人做你的挡箭牌，我无法阻拦你。可我提醒你，云神之子的势力之大是你无法想象的，他们一定会在你把夏国送到蒙古手里前，把你毁掉的。"

血　字

云蔚知道，最应该被调查的就是夏神宗。可他是皇帝，她不敢过于激进。于是，她在夏国的朝廷中展开了甄别云神之子成员的调查。她翻阅了所有重臣与大将的资料，并派了麻魁军的士兵对这些人的宅邸和办公场所进行一天二十四小时的监视。可是每个人的资料都干净得像是婴儿，每个人的行动也都很正常。这些人似乎知道云蔚在查他们，不仅在遇到云蔚的时候主动向她打招呼，甚至还有人专门请她到自己的府上吃饭，云蔚来者不拒，那段日子她吃胖了五斤。

每次云蔚赴宴，都有一个保留节目，那就是主人好似无意地请她参观自己家中的每一个房间，包括暗道和密室。这些被怀疑者似乎在通过这样的方式，提醒云蔚，他们是无辜的。可每个人都像是无辜的，就好像每个人都是团伙中的一分子。云蔚消耗了大量的人力物力，只抓住了几个贪官。她整夜整夜睡不着觉，早上起来枕头上落满了她掉下的头发。

一天，一个官员拦住了云蔚，对她说："云蔚将军，晚上我想请你吃饭。"云蔚认得他，他是骑兵军副都统李元。李元胖胖乎乎，身型高大，初次见他的人，绝不会相信他骑在马上会像燕子一样轻盈，像秃鹫一样凶猛。李元当年是主战派中比较温和的一个成员，从不和对手主动交锋。但他也是一个勇猛的战士，有一次，三个金国士兵奸杀了一个夏国少女，李元孤身一人闯进了金国的军营，将三个凶手斩于刀下，又单枪匹马地杀出了重围。当他回到都城时，他的黑色战马被他的血染成了一匹红马。这件事差点引起两国大战，后来因为共同抵御蒙古，不了了之。

李元正好在云蔚的调查名单上，她微笑着对李元说："谢谢您，晚上见。"

晚上吃罢晚饭，李元和其他人一样请她参观自己的府宅，云蔚以为这次又是无功而返，因而昏昏欲睡。没有想到一进李元的密室，李元关上了门，对她说："云蔚，我是云神之子成员。"

云蔚和李元对视了良久，她问他："你为什么要告诉我这件事？"

李元说："因为我的心中有愧。"

云蔚说："为什么有愧？是不是你所愧疚的是引来了雾人对你们云神之子成员的屠戮？"

李元咬咬牙说："你触碰到禁忌了。如果你要把夏国的内裤脱了给天下人看，那你就一个人去做。我到死也是夏国的军人。”

云蔚说：“那你能为我做什么，才能让你弥补你见不得人的愧疚？”

李元说：“除了你必须自己去揭开那个谜底，你可以问我任何问题。”

云蔚斟酌了半天，问他：“你是怎么加入云神之子的？”

李元说：“云神之子里，每个新成员都是由老成员推荐入团的。”

云蔚再问：“如果被推举人不愿意加入云神之子呢？ ”

李元冷笑，说：“不是每一个人都能像你这样幸运的。”

云蔚想起了自己在皇家图书馆密室里翻阅资料时看到的好多语焉不详的故事。她一下子明白了，黯然地说：“我终于知道为什么大夏历史中有那么多充满了希望的年轻人会意外死亡了。”

李元点头。

云蔚问出了那个一直缠绕在她心头折磨她的问题：“雁雪真的是云神之子的成员？”

李元的表情一下子变得很沉痛，像是一截潮湿的木头。他说：“雁雪是一个优秀的、久经考验的云神之子成员，是大夏的好女儿。她的死，我很难过。我很想念她。”

云蔚冷笑，说：“你不要难过，要是我们抓不住那个雾人，也许你很快就会和她见面的。你们真的相信白云神能复活，能够阻挡住蒙古和金国的千军万马，拯救大夏吗？”

李元发出了干笑，笑声像是在嘲笑傻子的流氓，他问云蔚：“难道你不相信白云神吗？那你相信什么？ ”

云蔚没有回答，她继续问道：“我和你们一样爱国，为什么雁雪不推荐我加入云神之子？”

李元盯了云蔚好半天，说：“其实我本想推荐你加入，可是雁雪阻止了我。”

云蔚问他为什么，李元说："雁雪觉得你爱的大夏，只是你理想中的一个蓝图，而不是我们所生活着的这个真实的夏国。你并不是一个真正的爱国者，现在看来，她说得很对。"这话让云蔚很伤感，她想起雁雪在世的时候，经常对她说要不断强化自己，千万不要松懈，只有成为最强悍的战士，才能够保卫大夏。云蔚突然明白了，那时雁雪只是在安慰自己，她已经绝望了。

李元说："云神之子里有一个声音沙哑的男人，他是我们的头头，就是在他的蛊惑下，我们这些人才干出了那种可怕的事情。如果你遇到他，千万不要犹豫，一定要杀了他……"

就在云蔚想问李元，云神之子究竟干了什么的时候，封闭的密室里出现了另一个声音。这声音说："李元，你好卑鄙，你不敢赎罪，却又忍受不了良心的谴责。自以为告诉云蔚一些真相的下脚料，就能获得安宁和平静了。这不可能，你们，谁都逃不过天谴。"

云蔚认得那个声音，是雾人。此时不知道从哪里漏进来的浓重雾霾，将密室变成了一个密不透风的棺材。昏暗中，云蔚听到李元喃喃自语了几句"天谴"，便悄无声息了。

雾霾如同有生命的精灵般在云蔚的身边绕了三圈，然后从屋外士兵撞开的大门溜走了，而李元已经倒地身亡。

这次，死者的尸体被雾人取出来的部分，是一副完整的骨骼，它就被摆放在死者的身上。看着这幅怪异的情景，有个胆小的女兵甚至吓晕了过去。而云蔚在心中感叹，成吉思汗果然没错，雾人这神秘的仪式还没有完成。在李元身边的地上，还有一行雾人写的小字：这是天谴，挡我者死。

很明显，这八个字是雾人用来威胁云蔚的。可云蔚顾不上害怕，对她而言，这八个字是雾人留下的唯一物证，简直就像定情信物一样珍贵。

那字迹非常缭草，简直就像是一幅抽象的图画。云蔚请来了全大夏最好的书法家，希望他能从这八个字中帮自己分析出一些写字之人的蛛丝马迹。书法家仔细端详着字迹，又看又摸，又跪又舔，像是在对待一个绝色美女。这让云蔚觉得浑身不舒服。她后来对成吉思汗说，她怀疑书法家的那些伟大作品不是用毛笔写成的。成吉思汗问她那是拿什么写成的，云蔚笑着没有回答。

书法家告诉云蔚，这行小字是一个心态还不健全的孩子写下的。这个答案差点把云蔚气晕过去，她对书法家说："你知不知道，这行字的主人究竟已经杀了多少人了？一个孩子怎么会杀那么多人？"

书法家捋了捋自己狂野的胡子，瞪着云蔚说："云蔚将军啊，抓人你在行，也许杀人这个孩子在行，可是辨字看人我在行。一个人也许可以把自己的字迹故意写得歪歪扭扭，可是一个人的人生体验在他的字迹里无法消除，也不能隐瞒。只有孩子才能把这字写得如此天真烂漫。"那书法家还说："这还不是最奇怪的，还有更奇怪的事情。"

云蔚问他："什么是更奇怪的事情？"

书法家说："你不觉得这行字像一幅画？"

云蔚冷笑着说："也许是这个天真的孩子书法写得不如您好吧。"

书法家不理会她的讽刺，摇摇头说："这是一种很古老的书法，甚至比我们夏国还要古老。那时刚有文字，人们要写'牛'字，就画一头牛。人们要写'羊'字，就画一只羊。字中有画，画中有字。因此，那时伟大的书法家们用尽毕生精力只追求一件事，那就是发明一个字，那字里可以包容整个世界的风景和人类全部的情感。为了发明这个字，产生了无数能让人在心中产生风景的书法技艺。比如我们现在看到的这一行。可是渐渐的，人开始分化，因为各自的利益，对彼此产生敌意。随着时间的流逝，人类不再团结，最终分成了无数的部族和国家。语言分裂了，文字也不同了。书法艺术家们这个最伟大的理想，便在漫长的历史中消散了，再也没有人提及到。我们这些当代的书法艺术家们变成了被人笑话的宠物，哄人开心的戏子。今天在这里，看到这行源自书法黄金时代的文字，真是让我既荣幸又伤心啊！”

云蔚顾不上理会他的感慨，她追问书法家：“可一个孩子，还是个杀了许多人的孩子，他怎么会用如此古老的书法在这里留下这样一行示威的字呢？”

书法家说：“面对文字，尤其是面对书法这么古老、庄严而又伟大的艺术，不能只是单纯地去理解字面意思，而是要用心去感受它。”

云蔚对书法家说：“您就直接跟我说，这行字按照您感受的，究竟是什么狗屁意思？”

书法家没有因为她的无礼而生气，也许是因为她背后的弓箭，她腰间挎着的刀吧。书法家说：“你不要管这行字是什么意思，你只是单纯地看它的样子，像不像一幅图画，像不像一个大人带着一群孩子在大地上散步？”云蔚点了点头。书法家得到了自信，他抹了抹自己额头，说：“也许他在写这行字的时候，内心深处真正想对你说的是，这个世界好美，它是值得热爱的。”

当云蔚把书法家这些话在阿尔寨石窟里说给成吉思汗的时候，他哀叹道：“你找什么书法家，鉴定什么字迹呢？除了在这个世界上散布谣言，这些华而不实的人还有什么作用呢？”

她赞成地说：“我现在太后悔找这个狗屁书法家来帮忙了，有时候，对对手的人性了解太多了不是一件好事。”

她发现，今天他的眉头上写满了忧虑，他的神态很疲惫。她问他怎么了。他说：“还记得我们之间的交易吗？”她点了点头。他说：“现在到了你履行合约的时候了。”

她这段日子一直沉浸在“雾人杀人事件”中，几乎忘记了身处的这个剧烈变化的世界。他的话把她拉回了现实，她惊叹道：“这么快就要决战了？”他点了点头，看着她。

原来当初在石窟里成吉思汗提出的交易内容是，他会出面，率领大军包围中兴，为她震慑夏神宗，帮助她扫清调查时的障碍。而蒙古大军也将和金国军队在金国边境的野狐岭展开决战，胜败结果将会决定两个国家的命运。作为交换，云蔚要率领麻魁军加入这场战争，用云石弓箭和金国的魔族“魑魅”部队直接对决。

他和她谁也没有说话，只是对视着。对于一对热恋中的情侣，有时，眼神比语言更容易进行交流。她的眼神起先很迷茫，渐渐地，结了一层坚硬的寒冰。他知道她的意思：“我走了，调查就搁置了。雾人还将继续杀人，它是夏国根基下的一颗定时炸弹，会把夏国炸得粉碎。对不起！我要失约了，我不能走！”

他只是看着她，目光柔和，像一片阳光般洒在她的身上。可她却在这目光中跌入了冰窟，她解读出了这目光中的真正含义：“你去，夏国还能苟延残喘。你不去，夏国对我而言就只是一个累赘。我会在战胜金国之前，先毁掉这个国家。”

她叹了一口气，结束了这场无声的谈判。她说：“我会尽快集结我的部队，加入你的大军。”说罢，她像石窟的门口走去。她的每一步在他看来，都像是被抽走了骨头般软弱。可他没有办法，草原不是童话，草原是生死场，爱情也是。

没过几日，夏神宗被成吉思汗的大军震慑，云蔚恢复了兵权。她带着麻魁军以及残余的夏国军队，离开了中兴，告别了祖国，向着野狐岭进发。

这就是战争，他们因为它相遇、相恋。可当他们想要彻彻底底地去爱，或是彻彻底底去恨时，它又总会残忍地伸出它庞大的触角，打碎他们的心愿。他们似乎只能为战争生，只能为战争死，或许，这就是一个战士的命运吧……

大　门

1211年的一个无比平凡的上午，在野狐岭的一座山峰顶端，云蔚顺着成吉思汗的手指望去，前方是变幻莫测的林海，金国的敌人隐藏于其中，闪闪烁烁，不时发出几声人的干笑，或是马的嘶鸣，在山野里忽隐忽现，像是恐吓敌人的利刃。

成吉思汗对云蔚说：“野狐岭，这笼罩在森林里的山峦，被古人们称作‘无穷之门’。意思是它没有边际，无穷无尽，不能揣测，无法征服。任何野心家来到野狐岭，都应该停下他的脚步，否则就会被未知吞噬，甚至毁灭。”成吉思汗眯着眼睛问云蔚：“你怕不怕？”

云蔚说：“从我懂事起，就知道这样一句话，金国如海，蒙古如一簇细沙。这片森林里，漫山遍野都是金国的士兵，据说足有五十万人。可你的军队，连我们夏国人都算上，只有不到十万人。你说我怕不怕？”

成吉思汗用一根树枝在地上画了一条线，他说：“这是金国四十五万大军组成的钢铁防线。我们想和金国大军正面冲突，摧毁这道防线，简直就是痴人说梦。”他又画了三个箭头，对着那条死亡之线。他说：“可我会把我的十万人分成左、中、右三支部队，”他又在那道线的后面画了一个小圆点说，“这是金国的总指挥部。”

云蔚看到，三个箭头在成吉思汗手上的木棍划动下，都刺穿了防线，到达了那圆点，成吉思汗紧接着在那圆点上画了个叉，然后他的三个箭头又折返回了那条线上，将那线从大地上抹去了。云蔚惊叹道：“这个计划太疯狂了！你以为金国的总指挥部就像这个小圆点，你拿树枝一划拉就能毁掉吗？”

成吉思汗说：“想成就伟大的事业，必须要有疯狂的想象力。我知道那里一定是整个敌军最难攻克的地方，所以我才需要你和麻魁军来帮我们。”

云蔚问成吉思汗：“假设我们打不下来呢，假设我们战死了呢？”

他沉痛地说：“那我们将会输掉战争。迎接末日的不仅仅是蒙古和夏国，这将是整个人间的末日。”说罢，他背着手，黯然离开了云蔚，继续巡视自己的阵地去了。

云蔚看着他的背影，心中突然春雪融化，那一刻她看到了自己的本心，她不在乎人类的末日，她只是不希望这个男人如此忐忑。

这巡视一直持续到晚上，成吉思汗还想再检查一遍，只有迈动他的双脚，他才能不让自己狂躁的心从胸膛奔出来。可他实在走不动了，全身每一块肌肉都像是要掉下来一样的酸痛。深夜时分，露水开始凝结，他知道自己不能再走下去了，一个夜深人静时还在狂奔的统帅只会让他的战士们产生不安。他想洗个澡，希望那样能让自己的神经放松下来。

在温泉里沐浴时，他突然听到一阵水花溅起的声音，蒸汽中他看到一个人影向他走来，他正准备揣起岸上的刀，向护卫们呼救时，他看清楚了来人的样子，竟然是云蔚。

云蔚浑身赤裸，像一座银像。她看着他，眼神里满是爱意和悲悯，这眼神一下子把他融化了，他变成了一摊水。她则是喝这水的动物，将这水揽入怀中的菩萨，他与她相拥，他抚摸着她的秀发、她的耳垂……痴痴地叫着她的名字。她回应他，她说：“明天你可一定要活下来，除了我谁都不能杀你。”然后他进入了她，她咬着他的胳膊，以免被人听到叫喊声。这是一场爱的决斗，可在这决斗中他感觉到了自己的新生，他仿佛在她的身体上听到了胜利的号角……

明天很快来了，甚至天都没有亮。那时的一切生灵还处在现实与梦幻的交界处，金国的士兵突然听到了一声尖啸，紧接着是千百声类似的声音。

焰火突然从四面八方的山野中升到了黑蓝色的天空中，爆炸，照亮了整个大地。金国人的砍刀还没来得及从刀鞘中拔出来，蒙古人的马蹄声如阵雷般杀到了他们的阵地，然后他们脖子一凉，头颅旋转着落在地上，万马奔腾着继续向前冲去，像是三道海浪在海洋中逆行。

金国人慌了，他们本以为成吉思汗会跟他们进行硬碰硬的阵地战，只需要靠着人海就可以吞噬蒙古军队。可现在三路敌人像是三把匕首剔牛皮一样，刺穿了他们庞大而又松散的防线，漫山遍野都是金国战士的尸体，连晨曦都被血染成了粉红色。

等到金国人明白过来蒙古人要摧毁的是在防线最深处的总指挥部后，金国的防线在迅速地向这三道洪流聚拢、截击。

地势渐渐陡峭了起来，冲锋的三支骑行军速度变慢了，金国人像是夏天的热浪一样向蒙古军队冲来。成吉思汗已经杀红了眼，他对云蔚喊道："今天我们就是死在这里也绝不撤退。"云蔚听闻此言微笑着，她说："所有战士跟我下马冲锋！"

战士们跟着云蔚跳下了马，向着金国总指挥部一路砍杀。云蔚被裹挟在这狂怒的人潮中，看着一个个向自己冲来的人那狰狞的面目变得支离破碎，那魁梧的身躯变得断臂残肢，周围到处都是血点在飞溅，充斥着皮裂骨碎的声响和血腥气。

云蔚一路过来已不知道多少人死于自己的刀下，多少人又死于别人的刀下。"最好的防守就是攻击。"她对自己说。这样她才不会被别人杀掉。

那目标离自己越来越近，却感觉不到自己的心跳。她回首望去，成吉思汗驻足在最后，指挥殿后的战士们一起狙击冲上来的如潮水一般汹涌的敌人。

这时云蔚感觉到人群停了下来，她看到了金国总指挥部就在眼前。战士们已经和驻守总指挥部的金国士兵厮杀在了一起。

此时，金国的主将带着一个身披白纱、体态婀娜多姿的女子走出了指挥部。云蔚起先以为那女子是金国主将的情妇，未料想她的出现竟让许多本已绝望的金国士兵脸上焕发了喜悦的神采。“她叫朱红。”成吉思汗对云蔚喊道，“也是金国‘魑魅’当中的一个。从没有人见过她出手，可传说她是金国这场决战中的制胜武器！”

云蔚这时才发现，金国主将并不是带着她行动，而是陪着她。那主将看朱红的神情只有敬畏，就像一滴雨对海洋的敬畏一样。朱红走到了他们面前，在嘶吼和喊杀声中，她对云蔚说的话却直达耳边：“大汗说得对，从我懂事以后，我就一直在画画，画人间的大山大河，我喜欢画画。可我不喜欢打架，从没有和人动过手。因为当我要和人动手的时候，也就是我和眼前一切死亡的时候。”

那金国主将冲朱红一鞠躬，突然抽出刀来，一刀刺穿了朱红，鲜血如河水般倾泻而出，没有流到地上，却升到了空中，形成了一只巨大怪物的轮廓。随着朱红体内流出来的血越来越多，那山一样巨大的怪物渐渐凸显出了躯干、毛发和五官。

朱红说：“谁也不会想到，金国最杰出的画家的血液，会封印着魔族最可怕的怪物——血虎。”

当朱红流尽体内的最后一滴血，倒在地上时，血虎空洞的眼眶里出现了两团微弱的火，越来越旺，变成了妖魅一样的眼珠。

朱红死了，血虎活了，它号叫着落在了蒙古军队的阵营中，抬脚之间把数千个战士踩成了肉泥。

成吉思汗正与前来支援的敌军死斗，那顶天立地的血色怪物让金国士兵士气大增。不少蒙古战士倒在了成吉思汗的脚下。他回首喊叫着云蔚的名字。云蔚没有答话，她知道他的意思。那怪物在蒙古军中又冲又撞，一时间伤亡无数。

她吹了一声口哨，拔出箭来射向那怪物，麻魁军的女战士如同听到了号召，从各个角度向怪物射出了自己的云石箭，万箭齐发。可箭头碰在它身上，如同撞在石头上一样，箭雨掉在了地上。云蔚铁青着脸，继续瞄准目标，射箭，可血虎根本不为所动。血虎蹲下，像吃零食一样，一把一把地捧起蒙古人和夏国人，塞进嘴中，嚼得粉碎。此时，云蔚听到旁边的战士惊呼，我的箭袋空了。云蔚再摸自己的箭袋，也空了。不到一会儿，所有的云石箭都用完了，密密麻麻地插在血虎的身上，像是死去的萤火虫。

蒙古军眼看就要落败，成吉思汗心中感慨，人算不如天算，自己今天就要死在这野狐岭了。突然一个念头奔上他的内心，令他不寒而栗：云蔚是不是故意示弱，想和蒙古军同归于尽？

此时，他听到云蔚的咒语。插在怪物身上的箭闪烁出耀眼的光芒，那光芒瞬间变到最烈，像是怪物身上长出了无数的小太阳。然后，这些太阳爆炸了。巨大的冲击波炸断了怪物的双腿，炸烂了怪物的肚子，它倒在了地上，爬着，呻吟着，可还在用嘴吞噬着它身边的麻魁军战士，一口便是近百人。那爆炸产生的浓烟升到空中，没有散去，而是凝结成了乌云，遮蔽住了太阳。云蔚对眼前的惨状视而不见，而是抬头死死地盯着那片云。

成吉思汗大喊：“你还在等什么？人都快被这怪物吃完了！”

云蔚还是没有回头，她只说了一个字：“雨。”这个词像是一句咒语般，让天上的乌云产生了反应。一阵冷风从空中袭来，下雨了。

成吉思汗看到，那雨点闪闪发光，如同春天的露水。雨落在怪物身上，它竟像海边的沙堡一般融化、冲垮、击碎，变成一道模糊的血迹，渗入了地上的污泥中，消失得无影无踪。

金军主将见大势已去，在亲兵的保护下落荒而逃。就在麻魁军的士兵们欢庆胜利的时候，她感到自己被一双温暖的臂膀搂在了怀中。她看着他，像看一尊神。

他冲着天空大喊："长生天，你看到了吗？今天你的子孙们终于雪耻了！"所有的蒙古战士都和他一样，仰天痛哭。今天，世界进入了蒙古时代。

她对他说："恭喜你，你胜利了。"

他低头看她，那脸色却不像一个胜利者，而像是一个死人。她心中一惊，隐约觉得有什么不对劲。可他紧紧地抱住她，吻她，打断了她的思考。她在这吻中即将甜蜜的窒息时，她看到他举起右臂，做了一个手势。瞬间，她跌入了现实的冰窟，她想起了他曾经说过的那句话：草原不是童话，草原是生死场。

所有的蒙古士兵往回狂奔，一瞬间山谷里只剩下了兴奋的西夏女子们。她刚喊了一声"快逃"，投石机发动的巨大轰鸣声就掩盖了她的喊声，几乎就在一瞬间，那些活蹦乱跳的麻魁军士兵在她的眼前变成了一地鲜红雪白的荷花……

山谷中大雨倾盆，幸存的金国士兵和夏国士兵都成了蒙古人追逐的猎物。云蔚推开了成吉思汗，一拳把他打倒在地。此时攻击结束了，一切尘埃落定，她丢下了他，向她死去的战友们跑去。他在大雨中呼唤着她的名字，迎来的却是她的利箭。那箭像大雨中的闪电，若不是他躲得快，箭会插进他的喉咙。

悲伤还是让他慢了一步，那箭击中了他的肩胛，剧痛让他差点跪在地上，可是他没有。在雨水中，他听到麻魁军侥幸未死的战士们哭号着，奔跑着，他想大喊，停止追杀夏国人。可他知道，这于事无补。

他沮丧地闭上了嘴。那些哭号声和脚步声离他远去了，不知道什么时候，从抹杀一切的大雨中消失得无影无踪。又不知道过了多长时间，雨停了，这无穷之门中尸横遍野。

他从自己的肩胛上拔下了那箭，箭头上面写着云蔚的名字。他感觉不到疼痛，他心中既狂喜又悲伤，一种奇妙的情绪从他的心间蔓延开来，他看着天空中的白云浮动，感觉自己被爱人的名字撕裂。

李云旺说，这个无比平常的黎明过后，金国终于成了成吉思汗的囊中物。可是多少次当有人提起，要用灵丹妙药，或者魔法咒语将成吉思汗肩胛上的伤疤消掉时，他只是摇头，一一拒绝了。

第四章

后　来

李云旺说，野狐岭战役结束后，世界发生了翻天覆地的变化。

现在我们看报纸、上网，也总会看到一些文章里说，今天的世界发生了翻天覆地的变化。可是跟那时的变化相比，我们今天的变化速度是十分温柔的，就像男孩的小鸟变成男人的阳物，外形会变化，功能会增加，本质不会变。

野狐岭之战后，成吉思汗跨过了阻碍他前进的“无穷之门”，世界变成了一个澡盆，这些国家都变成了肥皂泡，而成吉思汗就是那个浸泡在澡盆里戏水的顽童。这个顽童一会儿用手指轻轻触碰某个肥皂泡的边沿，就在它要爆炸的刹那，他又猛地把手指收回去，让这水泡恢复稳定的状态。不一会儿，他又会恶作剧式的拍打水面，让所有的肥皂泡产生激烈的碰撞。

金国，这个曾经在大陆上最强大的国家如今在成吉思汗的强大攻势下彻底颓败了。

不到三年的时间，成吉思汗在澡盆中卷起了一个战争的旋涡，人们都被卷入其中，相互杀红了眼，谁都顾不上谁。金国，在世人的眼中，变成了一个濒死之国，只要成吉思汗轻轻一推，便会轰然倒下。可成吉思汗却一直没有动手。人们都说，他是在用恐惧惩罚他的敌人。他们不会想到，成吉思汗不动手的原因，是忌惮夏国那片会杀人的神秘雾霾。

多少个夜晚，成吉思汗会在睡梦中重温那个在中兴城九歌“壁”上，雾人杀害夏襄宗的情景：在一片雾里，雾人就站在自己的眼前，冲他狞笑。在雾中，他看不到也听不到，只能使劲抽动自己的鼻子。幼年时，靠着自己的鼻子，他在这世界上侥幸逃生。他懂得有麦子香或是有血腥味的地方，就可能是找得到食物的生路。有铁锈味或是有人类味道的地方，就是陷阱，他的敌人就藏在陷阱边等待着把他杀死。可他的鼻子——他最忠诚的保镖，在雾里却什么都闻不到。

没有味道，他就无法找到这陷阱的弱点。渐渐的，对雾人的恐惧不只在睡梦中出现了，它开始严重干扰他的日常生活。每当他咀嚼美食，雾人就会在他的杯盘反光中浮现倒影；每当他的性高潮来临，雾人会在他身下女人的双眸中探出头来对他狞笑。雾人还没来，他就快被自己的恐惧折磨疯了。

在他的身边，只有两个人知道他的苦恼，不，更准确地说应该是两个鬼魂。脱里的鬼魂对成吉思汗说：“你踏踏实实的该干什么就干什么，不管是雾人还是其他玩意，想杀死你先问问我同不同意？”扎木合的鬼魂干脆抽出自己腰间的战刀，在蓝天下挥舞起来。他说：“我的好安达，这把刀曾经要了无数战士的性命，我将再次用它斩下那雾人的狗头！”鬼魂手中的刀闪烁着青色的寒光，光鞭打在成吉思汗的脸上，他不由自主地打了个哆嗦。

有一天深夜，成吉思汗被那雾人惊醒，他本以为自己是在做梦，可雾人就坐在床沿边，用那双可怕的灰蓝色的眼睛瞪着他。

雾人对他说：“我知道，你以为这是梦，可这不是梦。”

成吉思汗想喊叫，想从枕头下抽出匕首扎向他，可是他喊不出声来，也动不了。他望向每天晚上不眠不休保护自己的两个鬼魂所站立的位置，看到有几团黑灰色的雾像是绳子，像是破布一样绑着扎木合和脱里的手脚。两团雾霾仿佛破布似的塞着他们的嘴巴。那把闪过青光的战刀，如今躺在地上和一块废铁没什么区别。

成吉思汗对雾人说："这一天终于来了。"

雾人对成吉思汗说："你说的那一天迟早会来，但现在还不是时候。"

雾人的声音和它那没有气味的躯体完全相反，声线里充满了对成吉思汗刻骨的仇恨。

成吉思汗说："为什么还不是时候？"

雾人悲伤地看着他，沉默。

成吉思汗说："既然还没到时候，你来找我干什么？"

雾人贴在他的耳边说："你去救救云蔚吧！你要是不救她的话，她就死定了。"

成吉思汗看着雾人，心里有了一种奇怪的感觉，雾人长大了。两年前在"壁"上见到他时，他还像一个因为愤怒而把人类当作昆虫碾碎肢解掉的孩子。可如今，他的五官更开阔了，五官组合的表情所透露出的信息，也要比那时丰富多了。此时此刻的雾人，更像是一个少年。

雾人见成吉思汗望着自己发愣，皱了皱自己那从云雾里挤出来的眉毛。他对成吉思汗又重复了一遍刚才所说的话："你再不去救云蔚，她就死定了。"

成吉思汗说："你为什么不去救她？"

雾人说："我有更重要的事情要做。"

成吉思汗说："你杀了她那么多的亲人和朋友，为什么单单要救她？"

雾人笑了，笑容竟是幸福的喜悦，像一个青春期的少年回忆起了自己和初恋情人在一起的时光。

雾人说："这两年，我有一种强烈的欲望，就是想知道'人'究竟是什么。于是我一直注视着我感兴趣的人，其中也包括你和云蔚。看着你们这些芸芸众生，我对人间越来越感到好奇。这个世界上，有你这样野心能吞噬天地的人，也有卑鄙到连魔鬼都恐惧的人，竟然还有像云蔚那样，心里只有爱和责任的人。看着你们，令我感到疲惫。只有看到她的时候，我才会觉得放松。我在天空中看着她，她为自己所爱的一切所做的事情都是那样美，让我心中感动。

"有一次，我化身为雾霾，在人间游荡，在宋国长江边上的一家酒馆里，我无意间看到了墙上有二十四个字。它深深地震撼了我，就像是云蔚给我的感觉一样。在雾里，有一个父亲站到墙边，给他的儿子念这二十四个字。儿子问父亲，这是什么。父亲骄傲地告诉儿子，这是诗，是这个世界上最美的东西。

"于是我明白了，云蔚就是一首诗，是这个世界上最美的东西。她应该像一朵鲜花般走向凋零，而不是被人残杀，所以你一定要救她。这个世界上能救她的除了我，只剩下你了。"

成吉思汗问他："你在那间小酒馆里读了哪首诗？"

雾人用他毫无起伏的声音将那诗读了一遍。刚读完，一阵风吹来，雾人少年般的脸庞随着风迅速变淡，散去了。

巨大的金帐里，只剩下了一床被冷汗打湿的被褥在成吉思汗的身下。他跑到窗前，只有大地月朗星稀。刚才雾人的话让他寒毛直竖，它一直在天上注视着他，他的所作所为它无所不知，它甚至可以随时要了自己的命，但它没有这么做，只是因为它在研究他。他心想："我要不惜任何代价，除掉这个雾人。"夜色中，他回想起雾人刚才给他朗诵的诗：

故人西辞黄鹤楼，

烟花三月下扬州。

孤帆远影碧空尽，

唯见长江天际流。

重获自由的两个鬼魂在他的头上盘旋着。脱里看着月亮，感叹道："这个世界真是让我琢磨不透。鬼魂在保护它的仇人，妖怪都他妈的读诗啦。"

李云旺说，野狐岭战役之后，成吉思汗只见过云蔚两次。而思念却是千万次，已经成线成雾，无时无刻、无处不在地缠绕着成吉思汗。英雄美人这个古老的话题，永远是人类思维的兴奋点。

我挺佩服李云旺的，这个李小麦的后代，他的先祖出现在《情书录》里，这是个有根基的人。

李云旺翻着《情书录》连连叹道："为爱神魂颠倒的成吉思汗啊！为情昼夜不分的云蔚公主啊！幻想、妄谵、变异、呓语，全是爱情之过，金麻叶在爱情面前算什么呢？不过是高山脚下的一抔土！后生，听这样的爱情故事你感动不感动？"

我点点头说："云蔚公主与成吉思汗的爱情故事，是世界上最伟大君王的爱情传奇！就像一把断水的利剑，一道刺穿混沌的金光，让我辈汗颜……"

李云旺拍拍我的肩头说："孺子可教，孺子可教啊！没白费我的唾沫星子……"

李云旺告诉我，《情书录》里说，每当蒙古痛击金国之后，金国人就会去找夏国报复。完颜永济似乎忘记了，是他亲手放弃了被蒙古军队包围的夏国，将它送到成吉思汗手里去的。他恨夏国，甚至超过了恨蒙古。每次战争，他的攻势都像要和夏国同归于尽。

夏神宗数次向成吉思汗求援，可对于蒙古而言，金国和夏国再也不是对手，而只是两只落在战马屁股上的、随时可以被马尾巴扫掉的飞虫。成吉思汗没有理会他的求援。不久之后，他收到了海东青传来的云蔚密信，在信中，她约他在阿尔寨石窟见面。

他曾经幻想过无数次，假设再次有与她相见的机会，自己是去还是不去。可当幻想成真的时候，他毫不犹豫地骑上了白马，来到了石窟。

他见到她，首先对她说："我不会对你说对不起，那样和叛国无异。如果你和夏国处在我的位置，也会利用那个机会消灭掉蒙古和金国的战斗主力。我只是做了一个蒙古君王应该做的事情。"

她却始终冷笑不语，像石窟中的佛像一样。冷笑够了，她站起身来，猛地把身上的袍子一把扯了下去，她妖艳的身躯暴露在了他的面前。

成吉思汗想起了在野狐岭大战前夕的那一夜，她用自己抚平了他的不安。这回忆让他羞愧得低下了头。他听到她说："不要扯那些你自己都不相信的鬼话了，我今晚跟你睡一觉，明天能带走你多少兵马？"

他惊讶地看着她，她的每根头发、她的两根如半月般美丽的锁骨、她的腰肢、她的十根调皮的脚指头，都像是在冲他流泪。

他满头大汗，一边给她找衣服遮掩，一边用言语遮掩着自己的内心。他说："虽然，我真的很想和你再睡一次，不，是永永远远地睡下去。可是我今晚就算把你睡死在这里，蒙古的每一个士兵明早起来，还是会出现在蒙古需要他出现的位置，而不是听你摆布。"

她没有再乞求他，只是黯淡地离开了。看着她的背影，他不敢想象，那一夜她的心里究竟在想些什么。

很快，他就知道了这个问题的答案。当她第二次把他约到阿尔寨石窟时，她不再脱衣服，而是把强烈的怨恨一股脑儿地发泄到了他的头上。

她说："要不是你勾引我，我不会白白失去贞洁；要不是你勾引我，我不会白白失去对爱情的渴望；要不是你勾引我，我的人生、我的国家不会落得如今这样惨烈的下场。”

听着她的斥责，他为她的痛苦而感到更深的痛苦。可在这痛苦的深处，他竟然察觉到了自己有一种黑暗的快乐。那快乐源自他终于清楚了，她对自己有一种强烈的情感，这是任何力量都无法从她内心抹杀掉的。而这情感无论是爱还是恨，现在都无所谓了。

他始终一言不发，后来她走了。石窟里只留下她身体的余香在佛窟中萦绕。他知道，她今生不会再想与他见面，他也不会再去打扰她，爱恨已成定局，这样成为彼此内心深处的烙印挺好。可现在，一切都变了。当雾人说她有危难时，他内心的第一反应就是：“我还爱着她，我不能失去她，我必须去救她。”他这才明白，爱恨没成定局，甚至永远都不会平静。他想，当初要是听长生天的，不动心就好了。可紧接着，她的形象就占据了他的脑海。

崩　溃

第二次求援失败之后，云蔚对夏神宗和那些把蒙古当作救星的大臣们说：“成吉思汗也好，还是其他什么东西也罢，你们不要再把希望寄托在杀害过夏国子民的人身上了，还是自己救自己吧！”云蔚说得情真意切，夏神宗能从她的眼中看出真正的绝望。他叹着气，跺着脚说道：“可我们打不过金国那帮怪物啊。”云蔚只说了两个字：“拼命。”

全国上下在云蔚的“拼命”这两个字的感召下，抱着必死的决心和金国打了几场硬仗，竟然全部打赢了。金国不敢再犯，云蔚也成了夏国人和金国人心目中共同的女战神。

在云蔚和金国死战的时候，中兴城里又发生过两起谋杀案。死者分别是一个姓杨的将军和一个姓李的副使。

杨将军死在一个妓院中，当时在这个妓院里正举办他的新画册的首发式。云蔚劝了他好久，现在国家危难之际，正需要夏国的将领们报效国家，每个人都不能死，死不起啊！可是杨将军不听，他说作为一个艺术爱好者，最大的梦想就是出一本画册。为了实现这个梦想，他爬了一百座山，跨了一千条河，搞过的女人他自己都数不过来，他的腰因为绘画弯了，他的腿因为绘画瘸了，他的肾因为绘画虚了，现在他的梦想终于得以实现，他的心中充满了喜悦，他必须和所有人分享自己内心的感动，还有这本画册背后的故事。

云蔚正陷在一场鏖战中，见杨将军态度坚定，只好吩咐手下千万要保护好杨将军，便匆匆赶回前线。

为了保护杨将军，人们把那个妓院拆了又重建了一遍。原来的妓院的烂木板换成了钢板，钢板和钢板之间又用铁汁浇铸密封好，这个妓院就变成一个巨大的钢铁盒子。

画展开幕那天，每位参展嘉宾都有五个保镖，每位幕后的工作人员、服务人员、从外面酒楼请来办画展庆功宴的厨子和小二以及妓院的妓女等都有一个保镖。

人们又从雪山采集了冰泉水。无论是谁，进门之前都要先领一个长长的芦苇，跳进水底才能看到画。杨将军不解这是干什么，旁人向他解释道，这是云蔚将军的主意。云蔚将军说，杨将军画的就是水，大江大河，惊涛骇浪，在水里看水更能表现杨将军的诗情画意。

听闻李云旺此言，我不由得赞叹大夏的公主就是时髦，近千年前就知道什么叫“主题 party”了。李云旺说：“狗屁，云蔚是想在水里不会产生雾霾，那妖怪就施展不开手脚了。”

在画展上，人们像传说中的人鱼一样在水底滑行，无论是官员还是商人，无论是妓女还是衙役，都在水的深蓝色光泽中变成了一尊尊神秘而华贵的人体雕像。他们每个人都一掷千金，买下杨将军的一幅幅画作。杨将军在这些人鱼的包围中手舞足蹈，眼睛里全是得意的亮光，就好像不是人在参观他的画展，而是他在一座座人肉雕刻而成的鱼像间穿梭。

画展快要结束的时候，杨将军在众人无声地鼓掌下突然抽搐了起来，他的双眼翻白，变成一只渴死的鱼。保镖们细细一看才察觉，雾竟然变成了一缕细烟，顺着杨将军嘴中叼着的芦苇钻进了他的身体里，他只抽搐了几下，就浑身瘫软地浮上了水面。而此时此刻，在岸上的士兵全都倒在了地上，水面上飘着薄薄的一层白雾，白雾里，杨将军浮在水面上，已经变成了一具干尸，他被雾人夺走的是牙齿。

李姓副使的死，更加离奇曲折，因为他死在了厕所里。雾人从一个谁都想象不到，或是不愿想象的部位钻进了这位副使的身体，不仅杀死了他,并且现场惨不忍睹。最为诡异的是,他身体上所有的毛发都不见了,雾人甚至都没放过一根毫毛。在这两个死者身上，云蔚都找到了象征云神之子成员的白云神刺青。

和金国的战争告一段落后，云蔚发誓，在这和平期里她一定要找到雾人，结束惨剧。每当夕阳西下，她就会骑着她的马，在十字街头选一个方向走下去，希望能再次遇到雾人。可这座城市似乎感受到了人们获得短暂安宁后的那一丝喜悦，天天都是晴空万里。每天，云蔚一直走到自己累了，马也累了，无路再走了，她才扬手挥鞭，折返回家。

东边的集市，哪一家老婆偷汉子，哪一家羡慕隔壁同行的生意比自己家的好，哪一家欠债还不上了要偷偷跑路……在一次次往东的游荡中，云蔚都看出来了。

西边的陵园，谁的子女不孝顺，谁进了冤狱，含冤致死，谁用一生写了半本巨著，结果贫困交加，草草了却一生……在一次次向西的游荡中，云蔚都看出来了。

南边的寡妇村里，谁是真心等待情郎，谁是暗娼，谁是习惯了孤独，悠然自在……在一次次往南的游荡中，云蔚都看出来了。

北方的边境线上，谁思乡心切，谁想建功立业，谁得了战争后遗症……在一次次向北的游荡中，云蔚也都看出来了。

在连续数年的爱恋和征战中，云蔚的身体依然美好，腿长腰圆。可是她的心智在无边无际的爱与恨中成熟，再也不会有幼稚的荷尔蒙能蒙蔽她的智慧。她在这寻找雾人的一次次游荡中，思考了很多事情。

这个国家，她还爱着，可再也不是抽象地爱皇帝、爱历史、爱文化、爱艺术，而是爱夏国中那些很具体的事物。她爱大山大河，爱在菜市场里和小贩讨价的妇人，爱天空中的飞鸟……她终于变成了雁雪所说的那种“热爱真实的夏国的爱国者”。可这样的爱越深，她就越空虚。她看着这座城，人们在无比努力地生活着，该买菜的买菜，该卖菜的卖菜，可蒙古、金国，还有那个看不见、摸不着的雾人，却像三道巨大的阴影般笼罩在这座城市的头上，随时有可能把它变成一座巨大的坟墓。她不知道人们从哪里来的勇气，可以继续这平凡的生活。

雾人迟迟没有来，就在她绝望的时刻，有一天，她在中兴四环的街上又遇到了那群因为丢失孩子，而被中兴人称为“不幸人”的父母们。他们正在一个十字路口和一个捕快面红脖子粗地吵成一团。

云蔚走上前去，问他们的领袖张才：“究竟是怎么回事？”张才还没来得及开口说话，那捕快一把推开张才，愤怒地对云蔚说：“云蔚将军，你不知道，这些人特别讨厌。前段时间打仗的时候，他们就站在各个路口，看到带孩子的人，就上去拦住人家，盘问他和孩子的关系，给我们的逃生疏散带来了不少麻烦。可我心想他们也是为了中兴好啊，这样没准也能减少很多丢失孩子的事件，我也就默许了。没想到这帮人蹬鼻子上脸，现在不打仗了，还每天站在街头拦人，这让中兴城颜面何在？这让中兴城的捕快们颜面何在？”

云蔚发现人群中有一个脸色苍白、身材瘦削的女人，云蔚记得她，她在蒙古军队用洪水淹没中兴城的那天，把儿子丢了。她问那女人：“后来，你找到你的儿子了吗？”

李彩娥悲苦地摇摇头，说：“小麦子还是不见踪影，可我李彩娥敢向白云神发誓，我的小麦子没有死，他一定会回到我的身边，一定会的啊……”李彩娥痴狂地呓语起来，众人茫然。

云蔚把张才拉到一边，偷偷问他：“蒙古和金国的千万大军就在国境线上压着，那个动不动就杀人的雾人就在我们的天上，你们觉得做这样的事情有意义吗？”

张才答道：“我知道您的意思，到最后所有人可能都得死。我承认这一点。可孩子即使死，也应该死在自己的父母身边，而不是毫无尊严地孤独死去啊。这样的惨剧，哪怕少一起，我们所做的一切就是有意义的。”

云蔚看着街道的尽头，似乎有微弱的火光在跳跃，她知道，那其实不是火光，而是布贩子红熊贩卖的布匹。云蔚看着那团仿佛孩子在雪地里玩耍般的红，心中被张才的话感动，她为自己之前的必败情绪感到羞愧。“是啊，”她想，“一场战争中未必只有胜利和失败两件事情，还有成千上万的生命需要活下来。”

张才对云蔚说：“我还有一件事情要告诉您，也许对您有用。”云蔚看着他，示意他说下去。张才说：“前些日子雾人在厕所杀死那个李姓副使的时候，其实我正在附近山上采药。满山的雾霾，死者大喊大叫着‘哑嗓子快来救我！云神之子快来救我！’喊声大得就连在山上的我都能听到。声音太凄凉了，吓得我转身就跑……”

云蔚猛然想起，数年前当她在朝廷重臣中调查云神之子的时候，一个叫李元的将军曾经在他家的密室里说过，哑嗓子是云神之子的领袖，然后，李元就被潜入密室的雾人杀害了。“看来，哑嗓子是揭开谜题的关键。”云蔚在心中对自己说。

她谢过张才，正打算离开时，旁边李彩娥的一句话仿佛火炬一般，彻底点亮了云蔚黑暗的查案之旅。李彩娥说：“云蔚将军啊，我们也跟你说不清我们这些可怜人整天活在什么样的痛苦中。也许当你成为我们这样的人后，你就明白我们的心情了！”

第二天上朝，大臣们就国事议论纷纷，在这激烈的辩论中，云蔚突然没头没脑地大声自言自语道：“我想加入云神之子！”

人们像是没有听到她的话，依然在口沫横飞地争辩着。云蔚无奈，又重复了一遍，人们依然争辩着。

当天晚上，云蔚突然在自己的衣服口袋里发现了一封信，上面写道：“三日后月初，请到月山一聚。”署名是“云神之子”。此时此刻，成吉思汗正在金帐中思念着云蔚。而雾人，则在千里之外的宋国，一条大江的边上，被那首《送孟浩然之广陵》感动得热泪盈眶。

再　见

三天后，月初。新月最亮的那一刻，云蔚眼前的平原上突然出现了无数的萤火虫，它们聚拢在一起，成巨柱状盘旋，直插天际，然后散开。天地间，这些萤火虫构成了一座巨大山峰的轮廓，渐渐的，山上的森林、泉水、草地、山石也显出了样貌，月山就这样呈现在了云蔚的眼前。

李云旺对我说，若是一个生人初次目睹这个景象，一定会被造物主的不可思议感动得热泪盈眶，可对于一个夏国人，早就见怪不怪了。“月山”就是这样，只在新月时显现，至于为什么会这样，谁也说不清楚。人们只知道，在源自远古的传说中，这座山下镇压着魔王，当人间到处都是灾难和不幸时，月山就会崩塌，魔王将会重现人间。

云蔚来到山顶，如巨钩般的新月下，空旷的荒野中，只有她一个人孤零零地站立着。她听到鬼魅一般的鼓声，从草丛的缝隙里轻轻地传了出来。随着鼓声越来越响，云蔚看到几十个用巨大白袍罩住身体，用巨大头罩遮住脑袋的蒙面人从四周登上了山顶，将云蔚围在了中间。那个打鼓的蒙面人走到了她的面前，说：“你终于到了。”

那人的声音非常沙哑，像是嗓子里流淌着一条硫酸河。“他就是李元说的那个哑嗓子吧？”云蔚心想。她努力回忆自己是否曾经听过这个声音，可是她想不出来。

“不要再想了。”那人声音中带着笑意说，“这不是我在现实中的声音，想做我们中的一分子，要学的第一件事就是变声。”

云蔚说：“我要加入云神之子。”

哑嗓子点了点头，说：“可以。”

云蔚很意外，她说：“你答应得这么痛快？”

旁边一个人插话道：“他是我们的头。他说你加入了，你就是我们的一员了。”

哑嗓子眼神里充满了笑意，说：“欢迎你加入我们。”

云蔚觉得他的语调特别刺耳，像是在嘲讽自己。她问他：“为什么这样轻易就让我加入，你知道我一直在调查你们。”

哑嗓子说：“那雾人惨无人道，可要想抓住他，我们必须和你合作。

所以我们决定破例允许你参加我们的活动，了解我们的组织。这样，我们双方都能得到各自想要的东西。”

哑嗓子的话音刚落，周围人发出了“是呢是呢”的附和声。他们的脑袋在白色头罩里摇成一片，像是树下随风摇曳的野菊花。

就这样，每个月的新月初上时，云蔚就会来到月山上，参加云神之子的活动。她原本以为，这见不得光的聚会一定是邪恶而阴森的。可没想到，这些人聚集在一起只是探讨夏国的一些小事。比如，艺术家们的作品实在是过于颓废，不利于鼓舞人民团结起来和蒙、金抗争等。关于这些事情的讨论，让云蔚昏昏欲睡。

有一次，她问哑嗓子：“云神之子怎么跟我想的一点都不一样啊？我以为你们是个很冷酷、很诡异的组织。可没想到你们和那些街头巷尾议论朝政的老头老太太没什么区别。”

哑嗓子干笑道：“我们比起他们，还是要冷酷一些，诡异一些的。”

果不其然，没过多长时间，云蔚就看出了端倪，每次他们在聚会讨论过的问题，事后都会得到有效地解决。艺术家们现在的作品朝气蓬勃，充满了生命力。他们歌唱大夏壮丽的风景，歌唱大夏善良而又伟大的人民，每一个作品中的每一个细节都充满了对这个国家的热爱，以及对它前途的无限憧憬，对胆敢来侵犯它的敌人们的不懈藐视与刻骨仇恨。

让云蔚最不寒而栗的事情，是有一次在聚会上，有人提到了那群“不幸人”站在大街上影响市容的问题，云蔚觉得说话的人便是那天和“不幸人”争执的捕快。可光听他的声音，云蔚不敢确认。她与他发生了争执，她说他们已经够不幸了，夏国的道路是所有人都能站的地方，不应该把他们轰走。人们不说话了，他们用露在白面巾外的双眼冷冷地盯着她，好像她是一个怪物。哑嗓子说：“云蔚将军，你是我们的客人。你应该学会倾听，而不是争吵。”

散会后，哑嗓子留下了云蔚。云蔚以为他还会指责自己的态度，可没想到他给她看自己胸口的云神之子刺青。他问云蔚：“亲爱的云蔚将军，你知道这刺青图案的寓意吗？”云蔚摇摇头。“云神之子刺青的中央，是一个虽然身体破碎成数块，但依然保持微笑着的白云神，周边环绕着一群手拉着手嬉戏的孩子。”哑嗓子解释道，“身体破碎的白云神，意喻着他用自己的身体创造了夏国的男女和山水。他相信夏国人会让夏国永远繁荣昌盛，所以他在微笑。而那群手拉着手的孩子，代表着夏国的子民都是白云神的子孙，他们将会千秋万代地铭记白云神的丰功伟业。我和你都相信白云神。所以我希望你也能相信我们。”

云蔚说：“我和你不一样，我更相信要保护夏国不受外敌欺辱，关键还是靠自己。”

哑嗓子没有再说话，转身走了。

没过几天，那些“不幸人”就统统消失了。街道干净多了，云蔚看到那捕快站在路口耀武扬威地指挥着交通，她似乎看到了他对自己的嘲笑。

走在这静悄悄的街道上，回忆起张才、李彩娥这些“不幸人”的脸庞，她脑海中浮现出一幅幅朝中大臣的肖像画。他们的面目或模糊，或狰狞，或伟岸，或猥琐。她想，在这些看起来已如同中年妇女般头脑一团糨糊、情绪不受控制的男人里，究竟谁是戴着面罩、穿着大袍的云神之子成员，究竟哪个形象才是这些男人的本尊，究竟哪个形象才是这个国家的本尊？可仅仅因为这些事，雾人就会如此仇恨云神之子吗？云蔚总觉得他们一定还有更大的秘密在瞒着自己。

云神之子里，有许多尚未婚娶的青年男性，每当云蔚出现，他们的眼神就像被磁石吸引的铁块一样，恨不得长在她的身上。云蔚发现，这些人当中视线最灼热的那个男人，似乎被所有人憎恶着。他走到哪里，人们就像看见死神一样避之不及。每次聚会，他只能孤独地坐在人群最后面的山石上，痴痴地望着云蔚。云蔚知道，自己找到了打开秘密的钥匙。

终于有一次，云蔚趁着没人注意的时候，悄悄地走到了那人的身边，小声问他：“你为什么总看我？”

那人眼神瞬时慌乱了起来，他结结巴巴地说：“我没有。”

云蔚长叹了一口气，说：“有就是有，为什么要骗自己呢。这又不是什么见不得人的事。”

那人呼吸杂乱了起来，他干脆站起身来，决绝地低吟了一句“我没有看你”，然后向他的同伴们走去。那些人看到他过来，停止了议论，迅速四散而去了，就像是云层拒绝了一团飘来的浮云。

云蔚以为自己把那人吓跑了，那人却在聚会快要结束时与她擦肩而过，极其迅速地说：“等一下不要走。”她看着此人匆匆离去，还以为自己是遇到了幻听。

聚会结束后，云蔚假意下山，走到半山腰间，看看四周无人，匆匆返回了月山山顶。她看到那人正在山顶等她。云蔚说：“既然你没看我，为什么又要我回来？”

那人没有回答她的话，而是说：“我知道你为什么来到我们中间，其他人也都知道。这里很危险，你快离开吧！”

那人如此直接地摊牌，并没有让云蔚惊慌。她问他：“你既然知道我为什么来，那一定也能为我指路了？”

那人慌张地摆手，说：“你是个好人！你知道我们的真相后会崩溃的，那里面全是罪恶，你快走吧！否则你会死的。”

云蔚看出来了，他和被雾人杀掉的李元将军一样，都是云神之子中的叛徒。他总是那样痴迷地看着自己，并不是爱上了自己，而是心中的秘密快要把他逼疯了，他想对她倾诉，向她忏悔。这让云蔚有些尴尬，但紧接着她松了一口气。最起码她的内心不再挣扎，如果这个人真的爱上自己，自己会不会去色诱他套取机密呢。云蔚说：“我不怕死，我知道你也不怕死。否则我们就不会在这里见面了。把你知道的说出来吧！这是你唯一的赎罪机会了。说出来，你的良心就会得到平静。”

那人的双眼痛苦地皱成了一团，云蔚没有再说话，只是看着他。过了一会儿，他长叹了一口气，说：“你跟我来吧！我带你去一个地方。”

两人来到了山腰间的一片森林里，在一棵大树下，那人停了下来，回头冲云蔚招手。在树下，云蔚看到一块小小的石碑，上面的字迹早已模糊，长满了青苔。可这已经做得很逼真的机关并没有骗得了云蔚的眼睛，她在上面轻轻摆弄了几下，大树轰隆隆地响了起来，树身上竟裂开了一个黑洞，像是一扇门。

风从黑洞里面呼呼地吹了出来，吹得那人浑身哆嗦。他说：“我们要快去快回，否则天亮了，月山消失了，我们也就死了。”

云蔚问：“下面是什么地方？”

那人答道：“是云神之子的祭坛。”

云蔚跟随此人顺着树洞进去，里面曲里拐弯，隧道通往地底下。她穿行在其中的时候，隧道两旁墙壁上挂着的火把所散发的松香味道传到了她的鼻翼里，使得她身心无比舒畅。她很久远很久远的记忆被勾了起来，她似乎看到了母亲的子宫。这回忆过于久远以至于变成了一个幻觉，此时此刻的她就在母亲的子宫里，她重新变成了胎儿。

不知道走了多久，终于走到了隧道的底部，那是一个大大的地宫，里面最起码能容纳上千人。里面黑乎乎的，云蔚拿火把照亮，她看到高高的墙壁上都是彩绘的壁画。他环绕这个大厅走了一圈，看了好几处壁画，都是大夏历史上的几场著名战役，结果皆以大夏胜利而告终。壁画画得非常精美，大夏战士英勇的表情、魁梧的身体和敌人猥琐胆怯的神态，以及被杀死时血迹上的反光都栩栩如生。云蔚看到，每场战争中大夏军队的上空都有洁白的祥云缭绕。那白云总会在战争的最关键时刻化成一个巨大的神灵，帮助大夏把敌军的人马砸成粉碎，这是大夏的保护神，也是云神之子的信仰——白云神。

云蔚总觉得哪里不对，她再仔细地端详那些白云神，不由得发出了一声惊呼。在那一刻，她觉得，好像地宫塌了，所有的山石与泥土都压在了她的身上。她头晕目眩，跌跌撞撞，碰在一块巨大的石头上。她顾不上疼痛，拿火把向黑暗的上空探去。在火光中，云蔚看到了一座用白云石搭建的巨大神像。一尊白云神的神像，它和壁画上的白云神形象一样，长着一张雾人的脸。云蔚痛苦地呻吟了一声，问那人："这里的白云神怎么会有容貌？"

那人说："因为我们亲眼见到了白云神。"

云蔚一把揪住了那人的衣领，说："这不可能！白云神只是一个传说！"

那人苦笑道："也许再过一千年，此时此刻发生的事情在世人看来也是传说。"

云蔚心中感叹，成吉思汗又猜对了。夏国人真的造出了白云神。她问那人："为什么白云神和雾人长得一模一样？"

那人眼神古怪地看了一眼云蔚，似乎她提的这个问题十分可笑。他说："白云神就是雾人，雾人就是白云神。"

云蔚简直不敢相信自己的耳朵，她问他："你们究竟干了什么？"

那人却自说自话，说："这是天谴大夏。"话音未落，他竟像发了疯一样手舞足蹈，云蔚摁住他的胳膊，让他把话说明白。他说："自己是个爱国者，可苦于报国无门，心中十分愤慨。有一天，那个蒙面的哑嗓子来找他，问他愿不愿意为了夏国加入云神之子，为了夏国让白云神复生。

他喜出望外地答应了。可他没想到，加入云神之子以后，哑嗓子让他做了一件非常可怕的事情，只有做这件事情，白云神才会复活。他终于明白，哑嗓子为什么让他加入云神之子了。这件事由他做是最合适的，虽然他很痛苦，可为了自己的祖国，他答应了。他以为会造出来神，可从雾霾里只看到了魔鬼，那魔鬼什么都不吃，只吃孩子……”他捂着头一把扯掉了自己脸上的白纱，云蔚认得他，他是中兴城最好的屠夫，用一把小刀就可以把一头壮年的公牛屠戮、剥皮、肢解。她不寒而栗。

此时，一个黑衣人从祭坛的阴影中走了出来，就像是一道沉默的影子。他望着云蔚和那个疯癫的屠夫，眼睛里一点生气都没有。

云蔚抽弓搭箭问他是谁，却看到他向前走了三步，他那狭长的影子竟然一分为二，如同计算好了一样，一道影子融入了屠夫的影子，另一道影子融入了云蔚的影子，影子相互交错，云蔚发现自己竟然动弹不得。她眼睁睁地看着其中的一道影子如同被赋予了生命一样，从地上爬了起来，手变成了刀一般的黑影，在屠夫的喉头轻轻地一划，血如同喷泉一样洒在了地上的黑影中，像是夜里的梅花。

那人此时才说话，他微笑着对云蔚说："我叫'影'，是金国'魑魅'部队的成员。"

云蔚说："我还真不知道云神之子的人会和金国魔族串通，看来大夏是真的该亡了。"

那人摇摇头说："我不知道什么云神之子，我对政治不感兴趣。我加入'魑魅'只是想找个组织保护自己，我只爱钱。有人出了重金，让我跟踪你，一旦有机会，我就要杀你，我等了你好几天，现在终于能履行合同了。"

云蔚看到自己额头上的汗水噼里啪啦地掉在地上自己的影子里摔碎，融入泥土里，像是赋予了自己影子某种力量，那原本扁平、生硬的影子突然轻轻地颤抖了几下，然后头从地上仰起，胳膊撑着地，站立了起来。那影子黑乎乎的，它看着云蔚，把鼻子凑在她的脖颈上，细细地嗅了起来。它的手变成了一根长长的钢针，对准了云蔚的额头。影说："从那里扎进去，只会切断大脑和身体的所有联系，令你窒息而死。你不会感到疼痛，额头上除了一个小红点，也不会留下任何伤痕。只有美丽的女人才值得这样的谋杀。"

说着说着，影子抬高了胳膊，将钢针向云蔚的额头猛地扎了过去。云蔚闭上了双眼，突然一阵脚步声窸窸窣窣地由远及近快速地包围了整个祭坛。影停止了动作，他惊恐地侧耳聆听，不知道是谁来到了这里。云蔚睁开眼，那针尖离自己额头的距离比眼皮离眼珠的距离还要近。她看到，一群蒙古士兵像是猴子一样蹿上了祭坛四周的高墙，他们挥动自己手中的绳索，向影飞了过去，套住了影的四肢和头颅，他们用力一拉，影的双脚离地，呈"大"字悬在半空中，他的影子也被揪扯着离开了云蔚的影子。她还看到一个蒙古军官在冲她招手，她顺着蒙古人放下来的绳子爬上墙，来到那个军官面前。影和他的影子在地上使劲挣扎、咆哮，像是两只怪兽，场面非常诡异。

那军官冲她恭敬地鞠躬，告诉她，他们是接到大汗的命令，在暗地里保护她的。已经保护了她三天，这回终于等到了暗杀者。

云蔚叹了口气，面向动弹不得的影，她说："看来今天你是履行不了那个合同了。"

影惨笑着说："这些年我攒了很多很多钱，这些钱足够组建一支军队，我能不能拿这些钱换我的命？"

云蔚摇摇头，说："我不缺钱。"

影说："那你放了我，我可以免费替你杀三个人。"

云蔚说："我也不想杀人。"

影急了，说：“你究竟想要什么，才能够放了我？”

云蔚说：“你告诉我，是不是云神之子派你来的。”

影说：“我真不知道什么云神之子。我是个杀手，不打听客户和目标的信息，这是我的职业道德。”

云蔚再问：“雇你杀我的人，长什么样子？”

影说：“我们交易的时候，对方躲在黑暗里，我根本看不清楚他的脸。我不知道他是谁。”

云蔚说：“你最好求求你的记忆力能告诉我些有用的东西，能不能保住你的命，全靠它了。”

影的脸色变得苍白，他的影子突然说话了：“我混进过买凶者的影子，偷看过那人的身体，他的胳膊上有一个白云神文身。”

云蔚问影子：“你还知道些什么？”

影子摇摇头，说：“再不知道了，可我想，这足够救我们的命了。”

影惊讶地问自己的影子：“你竟然会说话？”

他的影子答道：“影子不是傀儡，影子也想活，影子也怕死。影子自然会说话。”

影问影子：“可你怎么从不跟我说话？”

影子说：“如果不是要死，我不会让任何人知道影子会说话。影子只和影子说话。”

云蔚说：“我履行自己的承诺，放了他们吧！”

蒙古军官点了点头，一挥手，这些蒙古士兵拉扯着绳子从墙顶跳了下去，巨大的力量将影和他的影子瞬间扯得四分五裂。

云蔚一拳砸在了蒙古军官的脸上，砸断了他的鼻梁骨，她说：“谁让你杀了他们的？”

蒙古军官用手捂着血流不止的鼻子，闷声闷气地说：“对敌人宽容，就是对自己严苛。现在，您可以和我们回去了，大汗还在等着我们。”

欢　乐

他在阿尔寨石窟里焦躁地踱着步，那些沉默的佛像在他看来就像在嘲笑自己。一看到她，他就大步跨了过去，握住了她的手。他被自己这个下意识的动作给吓了一跳，她的脸红了，他感到她的手在自己的手里似乎轻轻颤抖了一下。他有些得意，又有些伤感。她松开手，绷着一张脸看着他，他觉得她的眼睛像是一条河，光华灿烂，深不可测。

他说：“你没事吧？他们没有伤到你吧？”

她摇了摇头，说：“你怎么知道有人要暗杀我？”

他苦笑着说：“是雾人告诉我的。”她愕然，他把雾人拜访自己的情景一五一十地告诉了她。她认真聆听着，长叹了一口气。她说：“我一直抓不到雾人，雾人却一直跟着我。这可真像一个噩梦。”他问她：“云神之子为什么要杀你？”她把自己在那座祭坛中发现的一切都讲给他听。

在她讲述的时候，她的眼睛一直死死地盯着桌子上的某一点，她在努力搜索自己记忆中的每一个角落，争取不漏掉任何信息。她身体里流淌的血液、她的毛发、她的皮肤都置她的抗争于不顾，无条件地信任眼前的这个男人，信任他能剥开层层的迷雾，找到事情的真相。

在她讲述的时候，他时不时地用眼角的余光偷瞄她，这是几年来两个人距离最近的时刻，他心中深深地感到惊诧。这惊诧并不在于她身上也出现了衰老的痕迹，而是她的气味还和他初次遇到她时一样芳香，皮肤的光泽还和那时一样明亮刺眼，她的曲线还和那时一样令人迷醉，她的棱角还和那时一样令人心碎。他依然爱她，永不改变。

她把自己知道的都说了出来，她问他 ：“你怎么看这些事情？我下一步应该怎么办？”

他守住心神，说 ：“他们想杀你，就证明你已经碰触到他们的禁忌了。不要着急，你和那屠夫临死前说的每一句话再跟我说一遍，千万不要有什么遗漏。我刚才没有听清……”

她微微有些不满，不知道他在想什么，可顾不上了，她把刚才说过的话又讲了一遍。

当她讲到屠夫号叫着说，魔鬼要吃孩子的时候，他示意她停下。他说 ：“你对这句话怎么看？”

她想了想说 ：“他当时疯了，也许这是一句疯话？”

他说 ：“那人找你来，就是对云神之子不满，要把云神之子的秘密讲给你听。云神之子有多厉害，他不是不知道。他是抱着必死之决心和你见面的。在这句话之前说的话，看似荒诞无稽，可全都真实地发生了。这是他要付出生命为代价说出的最后一句话，绝不是疯话……”

她吃惊地说 ：“你的意思是，雾人不但杀云神之子的成员，它还吃孩子？”

他苦笑着说 ：“我作为可汗，见过这世间无数邪事，可你们夏国这团雾霾是我见过最邪门的。也许，真相比我们想象的都要可怕。”

她不由得想起了张才、李彩娥这些丢失了孩子的“不幸人”。如今，这些“不幸人”也失踪了。

天凉了，烛火微弱，石窟外，天空已经微亮。他的卫兵们在十里外守卫着，把石窟变成了一个鸟都飞不进来的圆。可这圆心中只有他和她两个人，这是他的命令，他不想世人知道他们在干什么，他以为自己获得了自由，可此时此刻看来，他发现这是作茧自缚，他在这空洞的石窟中面对千万佛陀和一个女人，突然觉得特别孤独。他害怕让气氛冷下去，这冷淡带来的结局只能是又一次心有不甘的离别，他问了她一个非常愚蠢的问题：“为什么你一点都没有变？”

正在凝神思考案情的她没有想到他会问自己这样一个问题，他把她拉回到了世俗生活中。她惊讶地发现，自己竟然也有世俗生活，而这生活的全部内容竟然只是他。她看着他两鬓间的白发，眼角和额头多出来的细纹，心中惊诧地想，他竟然也敌不过时间。她掩饰心中的惊慌，用恼火的口吻说：“是你变得太快了，所以就显不出来我的变化了。你不是不老不死吗？你怎么会有皱纹？”

他说：“我变了，是因为你。”

她听不懂他的话，这么多年来，她已经厌倦了他那些谜一样的言语，可她依然没有放过他。她说：“你变了，是你活该。你仗打得太多了。可我不能变，我变了谁和你们决一死战？”

他突然不知道哪里来的一股勇气，一把搂住了她，吻她，意图征服她。在他的怀中，她想咬他的舌头，用力一扯，把他的脸撕烂。可她的嘴却在热情地回应着他的拥吻。她想用两只手抓住他，把他的胳膊掰断，可她的手在拥抱他，像是在拥抱一团温暖的火。她动用全部的想象力，想象自己如何让他惨死。可她和他纠缠在一起，她的身体无法骗人：她生机勃勃，神气活现。她的双腿紧紧缠住他的股间，她的乳房紧紧贴住他的胸膛，她修长的十指在他结实的后背上滑翔，她大声地喘气，像是他的身体就是氧气，只有这样的大声喊叫，才能呼吸。

他却想死在这一刻，当他看到她的五官在绽放无穷的欢愉与幸福时，他觉得不可思议。这个世界上竟然还有人不恐惧他、不仇恨他。这个不仇恨自己也不恐惧自己的人甚至还会为了自己毫不犹豫地呈现她身体上每一处最秘密、最无邪的美，奉献她灵魂中每一份最纯洁、最猛烈的爱。他突然觉得这个不是童话的世界与此时此刻的女人相比，简直就是一块肮脏的抹布。在这个女人的身体里有无限的春天。狂妄让他变得更加兴奋，此刻他就是长生天，他会无数种变化。他要在这个女人的体内爆炸，把他和她都炸成碎片，炸上天，炸成两只相互追逐着划过河面的燕子，炸成一缕在世界两极一个来回只需刹那的春风，炸成漫天的星河，永远地融为一体。他大喊着她的名字，变成了一股猛烈的激流，然后轰然倒塌在了她的怀中。

万千佛像凝视着他们，他和她却毫不在意，此时此刻他们就是佛。

她用舌尖轻轻舔着他脖颈上的汗珠，她看着他的脸，分不清楚他究竟是在哭还是在笑。她问他："你这个混蛋，我今天来这里不是和你睡觉的啊……"

他答道："你才是最混蛋的人。我爱你啊，我爱你……"

她又问："你怎么爱我？"

他说："我想和你一起死，我想把我全身的血都输给你，我想把你吃了，我想把你杀了，我想永远这样，谁都不能动一下。我想和你泡在一个澡盆里，永远看着对方。我想和你变成同一样东西，隐于黑暗，谁都找不到我们。我想和你变成同一股性高潮，直至精尽人亡。"她笑了，他接着说："我要娶你，你愿意嫁给我吗？"

她猛地站了起来，无限春光在他的眼前释放。她心里在提醒自己，刚才那只是个生理性的意外，他是自己的敌人，自己已经不爱他了。可她却对他说："好啊！我愿意。"

他对她说："我要为你操办一个最美的婚礼。"

她想："我早就对他灰心了，早就不爱他了。同意嫁给他，是想为夏国当死间。利用他的权势，探听他的情报，哪里有什么爱情可言呢？"可他的话勾起了她的好奇心，她不由自主地问他："最美，是有多美呢？"

他说："我要在蒙古草原上，找一片最绿的草地，这片草地像海一样宽广，像婴儿的脸蛋一样洁净。每一根草都像年轻男子的身体般茁壮，在草地上铺下最白的羊绒毯子，每一缕绒线都是从刚出生的小羊脖子上和下巴上生揪下来的，踩在上面，你像是踩在处女凝脂一样的腹部，你都能闻到处女的乳香味。

“我要在这片草地上铺满鲜花，风吹过来都会醉卧在花丛里，再也离不开。我在花丛里摆放一万张黄金坐的椅子，一千张缀满了绿松石、红珊瑚、蓝宝石的水晶圆桌。每一颗宝石上，都雕着你微笑的面容。在阳光下，你的笑容比阳光灿烂，到月光下，你的笑容比月光皎洁。

“我请这世界上最有权有势的一万个人来坐满这一万张黄金椅子，一千张水晶圆桌。他们会带来各自家乡最珍贵的珍玩宝物见证我们的婚礼。

“天底下最牛逼的伶人戏子会演出他们最拿手的戏剧，天底下最牛逼的乐师歌手会弹唱出他们最走心的音乐，天底下最牛逼的诗人会咏诵他们最优美的名篇。

“然后，我会让人把这些黄金和宝石都磨成粉末，塞进特制的爆竹里。一点火，轰轰轰，漫天姹紫嫣红，无限明亮喜悦，如同长生天刚把这人世间创造出来的那一刻。

“此时你出现了，你的美丽瞬间把这一切都比下去了，我不想象你，因为你美得我都想象不出来。你最好穿上我和你第一次见面时穿的白袍子，我第一次看到你就硬了，就被你扼死了——

“你眼睛闪闪发亮，我在你的眼睛里一定很忐忑、很慌张、很不是个东西！

“你站在美丽的天空下，冲着人们微笑。赶在你的美没把所有人窒息暴毙之前，我走到你的面前，把你一把抱起来，走进我的金帐，把你放在温暖的被褥上，解开你的衣服，无所顾忌地和你尽情折腾。外面什么样都不管了，死在你的身体里得了，你说，这样美不美？”

她说：“这样还不够美？”

他说：“那你说，我办。”

她抚摸着他的脸说：“把羊绒毯子一把火烧了，把鲜花拔了，扔臭水沟里，把黄金椅子和水晶圆桌统统砸碎丢给乞丐。”

他想了想，说：“好。”

她兴奋了，指尖在他的胸膛上划动，像是春柳拂动河岸。他呼呼地喘着粗气。她在他的怀中说：“那些伶人戏子、文人骚客的把戏，我不需要。把他们的四肢砍掉，把他们的舌头拔掉，扔在草地上。”

他把自己的头颅埋在女人的胸前。

她的双手插在他的乱发中，修长的双腿缠在他的背上，声音如乳燕鸣叫：“那一万个人必须脱光衣服，光着屁股才能参加咱们的婚礼。不脱衣服的，砍掉他们的上半身；不脱裤子的，砍掉他们的下半身……”

他想象着，皎洁的月光下，人间最有权势的人们如同远古时的猴子祖先在拜见猴王。他们浑身赤裸，眼神里充满了真诚的屈辱。

两个人说完后，各怀心事地分别了。

花刺子模

云蔚回到中兴，继续调查云神之子的案子。可一夜之间，哑嗓子和云神之子的线索就全断了，他们从中兴城消失得无影无踪，像是从来都不曾存在过一样。月山祭坛中的一切，也被他们炸毁了。这让云蔚觉得自己掉入了一个黑暗的泥沼，永远不可能再爬出来。

而成吉思汗在金帐里打算向世人昭告，他爱上了西夏公主李云蔚。

可他的上嘴唇和下嘴唇刚刚分开，第一个音节刚从口中呼出，就见跟他一起同生共死的老哥们儿正欣喜而又敬畏地看着他，就像看着一个神。他们跪在了地上，向他磕头致敬，就连扎木合和脱里这两个鬼魂，二十年来也首次落在了地上，向他下跪。他特别没有底气地问：“究竟发生什么事了？”

大臣们跪在地上，激动得浑身颤抖。一个铠甲肮脏、脸上都是血污的中年军人走进了他的金帐，跪在他的脚下说：“伟大的成吉思汗，你还记得吗？你曾经把数千名蒙古最勇敢精壮的战士派往世界各地，去寻找能和大夏云石箭、金国魔族所抗衡的超级武器。这些蒙古青年，将这个命令当作最伟大的理想，怀揣着以身报国的信念分成数百个小队，伪装成商旅，去往那些从没有人去过，也从没有文字记载过的地区与国家。

“这些年来，他们当中的绝大部分都牺牲了。有的小队，在攀越雪山时迷路，被冻成了冰雕；有的小队，在东渡大海时遇到了风暴，成了鱼食；还有的终于到达了目的地，却没想到当地的居民是食人族。在这些壮烈牺牲掉的小队中，有一支小队在跨越西域的沙漠时，掉入了远古战争时神灵们布置的陷阱，那是一片没有空间也没有时间，没有天空也没有大地，没有生也没有死的空虚。我们的战士陷在其中，经历着去不了目的地，也死不了，过去的事情都想明白了，可未来永远都不会再来的痛苦地折磨中。即使这样，他们依然无欲无惧地在那虚空里继续探索。

“后来，我的小队再次来到沙漠，遇到了那个陷阱，若不是他们的大声提醒，恐怕我们也遭此横祸。我看着身陷其中的他们，提出用弓箭帮助他们解决苦痛，可他们纷纷摇头，说一切安排都是长生天最好的安排，一切结局都是长生天最好的祝福。他们陷入这死亡的牢笼里，正是要用来给新到的战友做路标与踏脚石的。就这样，我们这些新的探险家踩着他们的头颅和身体，渡过了诸神的陷阱。我们挥泪与这些伟大的牺牲者们告别，向着更远的远方探索。

“此时长生天向我们，更是向您和蒙古帝国显示了他的神迹。我们走出沙漠后，发现了一个叫作‘花剌子模’的国家。在那里，我们得知了一件令人振奋的事情——

“相传在很久很久之前，花剌子模国的祖先们在一片到处都是沼泽和瘴气的森林里创建了这个国家，可那片森林中的猛鬼与恶魔们将人类当作味道鲜美的小点心，三天两头就来花剌子模国烧杀抢掠，人民怨声载道，国家岌岌可危。为了拯救自己的民族、自己的祖国，花剌子模国的国王带着建国者当中最勇敢的十二位勇士，骑着骏马深入魔界，在付出十二位勇士全部牺牲的惨痛代价后，国王终于在大魔山顶端的火山上采集了由黑太阳炙烤草木而燃的魔火，回到了花剌子模国。国王将那魔火轻轻地往地上一扔，火焰像是饿虎一样开始吞噬周围的树木与生灵。它变得越来越大，变成了可以将群山焚毁，将大海烤干的火灾。当它不再生长的时候，花剌子模国周围可怕的森林和森林里的妖魔鬼怪统统被烧成了灰烬。

“在大火中，曾经的森林变成了一望无际的沙海，其中蕴藏着无群的金矿与黑油。当火焰完成了它的使命之后，越变越小，变成一头浑身被火焰包裹的猛虎，依偎在了花剌子模国国王的脚下。

“国王知恩图报，在都城的皇宫里建造了一处到处都是酒池肉林的地下迷宫，豢养着这只火焰老虎。时光荏苒，国王换了一代又一代，可这只猛虎依然在地宫里游荡着，等待着释放它的新英雄来临。”

战士们眼含热泪地看着成吉思汗，成吉思汗无言以对。

第二天，他来到石窟，这是他们约定见面的时间。她早就在石窟中等着他，可她没想到，他说：“我们的事情要暂缓了。”

她诧异地问道：“为什么？”

他把一切都告诉了她，然后他说：“我的儿子们，我的大臣们，为了大蒙古帝国征服世界的理想，都愿不惜付出生命的代价去找那只火焰老虎。我现在不能娶一个敌国的女人。”

她看着他，心想：“我一直想不通自己说同意的时候，究竟是哄他还是心里话，现在他不娶我了，证明他说的是假话，那么，我说的大概也是假话吧？”想到这里，她心里不免有些黯然，但她还是点了点头，说：“我知道了。可我是你的敌人，你为什么要把这么重要的情报告诉我？”

他说：“我爱你，我不愿用假话骗你。”

他是真心的。可“爱”这个词，在此刻的她听来非常刺耳，就像是被那传说中的火焰老虎咬了一口。他望着她，若有所思。她问他：“还有什么事？”他说：“我的密探们为了让我了解花剌子模国，画了许多记录那里风土人情的图画，其中有一张，是一个古神庙祭坛上的徽标，我想你会感兴趣。”

他为她展开了那张图画，她只看了一眼，就呆住了。她脱口而出：“这不可能！”这徽标的正中间，是一只身体破碎、表情十分祥和的火焰老虎。周边环绕着一群手牵着手在翩翩起舞的男童女童。

李云旺说，那个徽标除了图案中央不是西夏的图腾白云神而是一只火焰老虎外，其他的与云神之子的白云神刺青没什么不同，尺寸、大小、布局都一模一样，甚至连拉着手围成圈的孩子们那脸上的笑容也没任何不同。

云蔚想起了哑嗓子给自己讲解白云神图案寓意的那一幕，现在看来，他说的全是谎言。可她从没有听说过自己的祖国和花剌子模国有什么联系，她头疼欲裂。她心中一动，说：“让我跟你一起去吧！”

他想都没有想，就点了点头。

她惊讶地问他：“你就不怕我有什么其他目的吗？”

他只是微笑着看着她，可他那温暖的笑容却让她不寒而栗。她突然明白，那些其他的目的，比如混进他的军队去做死间，比如找机会去抢火焰老虎，他都清楚。这种狂妄的自信令她恼火。

她说："莫非你让我去，是想利用我的云石箭？"

他说："现在不比野狐岭战役的时候了，我一定能得到火焰老虎。"这个骄傲的男人，他还是不在乎。

她说："我要从夏国带几个人走，我怕夏神宗不放人，需要你给他些压力。"

他说："你要带走的，是不是那些可能是云神之子成员的人？夏国阻力重重，你要把他们带到沙漠里去调查？"

她点了点头，说："这同时也是一种保护。在蒙古军营里，总比在中兴城安全些。"

他问她："你跟我去，就不怕野狐岭上的事情再一次发生？"

她说："在那里你对我说过，草原不是童话，草原是生死场。这句话我一直记得。"

他看得出来，她说的是真心话，这让他不寒而栗。看着他如冰面般平静的眼神慌乱了起来，她有些得意。

没过几天，花剌子模国那边传来消息，成吉思汗派去一支通商交流的商队，被花剌子模国的国王整队斩首，举世震惊。成吉思汗大怒，要率军亲征花剌子模国。

临行前，蒙古大军压到了夏国国境线上，成吉思汗传过话来，若是不派兵援助，就在剿灭花剌子模国前先拿夏国练手。夏神宗粗粗扫了一眼成吉思汗那张指定夏国参战人员的名单，然后恶狠狠地盯着云蔚。云蔚毫无畏惧地与他对视，夏神宗长叹一声，对大臣们说："满足蒙古的任何要求！"

云蔚带着她充满深深的怀疑而又要用生命保护的人们，快马加鞭，加入了蒙古军队。

1219 年的某一个无比平常的上午，成吉思汗大手一挥，天摇地动，战旗遮日，大军浩浩荡荡地向西方的神秘沙漠进军。

第五章

沙 漠

每当成吉思汗走出他的金帐，看着一眼望不到头的金灿灿的沙漠，他的心头都会浮现出一个问题：究竟是沙漠里的沙子多，还是草原上的草多？他明知这是一种孤单，而这种孤单是女人化解不了的，可他还是想试一试。男人总是这样的愚蠢，认为只要自己有个女人，自己生命中的困惑便都会得到解决。

成吉思汗问云蔚："你说，是沙漠里的沙子多，还是我们草原上的草多？"

云蔚说："是沙漠里的沙子多。"

成吉思汗说："为什么？"

云蔚说："沙子没有生命，草有生命。正如有生命的人都会死，可死人却不会再活，所以，沙漠里的沙子多。也许，沙漠里的每一粒沙子，都是一个再也不会复活的死灵魂，这是一片死亡之海。也许我们都会死在这里。"

成吉思汗说："你知道，在蒙古军队里说'死'是个很忌讳的事情吗？"

云蔚没有再说话。这些日子，她的调查毫无进展，两个人吵过无数次架了，今天，她不想再和他吵架了。

成吉思汗看着云蔚走出了金帐，端起了酒杯，又扔到了桌子上，酒杯裂成了几大瓣，流下了血红的酒。

天气太热了，即使这金帐的柱子是由深山泉水里浸泡千年的纯玉做成，汗珠还是一滴滴地顺着成吉思汗的面孔流到脖颈上。这种常人才会有的生理反应让成吉思汗感到恼火。

更让他恼火的是，这一路上，云蔚的笑容里总有一种失败者的哀愁和一种敌人的戒备。可他感到很委屈，他只想和云蔚像是在“幻之林”里一样，高高兴兴在一起。可现在好像成吨的痛苦，压在了她的身上。

“也许是天太热了吧？”成吉思汗口中喃喃自语，卫兵在门口探头看他，不知道在空荡荡的金帐里他在和谁说话。成吉思汗烦躁地摆摆手，问卫兵还有多久到花剌子模国，卫兵说按照现在的行军速度大概还有半个月，他又把脑袋缩了回去。成吉思汗看着站立在门外的云蔚的背影，以及浩浩荡荡的沙漠，他觉得自己与她的关系曾经像一朵盛开的鲜花，也正因为如此他才会同意云蔚与自己一起进入这片沙漠。可原来爱情像沙漠一样，越深刻，越贫瘠。

在成吉思汗注视着云蔚和沙漠的时候，云蔚只是面对着沙漠，盯着自己的脚。她并没有走动，可脚下的沙漠却如海水般缓缓逝去。那是她站立着的金帐在动，有五百头牦牛在它前面拉着。她身处平静的沙漠，内心却翻江倒海。此时沙漠颠簸了几下，蒙古卫兵满是歉意地对她说：“一头牦牛被晒死了，摔倒的时候又绊倒了许多牦牛，引起了连锁反应，现在情势已经控制住了。”

云蔚挥挥手，那军官离开了。她感到一只手搭在她的肩膀上，她没有回头看，那只手的触感和气息她太熟悉了，就像是她自己的手一样熟悉。再说，在这片沙漠里，也只有他敢把手搭在自己的肩头。

云蔚想甩掉他的手，她现在只想查案，可成吉思汗想要的却比这多得多。每次两个人的眼神接触，成吉思汗的目光总让云蔚心头一震，那目光里只有三个字“我爱你”。云蔚只得在心里一遍又一遍地提醒自己，从野狐岭战役之后，我就不爱他了，我只是在利用他，我不爱他。可她内心深处的另一个声音问她：“那你怎么又和他睡觉了呢？你还梦想嫁给他。”她给不出来答案，这让她觉得自己很卑贱。

“你在想什么？”成吉思汗问云蔚。

“没在想什么。”云蔚看着成吉思汗，“天气越来越热了。”

成吉思汗叹了口气。他明白，当一个女人说自己没在想什么的时候，其实脑子里都是问这句话的男人，并且不会想什么好事。

云蔚看着混迹在蒙古军营里的那些夏国官员，他们像是在黑色海洋里被惊涛拍打出的白色细小浪花，在沙漠的怀中若隐若现，非常刺眼。进入沙漠以来，云蔚就在这群人之中寻找着云神之子成员。起初毫无线索，后来成吉思汗教给她一个办法，让他们洗澡，在浴室的木板上凿一个小洞，派士兵监视。云蔚没有派士兵，而是自己上阵检查了每一个怀疑对象，结果令人失望，每个人身上都干干净净，云神之子成员一定在进入沙漠之前把刺青消掉了。

“你看，他们一个个多么得人模狗样，”云蔚对成吉思汗说，“可我的耐心快被消耗完了。”

成吉思汗分不清楚，她究竟是察觉到了自己的不快，在转移话题，还是真的想让自己安慰她。他决定选择后者。他说：“不要着急，我们一时半刻到不了花刺子模国，你的祖国一时半刻也不会被金国消灭。”他的话戛然而止，因为他看到了云蔚双眼中的愤怒。他知道，自己原本是用来安慰她的话语起了反作用。

果然，云蔚说：“我关心的不是这些。我在沙漠里虚度的每一刻，夏国都有孩子失踪，都有孩子死去。”

成吉思汗说：“你不能把所有的责任都扛到自己肩上……”

这个时候，他们突然听到一阵哭声，是个夏国人在号啕大哭，这引起了夏国人的悲伤，一时间哭声响成了一片。卫兵又来报告，有个夏国人得痢疾死了，哭泣者是他的父亲。成吉思汗又问：“那他在喊叫什么？”士兵挠头，一脸尴尬，云蔚冷笑着说：“他在咒骂这场战争夺走了他的儿子。”

成吉思汗愕然地看着云蔚。云蔚说：“他是夏国人，他说的是夏国方言。”正说话间，那哭泣者突然用头撞向金帐的车轮，众人阻拦不及，他的头颅被撞得四分五裂，可金帐还在缓缓前行。

云蔚闻到了一股血腥味，她觉得自己全身的血燃烧了起来。她对成吉思汗说：“既然暗的不行，我就只有明着干了。”成吉思汗看着她因为愤怒而扭曲的美丽脸庞，突然觉得她十分陌生。

云蔚跳下了金帐，号令士兵们抓来她怀疑的所有夏国官员。这些夏国人聚拢在她的周围，惊恐地望着她。云蔚画了一张白云神的肖像，五官如雾人，栩栩如生。她抽出了刀，对这群人说：“每个人往这张像上吐一口唾沫。不干的，我一刀砍下他的脑袋。”

夏国人看着她，就像在看一个疯子。其中一个长者走出来说：“云蔚将军，你不要太过分了！你要记住，你还要回夏国。”

成吉思汗挥挥手，周围的蒙古士兵们纷纷抽出了刀比在了夏国人的脖颈上，他对夏国人说：“我不用回夏国。”

“呸呸呸”，那个威胁云蔚的长者第一个在画像上吐口水，人们纷纷效仿。他们相互告慰：“唾的不是白云神，唾的是一个有五官的凡人。”到最后，剩下了三个人站在原地，迟迟不肯动作。在烈日下，他们满头大汗，比他们的影子都黑。这三根黑柱子用血红的眼睛瞪着云蔚，像是恨不得把她掏心挖肺。

行进的军队突然停下，响起一阵欢笑和水声。原来沙漠里出现了一片绿洲。草地上，鲜花迎风摇曳，像是孩子的笑脸。

迷　途

李云旺说，这三个人的名字，在《情书录》上记载含糊，但云蔚是认得他们的。他们都是夏国军队里独当一面的青年军官，曾经在无数次大战中和她一起并肩作战，浴血杀敌。因为彼此太熟了，云蔚甚至给他们起了外号。那个头颅硕大的，云蔚叫他“大脑袋”。在野狐岭战役中，他是唯一把自己的兄弟们都带出了必死之地的军官。为了救两个受重伤的战士，他的半个耳朵和三个右手手指永远地留在了野狐岭。那个眼睛眯成了一条缝，睁着和闭上眼没什么区别的，云蔚叫他“小眼睛”。别看他眼睛小，箭法之高明与云蔚不相伯仲。在蒙古和夏国的第三次战役中，东城城门被攻破，若不是小眼睛一个人守在瓦砾堆中，连发七箭射死了七个蒙古高级军官，延缓了敌人的攻势，可能在风玉率领的海东青部队没有摧毁大坝引黄河水灌进蒙古军营之前，中兴就成为一片废墟了。那个皮肤特别黝黑的，云蔚叫他“白牙齿”。因为他若是走在黑暗的夜间小道上，远远看去，只能看到一行白牙漂浮在半空中。他在军队里负责情报工作，他的人就如同他的皮肤一样，从来不引人注目。可云蔚记得雁雪对自己说过一句话，白牙齿为夏国的安全所做出的贡献，不亚于一支十万人的军队。

这三个人是云神之子的成员，让云蔚伤心，但丝毫不令她意外。云蔚说：“大脑袋、小眼睛和白牙齿，我只问你们一个问题，你们是怎么让白云神复活的？不要把我当作敌人，把你们知道的告诉我，为了夏国。”

白牙齿指了指成吉思汗，对云蔚说：“此时此刻，你干的这一切，怎么能让我们不把你当作敌人？”白牙齿的话音未落，大脑袋就闭上眼，用头撞向了蒙古士兵的刀尖，一个身材魁梧的巨人抱住了他。此时此刻，三人身边站满了这样的巨人，他们牢牢地控制住了三个西夏军官。

云蔚说：“我知道你们不会招供的。但我必须试一试，我会用最严苛的刑罚折磨你们，这是我作为一名战士，对你们三位战士最大的敬意。”

大脑袋气得破口大骂：“云蔚，你这个小婊子、臭骚货、卖国贼！历史会审判你！”

云蔚脸上一点悲喜都看不出来，她说：“这些年我目睹了不少将会永载史册的事情，我发现历史才是个小婊子、臭骚货。”

成吉思汗问她：“什么是最严苛的刑罚？”云蔚让巨人们三下五除二撕光了这三个男人的衣服，将他们用铁链牢牢捆住，并在他们的嘴里塞上白布，以防他们咬舌自尽。云蔚指了指沙漠上空的烈日。

这三个人在沙漠里被暴晒了七天，皮肤如同干涸的河床一样，到处都是被阳光撕开的口子。肌肉腐烂的气息从这些裂缝中喷涌而出，让整个蒙古军营变成一个大酱缸。似乎整座沙漠里的秃鹫都赶来了，它们在这三个人的头顶盘旋，黑压压的一片，压在每个人的心头。

在金帐里，成吉思汗闻着这些刺鼻的味道对云蔚说：“你的刑罚不仅仅针对这三个人，你是在惩罚所有人。”

云蔚痛苦地说：“我也在惩罚我自己。他们都是我的战友，是最伟大的战士。”

成吉思汗说：“收手吧，云蔚！我不希望看到我爱的女人变成一个残忍的行刑者。”

云蔚看着他，她的眼神让他非常不舒服，似乎他脑袋上长出了犄角，或是后背上长出了翅膀。总之，好像他变成了非常奇怪的东西。云蔚说：“我首先是一个夏国军人，然后才是一个女人。你不也一样吗？你忘了，草原不是童话，草原是生死场。”

成吉思汗无言以对。

云蔚退出了金帐，那离开的姿态像是黄昏，抑或是退潮。偌大的一个金帐空荡荡的，窗外车马喧嚣，可这支军队的主人觉得自己就好像一个人身处这片沙漠中，他从没有如此孤单过。

又过了几天，当几只秃鹫落在小眼睛旁边，把他的左小腿活生生地吃掉，只剩下一小截腿骨之后，三个人都崩溃了。他们对云蔚说：“你想知道什么，我们都告诉你。”

云蔚说：“我还是那个问题，你们是如何让白云神复生的？”

大脑袋说：“交换，这就是哑嗓子让我们干的一切……”

在一旁的成吉思汗听到这个词，皱起了眉头。

云蔚问大脑袋：“这是什么意思？”

白牙齿说：“想知道得更多，先给我们水喝，给我们洗澡。”

云蔚看着奄奄一息的他们，点了点头。

当天晚上，就在那三个人泡澡，而云蔚准备对他们的提审时，一个士兵脸色苍白地跑来报告，大脑袋和小眼睛都死了，白牙齿跑了。云蔚赶到三个犯人洗澡的营帐前，还没进去，刺鼻的血腥味就迎风飘来，逼迫着云蔚用手捂住了自己的鼻子和口腔。她看到几十具死尸躺在门口，到处是血渍与残肢，那是看守的士兵。

她进入营帐，看到两个死者躺在各自的浴盆里，大脑袋的脑袋没了，小眼睛的眼睛没了，两个人浸泡在红色的血水里，像两条僵直的鱼。成吉思汗站在血泊中，一脸无奈。云蔚问他是怎么回事，成吉思汗说：“据目睹者报告，夜间突然刮起了风，飞沙走石，能见度极低。等风沙过去了，这里就变成了现在这个样子。”

云蔚想：“是雾人，他一直在跟着我们。”这个时候营帐外传来了惊叫，有人发现了血迹。云蔚冲出了营帐，愤怒让她成了聋子，连成吉思汗对她的呼唤都没有听到。她顺着血迹追踪，一直追到了军营外，追到了再也看不到火光，马都不敢再向前行进的黑暗中。这个时候，她听到身后响起了马蹄声，她看到成吉思汗的卫兵带着一队士兵赶了上来。卫兵说：“大汗口谕，穷寇莫追，不得延误，违令者斩。云蔚统领，请回吧！”

云蔚一个人望着远方沉浸在黑暗中的沙漠，她知道，此时此刻是她离雾人最近的时候。卫兵再一次请她回去，云蔚咬咬牙说：“你们回去吧！我要继续追下去。”卫兵挥手，所有人包围了云蔚，那卫兵说：“你必须回去，这是大汗的命令。你不回去，我们所有人都得跟你一起死。”

黑暗更浓烈了，随时都可能有风吹来将沙地上的血迹掩盖，云蔚从箭袋里抽出来一把云石箭，向天空射去，那把箭升到最高处，箭头上竟然发出了刺眼的白光，沙漠被照亮了。云蔚看到一个身影在远方的沙漠里狂奔，云蔚喊了声“落”，那些箭落下，如同长着眼睛般向包围云蔚的人们袭来。白光刺得他们睁不开眼，他们纷纷发出了闷哼声，然后倒在了地上，沙漠又陷入了黑暗里，云蔚冲出了包围圈向那黑影所去的方向狂奔。

在黑暗中风越来越大，好在云蔚已经看到了白牙齿的白牙在沙海里若隐若现，她大声地叫着白牙齿的名字，让他停下，可白牙齿听到喊声却跑得越来越快了。

风打在云蔚的身上，很疼，云蔚觉得像是鞭子抽在了自己的身上，她的衣服裂开了，她觉得自己脸上湿了，脸上的液体流到嘴中，她用舌头舔了一下，竟然是血。风竟然把她的皮肤划破了。云蔚感觉这风太蹊跷了，她点燃火石，看到沙子在风中的轨迹呈旋涡状，直线向自己和白牙齿冲来，云蔚大叫白牙齿回来，前面有危险！白牙齿却跑进了旋涡的中心，还没等发出惨叫，风就把他撕得四分五裂。头颅落在了地上，滚到了云蔚的身边，风停了。

云蔚举着弓，却不知道自己的目标在哪里，她的身体已被冷汗打得湿透。此时此刻她才发现，沙漠的黑暗竟是如此可怕，她听到"咯噔咯噔"的声音，那是她的牙齿在打战。

黑暗中，一个男人的声音对她说："我是专门来杀你和成吉思汗的，跟了你们好久，从蒙古一直跟到此处，终于让我等到了这个机会。我还真担心，你会听他的话，不进入我的陷阱呢，哈哈哈……"

此刻云蔚才后悔，真应该听他的话回去，就不用死在这里了。不知道过了多久，她听到一个干瘪冰冷的声音从天上掉了下来："我是大金'魑魅'部队成员，我叫'风刃'。"

云蔚感受着这黑暗中的风，她知道这次死定了，只有一个人能救她，可他是蒙古的可汗，他不会来。

风　刃

云蔚不顾军令，打伤大汗传令官，独自行动的消息传回到金帐的时候，所有蒙古军官都在高声叫骂，请求大汗让自己亲自去抓这个西夏小婊子，一定要像套草原上性子最烈的野马一样用绳索套住她，然后纵马扬鞭，在沙地上把她拖回来，拖成一堆粉碎的血肉。所有的夏国军官都沉默不语，低着头，像是被阳光晒化的雪人一样，水珠子噼里啪啦地从额头一行行摔碎在地上。他们在心里暗骂云蔚："自己去送死不说，还枉费别人的性命。"

成吉思汗看着这群男人们，想想云蔚现在不知生死，他也没法跟任何人商量这件事，不由得怒从心中来。他突然站起来把一桌的杂物都扫到了地上去，人们安静了下来。成吉思汗挥挥手，无论是蒙古人还是夏人，都默默地退了出去。

成吉思汗知道，自己不去救云蔚的话，她今晚死定了。看着金帐外的月亮，他想起了有一次和云蔚在旷野里做爱时，他在云蔚的眼眸中也看到过同样纯洁的月亮。那一刻，他早已坚如磐石的心中突然燃起了一股少年豪情，他什么都不顾及了，他只想去救她，哪怕为她去死，这死也是在为自己而活，是自由。他做出了决定，他管这心中的豪情叫作“爱”。

成吉思汗披挂上铠甲，配上弯刀，走出金帐，走到正在月光下看着他走来的萨尔乐身边。萨尔乐鼻子重重地哼了两声，像是在对成吉思汗说：“我早就知道你要来找我了。”成吉思汗摸摸它初雪一样洁白的鬃毛，俯身在它的耳边说：“萨尔乐啊萨尔乐，我平常对你怎么样？”萨尔乐抬了抬左前蹄，摇摇脑袋，像是在说：“别废话了，赶紧上来吧！”成吉思汗哈哈大笑，纵身上马，对萨尔乐说：“人们都说你是神马，我只把你当作我最亲密的战友。可现在，我亲爱的战友，你若真是一匹神马，一匹天马，那么现在到你显示你的神迹、报答我的时候了！”萨尔乐一声嘶鸣，撒腿狂奔起来。等人们反应过来，萨尔乐已载着成吉思汗跑出了军营，跑进了黑暗的沙漠。人们骑上战马，去追逐成吉思汗，在沙漠里大喊：“大汗，你要去什么地方？”成吉思汗没有回答，他对萨尔乐说：“你觉得这些人烦不烦？”萨尔乐一声嘶鸣，两只前蹄踏向了虚空，如同踏在了广袤的土地上一样。紧接着，它的两只后蹄一蹬，竟然如同飞鸟一样飞到了半空中——

萨尔乐载着大汗，越飞越高，一眨眼的工夫，竟然钻入了星空，变成了一颗星星。在高空中，成吉思汗向下望去，那追逐他的马群变成了小小的黑点，在沙海里漂浮。远远望去，成吉思汗已经能看到地平线上的花剌子模国了，可他现在顾不上这些，他对萨尔乐说：“你能看到云蔚在哪里吗？亲爱的战友。你和我去英雄救美吧！”白马嘶鸣一声，似乎在说：“这就对了，这才是有意思的人生和马生！”它猛地一低头，驮着成吉思汗俯冲了下去，连云层都被他们钻出了一个大洞。

而此时此刻，云蔚躺在地上，衣服被风刃所制造的风割成了一条条碎布，裸露出来的皮肤上到处都是流淌着鲜血的伤口。她躺在冰冷的沙地里，眼睛中的星空摇摇欲坠，她正在一点一滴地失去意识。

又是一股风袭来，云蔚听到自己大腿上的皮肤被风撕裂的声音，然后血从伤口里冒了出来。长这么大，这是她第一次觉得自己真的要死了，什么大夏，什么云神之子，什么真相，她统统顾不上了。她突然扯着嗓子在曙光初现的沙漠里大声呼喊起了成吉思汗的名字，她也不知道自己究竟是想再见成吉思汗一面，还是希望他来救她，或是后悔自己临死之前，没有杀了他这个大祸害。种种情绪夹杂在一起，她在将死之时百感交集。

风刃冷冷地对她说：“不要再叫啦，他怎么会来救你呢？他是要把世界握在手掌中的男人，你又算什么？”

云蔚说：“你究竟在什么地方，为什么我的箭都射完了，还是射不中你？”

风刃发出了一阵怪笑，像是有人在捶打他的喉结。他说：“风在哪儿，我就在哪儿。”

云蔚的身上又被风割出了一道伤口，她心里害怕极了。她大声叫喊着他的名字。

黑暗中，风刃说：“你们人间技术最高超的刽子手，凌迟也只能把人切成九百九十九片，人就熬不住了。可我的最高成绩，是九千九百九十九刀。我可以和你打个赌，我这九千多刀都割完了，他也不会出现的，否则他就不是他了。你不要着急，现在才切了八十来刀，咱们有的是时间。”

天上出现了一道闪电，把笼罩沙漠的黑暗割裂了。她终于看到了就站在自己身边不远处的风刃，他的身材魁梧，穿着一身漆黑的袍子，在黑暗里像是一抹夜色。他的脸上和从袍子里伸展出来的躯干上布满了刀疤剑伤，像是爬着一层蠕动的虫子。他的眼睛已经瞎了，两个眼皮上是两道长长的伤疤，从额头到眼睛到鼻梁到嘴巴到下颌，形成了一个在夜里能把小孩吓死的“十”字形。他手持一把造型奇特的弯刀，刀刃和刀柄上布满了眼睛的图案，刀尖上竟然真的长着一只眼睛，眼白血红，一眨眼睛，就有一股旋涡状的风裹挟着沙子，从那眼睛里像刀子一样捅过来。云蔚急忙打了两个滚躲开了这股杀人的风。

此时，萨尔乐从天空中俯冲下来，意图直接把风刃给踏死。风刃举起刀挥向成吉思汗，产生了一股巨大的旋风向这一人一马撞来。若不是成吉思汗及时地勒紧缰绳，调转方向，一定会被这旋风把身体勒断。这一人一马落在了云蔚身边。他跳下马问她：“你怎么样？”语气里充满了关切之情。当他听到云蔚说暂时死不了时，他才放下心来。他的眼睛还是死死地盯着风刃，他对风刃说：“你现在走还不晚，我绝不会因为今天的事情找你的麻烦。”

风刃说：“开什么玩笑，我本以为杀了她，再想杀你就难了。没想到你真的单枪匹马来了，就为了这么个女人。成吉思汗啊成吉思汗，我真是看错你了。”

成吉思汗说：“你觉得我是个什么样的人？”

风刃骄傲地说：“我以为你和我一样，是能够为了实现心中理想而不顾一切的人。”

成吉思汗说：“只有疯子才会不顾一切。”

风刃说 ：“也只有疯子才配拥有理想，你不配。”

云蔚因为失血过多，脸色苍白。成吉思汗心想，绝不能让这个人再伤害云蔚。他挡在风刃和她之间，举起刀向风刃冲去，风刃举起那长着眼睛的怪刀，一股旋风冲向了成吉思汗，那旋风像一根犀牛角，把他高高地挑到天空，接着散去。失去依托的成吉思汗又摔在了地上。他的腹部被旋风刮得乱七八糟，变成了一片模糊的血肉。

云蔚冲风刃喊叫 ：“你不是能割人九千九百九十九刀吗？怎么这就下死手了？”

风刃摇摇手说 ：“像你这种小苍蝇，我们可以慢慢玩。我和他可玩不起，还是快刀斩乱麻，安全可靠。”风刃又向成吉思汗劈了几刀，虽然每次成吉思汗都躲开了，可旋风的边沿还是刮到了他的身体，血像喷泉一样从他的伤口里喷涌而出。没多久，他就变成一个血人，倒在了云蔚的身边。

风刃走到了成吉思汗的面前，说 ：“我不会靠这刀的本事杀你，我会手刃了你，表示我对你的尊重。我是这个世界上最伟大的刀客，你是这个世界上最伟大的皇帝。我们的命运注定一个要杀死另一个，谁死在谁的手上都不冤。你还有什么遗言交代？”

成吉思汗看着风刃那一张一合的嘴巴，听不到他在说什么。看着风刃那把刀上冲自己一眨一眨的眼睛，他抬起手指，冲风刃勾了一勾。风刃凑过来，没想到成吉思汗的手指由弯变直，插向了那只眼睛，眼睛竟然像嘴巴一样发出了像人一样的尖叫，上下眼皮紧紧地闭上，像是要咬住成吉思汗的手指。死亡将至，成吉思汗却为恶作剧笑了。

刀柄上的眼睛睁开了，它在流血。眼睛大声咒骂风刃 ：“你这个死瞎子，竟然让一个临死的人伤害我，快一刀捅死他！”

风刃怒吼着举刀捅向成吉思汗，云蔚不知道哪里来的力气，用身子挡了过去，刀扎穿了云蔚的肩膀，在离成吉思汗的额头几毫米的地方停下来了，被云蔚的骨头卡住，动弹不得。

她的生命即将熄灭，可她不去看杀死她的敌人一眼。她不愿意浪费时间，她只是对他大声地呼唤着，他用失神的双眼看着她。她流着泪，不断地悄声说“对不起”，她在心里后悔自己刚才不应该叫他的名字，要是不叫他的名字，也许他就不会出现，自己就可以独自去死，不会害了他。而他只是爬到了她的身边，对她说：“我这样死去，不甘心，但我不后悔。能和你死在一起，我很满意。你在我临死前，对我笑一笑吧。”

云蔚使劲地想挤出一个笑容，可泪水却洒落在了他满是血污的脸上。

此时此刻，起雾了……

终 点

这是一片干旱的沙漠，没有一点湿气和水分。当成吉思汗看到空中开始漂浮乳白色的云雾时，他心中暗叫“不好”。可他再一想，反正自己和云蔚就要死了，死在谁手里不是死呢？他握紧了云蔚的手。

那刀上的妖眼凝视着雾，不再冲风刃咆哮，它冷冷地说：“瞎子，这雾不对。你要小心。”风刃听妖眼这么说，一脚踹翻了云蔚，调转他的刀，面对着这片虚无的雾霾。那片雾像是一片牛奶海洋般淹没了他们。

雾人的脸在雾中时隐时现，成吉思汗发现他似乎是把风刃当作了敌人，不断地冲他尖叫。很久不见，雾人不再是个少年诗人，他变成了一个阴沉稳重的青年战士。他不像以前那样急于进攻，而是像一只成熟的老虎般玩弄着风刃的神经。

云蔚问成吉思汗：“难道它想救我们？”成吉思汗没有说话，他心里有些难堪，本来想救自己心爱的女人，结果被砍成了个血人，结果还得靠自己的对头来救自己，这件事传出去，真是威名扫地。

风刃对着那片雾说：“我不管你是什么妖魔鬼怪，赶紧现身吧。你这雾里有什么，我都不在乎。我是魔国沼县人，你应该听说过。那里到处都是毒气，生灵一接触毒气就会烂成一堆血水。为了克服这恶劣环境的漫长进化，我们沼县人早就不靠呼吸空气生活了。我们的脚底能从土地的最深处吸收纯洁的水分，在身体里把它转化成可供我们生存的氧气。所以你的那些唬人玩意对我来说都是雕虫小技，现身吧！”

雾人从雾霾中走了出来，它对风刃说：“放了他们吧。我会饶你不死。”

风刃诧异地说：“我知道你，你就是夏国的杀人云雾。你为什么要救他们？”

雾人说：“这个女人不能死。这个男人不能现在死，他的生命属于一个神圣的使命。”

风刃说：“我也有我的神圣使命，那就是把他们两个杀了。”

雾人愤怒地从雾中冲了出来，张开双手想扼向风刃的喉咙，风刃的刀尖对准了雾人的胸膛，妖眼尖叫，从眼中射出疾风，洞穿了雾人的心房。雾人惨叫一声，倒在了地上，不再动弹。

云蔚大睁着眼睛，瞪向天空。她不敢相信，雾人就这样被风刃给宰了。风刃走过来说：“这次终于没人再打扰我们了。你们准备赴死吧！”

妖眼狂笑了起来。风刃却正儿八经地冲云蔚鞠了一个躬，说：“你无愧是夏国最伟大的战士，你应该留个全尸。”

就在风刃要杀云蔚之际，成吉思汗突然开口问他：“你说你是天底下最伟大的刀客，那是你控制着这把刀，还是这把刀控制着你？”

风刃的脸色变得很难看，他说：“你是第一个问我这个问题的人。”

成吉思汗说：“你才是第一个问自己这个问题的人，而且你在心里问过自己无数遍这个问题了。”

妖眼冷笑着说：“当然我是主人，他是我的武器。当初他为了做天下第一刀客，走遍了天地。所有的著名刀客都让他给杀了，他杀掉最后一个值得他杀的刀客后，突然感到心里空落落的。现在理想实现了，可又能怎么样呢？要老婆没老婆，要儿子没儿子，被他杀死的刀客里，有好几个都当大将军大元帅了，甚至还有一个成了东南岛国上的蛮族皇帝。只有他，连个正式职务都没有。原来混到最伟大刀客的代价就是，其他伟大的刀客都被自己宰了，等到自己死的时候，世上就再也没有人知道他的事情啦。”

风刃说：“不要再说了。”

妖眼说：“没什么不能说的。你认为，世界上还有比你更快的刀客，那就是时间。你崩溃了，天天想和自己的影子决斗，到最后把自己的眼睛都刺瞎了，人们都说你疯了……”

看着表情扭曲的风刃，成吉思汗在心中想起了他刚才说的话：“为了理想不顾一切……”

妖眼继续说：“后来，你遇到了我。你跟我斗了九十九回，每次都被我击倒。这时你才知道，世界上最快的刀不是时间，而是我。你跪在地上要求和我合作，去探索速度的极限。我答应了你，要不是我，你早就把自己给宰了。”

成吉思汗说：“现在他肯定非常后悔，那不是一个伟大的刀客应该干的事情。”

妖眼说：“你闭嘴！风刃，不要再跟他废话了，赶紧把他们给宰了。”

风刃铁青着脸看向成吉思汗，成吉思汗说：“你可以听他的话杀了我，但我不服气。什么天下第一刀客，不过是一个被一只得了红眼病的妖怪控制的懦夫、傀儡。”

风刃的胸膛剧烈地起伏着，妖眼意识到不对了，它说：“别听他的挑拨离间，快把他们杀了！”

成吉思汗说：“不要再用妖眼了，让你我用刀，像两个堂堂正正的男人一样，进行一次决斗。我们的生死，由自己决定。”风刃咬咬牙，把自己的另一把刀扔给了成吉思汗。成吉思汗用尽仅存的所有力气站了起来，走过去，捡起了刀。

妖眼尖叫：“风刃你眼瞎了，难道脑袋也傻了吗？”

风刃伸手摘下了刀尖上的妖眼，把它扔到了半空中，一挥刀，妖眼断成了两半，落在了沙子里，不再唠叨。风刃说：“无论这场决斗是输是赢，我都不会再使用妖眼了。”

成吉思汗举起手，冲他竖起了大拇指。云蔚握住了他的手，再没有力气说话。成吉思汗看了她一眼，眼神很复杂，然后他松开了手。她看到他们像两道巨浪一样冲向了对方，还没等成吉思汗抽出刀，风刃的刀就劈向了成吉思汗的脖颈。云蔚紧闭上了眼睛，她不忍心看到爱人的头颅飞向天空，鲜血从脖颈的空洞中喷涌而出的景象。在黑暗中，她听到了身体倒地的声音。云蔚睁开了眼，只见周围全是大雾，雾人站在雾的中间，一只手洞穿了风刃的身体，而他自己刚才被风刃的刀刺穿的心房，竟已全部愈合。

风刃看看雾人，又看看成吉思汗，死去了。

成吉思汗和云蔚倒在地上，昏死了过去。他们都进入了濒死的境界，雾人看着两人，叹了一口气，竟融化成了一片洁白的云海。黑暗中，成吉思汗和云蔚感到那云从伤口飘进了他们的身体里面。他们没有感到疼痛，反而觉得有股温暖的能量从下腹升起，流淌到了全身。他们觉得力气又重新回到了自己的身上，他们又有了生的渴望。那些伤口的剧痛在渐渐消失，丝丝清凉像是小猫的舌头在舔着这些伤口……

当成吉思汗和云蔚醒来时，黎明来临，雾人已经消失不见了。他们所有的伤口竟然都愈合了，就像从来不曾存在过一样。

成吉思汗站起身来，觉得昨夜好像是一个梦。比起雾人杀了自己，雾人不杀自己这件事更让成吉思汗觉得昨夜是一个不折不扣的噩梦。

云蔚盯着他，就像是盯着一个怪物。成吉思汗问她怎么了。云蔚说：“我真的没想到，你会来救我。”成吉思汗却没有顾得上回答她的问题。他猛地站了起来，为眼前看到的景象而热泪盈眶——

灰色的沙尘中，他们看到一座金碧辉煌的城市，它就像是水中的倒影一样摇摇晃晃，像是一个海市蜃楼，可成吉思汗知道，他们到花剌子模国了。

战　争

李云旺说，关于蒙古攻打花剌子模国的过程，成吉思汗和云蔚的表述都是一样的支支吾吾，遮遮掩掩。在《情书录》里，这场战争只剩下了一些语焉不详的记忆碎片。

比如，在成吉思汗写给云蔚的一封信里，他问她：“亲爱的云蔚，你还记得我们共同沐浴过的那条河流吗？那是在一场血战之后，本来以为再也见不到彼此的我们又重逢了。你和我顾不上说话，你只知道伏在我的胸膛前号啕大哭，我也不想再和其他人说话，这场战争里无论是胜利者还是失败者，都死过太多回了。我要抓紧时间体验生，我骑着萨尔乐载着你，在沙漠里疾驰，你紧紧地搂着我的腰，像是生怕我长上翅膀飞走，我又何尝不是这样想的呢。萨尔乐不知道跑了多久，我们终于看到了一条河，我这匹身上都是污垢和血渍的白马一头扎了进去，把我们也摔到了河里。我和你在河水里翻滚，然后我们紧紧拽住了对方的手，相拥大哭。你吻遍了我身上的每一道伤口，直到把我也变成了河水……

“后来在攻打那条河附近的另一座城市时，我们的士兵和马匹喝干了河里的水。我有些失落，在那条河里你为我流下泪水的模样，我永远都不会忘记。你看到我失魂落魄的样子，对我发誓，一定会让这条河重生。可你我都没有想到，你的誓言再也没有机会兑现了。再攻打完那座城市后，河变成了红色的，翻滚的波浪像是鲜血淋漓的伤口。胜利后的我面对这样一条河，看着失落的你，不知道是该高兴，还是该悲伤……”

再比如，《情书录》里还有一封信，是云蔚写给成吉思汗的。在那封信里，云蔚回忆起了她和成吉思汗在一座山上一起看流星雨的情景。她说：“我神圣的大汗，你还记得有一次，在战斗的冲锋号即将吹响之前，你因为我整夜整夜失眠，睡不着觉，带我去看流星雨吗？我们像两个要脱离父母管教，出去冒险的顽皮孩子一样，蹑手蹑脚地溜出了军营。躲过了你的军队在从山脚到山腰设置的层层关卡，到达了那座山的山顶。山顶的景色可真美啊，我对你说。云雾缭绕在我的身边，像是一层纱。你对我说，你真想把月亮摘下来做针，把星星摘下来做扣子，为我缝制一条裙子。我虽然知道这些都是不可能的幻想，可哪个女人不爱幻想呢。我高兴极了！一想到，明天又会是一场死战，我真想时间永远留在此时此刻。我拉起你的手，在山顶上我和你一起跳舞。你打仗那么凶猛，你做爱和打仗一样狂野，可你跳舞笨极了，总踩我的脚。你满头大汗，你笑得好尴尬。我看着这样的你，不由得哈哈大笑。我看到星星在旋转，也许是我的幻觉，也许是我此时此刻的记忆出现了偏差。可能只是我拉着你的手在旋转。这旋转让我幸福至极，以至于我写这封信的时候，嘴角还都是笑着……

“就在我们最快乐的时候，攻城的我方军队和守城的敌方军队开始集结了，天地间到处都是死神喘息时的味道。这个时候，夜空开始下流星雨，我们一起许愿，希望大战结束之后，我们还能活着相见。

“那场仗打了好久好久，双方不知道向对方发动了多少次进攻，双方也不知道阵亡了多少战士，我带去的夏国士兵就是在这场大战中差不多死光了。连我们一起看星星的那座山都被花剌子模国的炮火炸平了。我很伤心……”

李云旺对我说：“历史是由胜利者修改而成的。可关于这段历史，我们胜利了的祖先似乎只愿意回忆爱情，至于战争，他们连修改一下都不愿意做，干脆提都不再提。西征在《情书录》里留下的痕迹，仅有云蔚画的一些画。”

李云旺给我看了云蔚在征途中创作的那一批画像，都是花剌子模国城市的速写。那是一座多么神奇的城市啊！河流变成了红色的那座城市，是完全由水晶打造成的。每天正午时分，这座晶莹剔透的城市到处都是鲜艳的彩虹。山峰被轰平的那座城市，每个建筑都是乐器，每条街道都是琴弦，风一吹过城市，就像天女反弹琵琶，天地间充满了优美动听的旋律。花剌子模国还有许多不可思议的城市，比如，有每一座房屋都建立在一朵巨大花朵上的城市，有一进城门再愚笨的动物都懂得人语，可以和居民们交流所思所想的城市，还有将诗歌当作货币，进行商品流通的诗之城，以及每个人都可以在它的怀抱里遇到他朝思暮想之人，弥补自己这一生过错的忏悔之城。“而这些城市，”李云旺收起那些图画，平静地对我说，“在这次战争后都不见了。”

在《情书录》里，云蔚曾经看似无心地对成吉思汗说：“尊敬的大汗，你可知道，在这场战争中，有一个细节让我永生难忘，那就是从你的战士包围一座城市，到从这座城市撤退后的一百天里，就连小鸟都不敢从那座城市上空飞过。”

火焰老虎

“玉龙杰赤城，好似一条巨大的飞龙般卧在沙漠之中！花剌子模国的皇宫，就是这条飞龙的头颅。林立的高楼和巨塔就是它的躯干。而龙的翅膀，便是这座城四通八达的桥梁和街道。一切都是碧绿色的，那是花剌子模国特产的玉石。数百年来，一代代花剌子模国人为了满足皇室对纯玉之美的渴望，成为奴隶，进入沙漠深处，日复一日、年复一年地挖掘这种最珍贵的建筑材料，把沙漠里的一个小部落打造成了这龙一样的都市。云蔚，你看这座城市所闪烁的光芒，多么像成千上万的亡魂眼中的泪光。”成吉思汗对云蔚说这些话的时候，他已经付出了牺牲二十万名士兵宝贵生命的代价，不知道攻破了花剌子模国多少座城池，终于包围了都城玉龙杰赤。

花剌子模国的国王站在城墙上，时而咒骂他打扰了自己的清静，一个皇帝要杀另一个皇帝，难道他就不怕神的天谴吗；时而又哀求成吉思汗放自己一条生路，他再也不敢小瞧大蒙古帝国了，他会把成吉思汗的画像供在自己的皇位上，每天上朝前先冲着画像磕三个头。

成吉思汗和云蔚看着他，懒得说一句话。这场战争持续了将近两年，人们的心都已经麻木了。

一阵风吹来，玉龙赤杰城的城墙和建筑发出了阵阵如同嘲笑般的声音，好像有几百万个人在风中小声地对花剌子模国的皇帝说：“闭嘴吧，闭嘴吧。”

花剌子模国的皇帝惊叫道："是谁让我闭嘴？"

那数百万人的声音像合唱般说道："是我让你闭嘴，是我们让你闭嘴，是为了这座城死去的冤魂们让你闭嘴。"

花剌子模国的皇帝抽出刀来，向他四周的空气乱砍。他一边砍，还一边咒骂着这些奴隶的灵魂，竟然连自己的皇帝都不认识了，既然显灵了，为什么不变成一支大军为自己的祖国而战。

那些灵魂在空中旋转，他们一边旋转一边吟唱："生者才有皇帝，死者没有皇帝。生者才有祖国，死者没有祖国。谁杀死了死者，死者就希望谁成为死者。"

皇帝的刀向风砍去，可是风散了。刀刃砍在城墙上，砸出了一道火星。在城墙下的成吉思汗看到后，以为这个人已经疯了。一个花剌子模国的将军想劝阻疯了的皇帝，却被皇帝一刀把他的头砍掉了。将军的碧绿色灵魂从脖子的裂口处飞了出来，加入了那百万冤魂飞舞而成的风中，一起吟唱："复仇的日子到了！复仇的日子到了……"

成吉思汗小声地嘀咕了一句："一看这个混蛋拿刀的架势就知道没有亲自打过仗，只知道坐在他该死的皇位上享福了。"

云蔚抽出了一根云石箭，射向了花剌子模国的皇帝，他见状吓得从城墙上滚了下去，扔下他一城的臣民独自逃生去了。云蔚的动作没有停止，将箭袋中的云石箭全都射了出去，那些箭就像长了眼睛一样，在空中四散飞去，每一根箭都插在了城内高楼的关键位置上，无论是城内的守军与居民还是城外的蒙古军队，人们都屏住了呼吸，不知道接下来会发生什么。云蔚轻轻地念咒，射中目标的云石箭同一时刻产生了剧烈的爆炸，只是一瞬间，这座数百年来雄霸大漠的皇城变成了一片焦土。

成吉思汗看着云蔚，不寒而栗。

1221 年的一个无比平凡的下午，经过了近两年的漫长征途，成吉思汗终于拿下了玉龙赤杰城。虽然玉龙赤杰城毁灭了，成吉思汗的士兵依然在废墟里鏖战了七天七夜，才把顽强抵抗的敌人消灭。

获得彻底胜利后，士兵们把一个满身泥垢的老者带到了成吉思汗和云蔚的面前，士兵们说："这老者是玉龙赤杰城的大法师，他本想化装成一个农夫逃走，可被搜查下水道的战士给抓住了。"

成吉思汗对老者道："大法师，我早就听说你有一只火焰老虎，是你们国家的镇国之宝……"

当那老者听说成吉思汗在寻找火焰老虎时，发出了一阵像冬夜里的寒风般令人不快的笑声。他说："所有的帝王都是一样的愚蠢。我当上大法师后，曾苦苦劝说我的皇帝不要再豢养那只怪物了，它会给花剌子模国带来巨大的不幸。可是那个该死的昏君不听，如今我热爱的祖国终于灭亡了。而你！你的威名都从草原传到了沙漠，现在竟然又向我打听这怪物的居所！我尊敬的大汗，你知道为什么即使我的祖国灭亡，我也不愿意将那只怪物放出来吗？因为它一旦重现世间，被毁灭的不仅仅是你和我，还有这世间的其他一切……"

老者的劝阻并没有让成吉思汗退却，老者的话简直是最有诱惑力的广告。成吉思汗说："我这人愿意看世界上所有的稀奇事物。世上的一切在我看来，都是小孩子手中的玩具。我就是小孩子，想看稀奇东西。火焰老虎，不会是那昏君骗人的把戏吧？"

老者干笑了两声，说："人是如此残忍，又如此愚蠢。也许这是上苍赐予我的一个复仇机会吧。我接受它的馈赠，我带你们去！"

老者带着他们来到了一座小山般的废墟旁，他念了几句没有人能听懂的咒语，小山摇晃，废墟中现出了一个洞口。老者说："这废墟先前就是花剌子模国国王的皇宫所在地，这个洞口通向皇宫的地下迷宫，火焰老虎就被关在里面。希望你们接受你们应得的惩罚。"话音未落，老者撞在了旁边不远处一根断了的石柱上，当场脑浆崩裂，扑地身亡。

成吉思汗带着云蔚，还有一个千余人的中队进入了那个洞口。在隧道里，即使举着火炬，黑暗依然压在人的心头，压得人喘不过气来。云蔚紧张得手心里全是汗，成吉思汗的一只手伸了过来，在她的手上轻轻地握了一下，他对她说："别怕。"当走到脚下再没有台阶可踏的时候，成吉思汗知道，他们已经到达了地宫。他一眼就看到了那只虎的双眼，像是两只凭空在暗夜里燃烧的火球。一瞬间，那只老虎就扑到了他的眼前，它全身燃烧着淡蓝色的火焰，眼睛是金黄色的火焰，牙齿是血红色的火焰，它似乎是透明的，咫尺之间，成吉思汗都能看到它精密的内脏，那是一团团红色的火焰。士兵们看到成吉思汗遇险，妄图用手中的长矛刺死老虎，成吉思汗刚喊出一声"不要动手"，为时已晚，老虎抬头冲众人咆哮，声音变成了火焰，一千多条年轻的生命顷刻间被烧成了灰烬，变成黑暗的一部分。

云蔚弯弓搭箭，瞄中了老虎，老虎冲她闷哼一声，云蔚手中用云神石打造的弓箭竟然被火焚毁，要不是她撒手快，也会被变成一块焦炭。

灼人的火焰缓缓熄灭，老虎竟用人声对成吉思汗说："我等了你好久，你终于到了。"

成吉思然愕然道："你知道我是谁？老虎说我是火，凡是世间有火的地方，那里发生了什么我都知道。"

成吉思汗说："跟我走吧！帮我打败金国，帮我征服天下。我向你保证，人间有我雕像的地方，就会有你的雕像。"

那火焰老虎脸上的皮毛动了一动，像是在冷笑，它说："对人来说你是成吉思汗，对我来说你还是个小孩子呢。收起你那套驯狗的把戏吧！我活了太久太久了，我只想安安静静地长眠不醒。可每次我刚进入梦乡，就被人类叫醒，就会有一个像你这样的人，要求我帮他实现理想。他们说把我叫醒是给了我天大的恩赐，这是我欠他们的。起初我也这样觉得，我感恩戴德地帮一个个人实现了他们的理想，可永远没有一个尽头。我困了，我只想安安静静地睡觉啊。可人类一次又一次地把我从甜美的睡梦中叫醒，恨不得把我榨干。人类的贪欲啊，像一个没有底的黑洞。人类的残忍，比他们的贪欲更要可怕。他们唤醒我无数次的方式，是多么的残忍啊！”

云蔚心有所动，她拿出那张描绘了地宫祭坛图案的纸，给火焰老虎看。她问它：“你认识这个图案吗？”

火焰老虎看了一眼云蔚，走到了她的身边，用鼻子仔细嗅了嗅她，说：“我认识。我还可以告诉你接下来要问我的那个问题的答案。之所以这个图案，和你们夏国云神之子的刺青图案相同，是因为我和白云神，都是被人类用同一种方法从同一个地方召唤回人间的。”

云蔚的心狂跳了起来，她追问：“什么方法？”

成吉思汗突然在她身边闷闷地说：“交换。”

云蔚看着成吉思汗，她猛然想起被风刃杀死的大脑袋在临死前也说过这个词——

“交换，这就是哑嗓子让我们干的一切……”

火焰老虎发出了像哭一样的笑声，它说：“没错，就是交换。”它示意云蔚看那图案上描绘着的拉着手的孩子们。它说：“你想让神的心复活，就用一个孩子的心交换；你想让神的肝复活，就用一个孩子的肝交换……”

云蔚头痛欲裂，她明明站在地面上，却觉得自己在向无限的深渊坠落。她在心中发誓，等回到中兴，她一定要杀了哑嗓子。她问成吉思汗：“你什么时候知道这件事的？”

成吉思汗说：“大脑袋说这句话的时候，我就已经明白了。”

云蔚惊叹："那你为什么不告诉我？"

成吉思汗没有说话，只是看着自己的影子。在他的沉默中，云蔚的心摔到了谷底，裂成了无数冰冷的碎片。看着他的双眼，她明白了：他不希望她知道真相，因为这一切都是因他而起。他怕她会离开他。云蔚想起了在这一路上，她和他一起看星星，一起洗澡，一起打仗，一起做爱，这一片片回忆此时此刻在她内心的黑暗中恍若星河。然后，她想到就在她和他经历这一切的时候，在她的祖国，一幕幕惨剧正在上演。星空变成了一片嘲笑，一片死者的目光。

悲愤交加的云蔚突然拿刀狠狠地捅入成吉思汗的腹部。剧痛让成吉思汗失去了力量。他看到血像河流一样从云蔚给自己造成的伤口中喷涌到了地上，他看着云蔚，心中不敢相信眼前这个女人竟然会这么做，可隐隐约约的，他又觉得，她终于这样做了……

云蔚看着面目惨白、即将死去的成吉思汗，心中无比恐惧和悲伤。她握着刀柄的手继续用力，她无声地啜泣着，在他耳边低语道："杀了你我再去死，一切就都会结束了。"

成吉思汗的嘴唇在颤抖，可声音太小了，云蔚不得不把耳朵贴在他的唇边，此时她才听清他的话，他说："快逃。"

成吉思汗的血流到了火焰老虎的脚下，这怪物发出了阵阵咆哮，身上的火焰如同被浇上了汽油般旺盛。瞬间，火焰老虎的身体就长大了三四倍。它对这对痛苦的爱人呻吟道："太悲惨了，人只会制造悲剧和痛苦。我要把你们全杀掉，只有这样我才会自由。"话音未落，它就向成吉思汗扑过来，成吉思汗绝望了，可本要用刀杀死他的云蔚悲伤地看了他一眼，突然挡在了他的身前，火焰老虎的利爪一掌将云蔚打飞了，她重重地摔倒在了地上，晕死了过去。

成吉思汗在那一瞬间，听到了久违的长生天对自己说："叫你不要动心，可你就是不听。现在你知道痛苦了吧？”他感觉到一股叫作“愤怒”的力量从空中钻入他的身体，一切迷惑全都解开了，一切痛苦全都消失了。他觉得自己像是死了。可那股力量在他的身体里不断剧烈地爆炸，他看到自己的腹部再次快速愈合，他不再迷茫，而是变成一个崭新的人。

那老虎张开嘴，冲云蔚的喉管咬了下去。成吉思汗在一瞬间跑到了火焰老虎面前，把它吓得一愣，他竟然一拳将老虎打飞了。

云蔚躺在地上，觉得自己全身的骨头都断了。她愕然地看着他，将死的她看到成吉思汗在一片圣洁的光中，像一个巨人。

火焰老虎重新站了起来，它冲成吉思汗大声咆哮，它的身体变得越来越大。成吉思汗对那老虎说：“我觉得你好可怜，我以前也好可怜。”身体膨胀得快要把地宫顶破的老虎冷笑道：“等你们两个死了，我们就都不可怜了。”

成吉思汗不再理会它，而是抬头看向地宫的天花板，就像那里是蓝天白云。他自言自语道：“你总说动心很可怕，我想了这么多年，一直想不明白这句话。现在我终于明白你是什么意思了，我不是为爱而生，我为草原而生。”

虚空没有答话，那火焰老虎变成了一团巨大的火焰，向成吉思汗扑来。灼热的火焰中，云蔚闭上了眼睛，等待着烈火将自己变成灰烬。死亡迟迟不来，云蔚睁开眼睛，她震惊了：成吉思汗竟然用两只手顶住了汹涌而来的火海，将这火海撕开了一条裂缝。

在火焰的内部，那老虎的头颅像一颗心脏般连着神经，在凶猛地跳动。它冲他狂啸，成吉思汗竟跳进了火焰，火苗仿佛遇到了天敌般恐惧地后退。他来到那凶恶的虎头前，咬断了老虎的喉管。虎发出了一声哀号，火缓缓熄灭了，变成了灰，被地宫里阴森的风吹走了。只剩下一个虎头孤单单地躺在地上，大瞪着眼睛。

成吉思汗似乎又变成了一个平凡的人，可他的双眼清澈，仿佛圣泉。

火焰老虎说：“你永远不会得到我了。”

成吉思汗说：“但我获得了更伟大的力量。”

老虎说：“这究竟是好事还是坏事？”

成吉思汗对老虎说：“对你而言，是好事，你永远自由了，你再也不会被任何人唤醒。”

话音未落，老虎闭上了眼睛，脸上露出了一副祥和宁静的神情。又一阵风吹过，虎头化为一片飞沙，随风而逝，融入了这万里狂沙万里愁中。地宫不再晃动，地面上的蒙古官兵们纷纷从地上站了起来，他们想冲进地洞，去营救自己伟大的领袖。

一个黑影从地洞里走了出来，脚刚跨入阳光，风就停了。那正是成吉思汗，人们不知道在地宫里发生了什么，只是感觉到了眼前这个男人和进入地宫之前有了天翻地覆的变化。成吉思汗把怀中抱着的云蔚轻轻地放在地上，军医赶来抢救她。他在她的耳边悄悄说：“他们会治好你的，然后我会把速度最快的战马送给你，你回夏国吧。这是我能为你我之间的情分做的最后一件事。从此之后，爱恨已尽，你还是你，我还是我，你要尽全力准备迎接蒙古和夏国的决战，因为我会履行长生天交付于我的使命。刚才你捅我那一刀的时候，我看到了世界的全貌，它好美。我不会收手的，蒙古将会一直向前，一直到世界尽头！”

第六章

回　家

花剌子模国覆灭的消息，很快就传遍了西方诸国。火焰老虎真的成了沙老虎、皮老虎、纸老虎，被成吉思汗一掌轻轻击碎。成吉思汗的名字就像一场风暴、一次瘟疫，吹垮了人们反抗的意志，夺去了人们生存的希望。可他的心越来越迷茫。每当他光荣地征服了一个国家，自以为已经走到了世界的尽头时，他就会向被征服之地的国王求证他的想法。可这些失败了的国王总是说，在更西边的沙漠里，还有更神秘的国家，他就这样在人们极致地恐惧中走过了一个又一个国家，一路西行。草原，离他越来越远了。

在《情书录》里一封他写给云蔚的信中，他回忆道："那时我问无际的沙漠，沙漠啊沙漠，难道连你也怕我吗？为什么从你内部升腾起的微风，吹拂过我的身体时，你都在微微颤抖？沙漠没有说话，沙丘此起彼伏。我抬起头来问长生天，这趟旅途的终点在哪里？我们什么时候可以回家？天空沉默。"

随着离草原越来越远，军营中的思乡之情越来越浓郁。每个夕阳西下的时候，总会从某个营帐里传出哀愁的长调，歌声里有正在熬制奶茶、等待儿子归家的母亲，也有流干了眼泪、祈祷战死之英魂回家团聚的爱人……一个营房里的歌声总会勾起十几个营房里传出的附和，然后歌声会像海水漫过沙滩一样传遍整个军营，引起更多人的啜泣。

这歌声、这附和、这啜泣让将领们坐立不安。起先，他们下令，谁再唱这样扰乱军心的歌曲，就砍掉谁的头。可是刚砍掉一个人的头，就会听到又有十个人在唱歌。那些失去脑袋的身躯中流出的血，和着生者的歌声，向草原的方向滚滚流淌。

将领们又找来了诗人和作曲家，花费重金让他们创作出一批可以振奋人心的战歌，派那些能把石头唱哭的歌手伪装成战士，到军营的各处去吟唱。可这些作品并没有流传开来，没几天，这些歌手的金嗓子就被人在暗夜里用钢刀撕开了，这些文人的双手就被人用斧子剁下了，他们的尸首躺在军营的各个显要位置，旁边是凶手用死者的血写下的警告：不要骗人。

这件事让将领们毛骨悚然，他们实实在在地查了一阵凶手，可每个眼睛发愣、身体僵直的战士都像是凶手。将领们实在没办法了，顺水推舟地向大汗谏言："我们离开草原太久了，太远了。这支由游子组成的大军到了该回家的时候了。"

成吉思汗没有说话，他抽出刀说："我还没有接到长生天的神迹，所以西征的大业还没有完成，不能回家。"

将领们无言地退了下去。

孤独的成吉思汗看着刀柄上反出来的光中自己的白发白须，无比想念草原上青草的味道，雨点的声音，想起这些，他的爱就不能停止。他苦笑着，觉得自己陷入了长生天开的一个玩笑中，一个真正的"天大的玩笑"，而直到现在，它老人家还是没有打算要结束这个玩笑的意思。

1224 年的一个无比平凡的清晨，在东印度国的铁门关，蒙古的战士们站满了山野，他们的铁甲上都是敌人的血污，面孔上都是伤口。天还未亮，这些战士们的双眼比天上的星河还要璀璨。一阵狂风从铁门关内向这边吹来，战士们一声齐喝，吓得狂风都为之改道，在即将横尸遍野的战场中央盘旋一阵，又吹回了铁门关内。

守关的东印度国士兵和城里的人从这风中听到了无数幽灵的啜泣声，他们也加入了这悲怆的合唱。声音传到了成吉思汗的耳中，没在他的心中引起任何波动。他骑在萨尔乐上一边用马鞭在自己的后背上挠痒痒，一边对他的将领们说：“铁门关还没有打，就变成一块豆腐了？”

将领们发出了一阵狂笑，成吉思汗长叹了一口气，抬头望向星空，浩瀚的星空沉默着，长生天依然没有给他任何启示。一想到又是一场死战，这座现在仍然生机勃勃的城市将变成一片焦土，成吉思汗就头疼欲裂。在笑声中，人们看到战场的中央突然出现了一道来回闪烁的绿光，无论是即将要攻城的人还是要死守这座关隘的人，都发出了一声惊叹——

绿光比最茂密的森林还浓郁，比草原的小草还鲜嫩。绿光让这些要拼命杀死对方的人想起了生机勃勃的春天。耀眼的绿光渐渐暗淡，现出了它本来的面貌。那是一只奇怪的动物，鹿的身体，马的尾巴，脑袋上还有一只角。它的皮毛是绿色的，在风中似麦浪般翻滚，让成吉思汗想起了故乡的草原。他骑马扬鞭，在众人的保护下来到了这怪兽身边。

他问那怪兽：“你是谁？你要干什么？是敌人派来的救兵吗？不要再痴心妄想了，我连花剌子模国的火焰老虎都杀死了，这片沙漠再也没有我的敌手和我作对，你只会迎来死亡。”

那怪兽来来回回只说一句话：“到了该回家的时候了！到了该回家的时候了！”

扎木合的鬼魂此时浮现出来，飘到了他的身边说：“亲爱的安达，这怪兽的名字叫角端，当人间的杀戮之气浓重到无法在天地间消散时，就会凝结成这怪兽。我们蒙古大军已经离开家西征四年了。长生天在向你显示神迹，它觉得我们的这次征战已经到了尽头，我们该回家了！”

扎木合的话刚说完，角端一边重复着“到了该回家的时候了”，一边慢慢变淡，变成了一股绿色的烟，在荒野中消散不见了。

成吉思汗马鞭一挥，说：“走！我们回家！”千军万马发出了欢呼声，不到一夜的工夫，这支碾碎了沙漠中每一粒沙子的大军就从铁门关消失得干干净净。

太阳如往日一样升起，铁门关的人走出了关隘，看着这片空荡荡的荒野，欣喜地号啕大哭。而成吉思汗迎着朝霞，带着他的战士们，一边唱着凯旋的战歌，一边向草原、向家狂奔。他知道，他人生真正的决战就要来临了，而此刻云蔚的面容却浮现在了他的脑海，像一缕春风吹乱了他的心。

一年后，在1225年的一个无比平凡的黄昏，云蔚终于看到了中兴城九歌那巨大的“壁”。当时，正在下着小雨。透过从天空流下的泪水，她看到那高耸入云的城墙变成了暗红色，上面点缀着星星般的小黑点。她原本以为，是护城军对这城墙进行了装饰，等走近一看，她才发现那些小黑点是密密麻麻的人头，城墙是被这些没有了身躯的头颅流出来的鲜血染红的。

在这血色的城墙下，云蔚被紧闭的城门挡住了去路。一个男人身穿青色的龙袍，站在城墙上，被铁甲裹身的士兵簇拥着，正在居高临下地望着她。

那人是夏神宗的二儿子李德旺。两个人一句话都没有说，但云蔚已经隐隐约约地感觉到，就在自己孤独逃亡的路上，一定又发生了政变。她一想到短短二十年的时间，夏国就换了四个皇帝，再想想在成吉思汗的带领下迅速崛起的蒙古，云蔚感到一阵心痛。

李德旺冲她喊话道："云蔚将军，你愿意效忠我吗？"

云蔚说："愿意会怎么样，不愿意又会怎么样？"

李德旺说："愿意，你就进城，和我一起联合所有可以联合的人，共同反抗蒙古。"说完，他一挥手，城墙上有无数弓箭手的弓箭对准了云蔚，从不远处的树林与山峰中也窜出了密密麻麻的伏兵。李德旺继续说："要是不愿意的话，夏国人民会把你当作烈士，我们将会永远缅怀你。"他尽量表现得像老虎般凶狠，可年轻而又干涩的嗓音还是出卖了他内心白鸽一样的稚嫩。

云蔚问李德旺："我们伟大的皇帝，你的父王，夏神宗到哪里去了？"

李德旺面色一暗，他懊恼地说："这里再也没有夏神宗了，只有夏献宗，也就是我。而我的父亲，此时此刻正在万佛堂里潜心修佛。"

云蔚听到他的话，脑海里浮现出了夏神宗年轻时的模样。那时他刚凭借自己的努力中了状元，正是春风得意之时。大概在那个时候，他心中就埋下了做夏国皇帝的野心了吧？为了实现这个理想，他发动了两次政变，推翻了两个皇帝。可终于做了皇帝的他，会想到自己的政权也会被儿子的政变推翻吗？

夏献宗说："云蔚将军，我不会像夏神宗那样，让夏国人做蒙古的奴隶和炮灰。我和金国皇帝以兄弟相称，我们会共同抗击成吉思汗，带领大夏再度辉煌。你愿意帮助我吗？"他一挥手，数万人抽刀的声音似乎把天空割出了一个伤口，太阳昏暗地躲到了云朵里。

云蔚想笑，打了这么多年仗，夏国又回到了金国的怀抱，这简直是一个笑话。可现在她只想进入中兴，抓到雾人和那些杀害孩子的人。她把弓箭和佩刀都扔到了地上，摊开了手，说："比起在这里死去，我更愿意在陛下的指挥下为大夏流尽最后一滴血。"

夏献宗骄傲地微笑着，说："不愧是大夏的好女儿！欢迎回家！"

巨大的城门缓缓打开，云蔚进城的时候，不敢抬头看挂在城墙上的那些人头，他们都在看着自己。城池里那浓郁的血腥味道，让她想起了在西征路上并肩作战的成吉思汗。她经过了眼神里都是恐惧与戒备的人民，经过了一街又一街的狼藉，她感到刻骨的孤独。她依稀看到在街道的尽头，成吉思汗在向着太阳奔跑。这梦想征服太阳的男人啊，此时她在故乡的街上，思考他正在做些什么。

和她并肩而行的夏献宗小声地对她说："成吉思汗结束了西征，用不了多久，应该就会返回草原了。"

云蔚慨叹道："是啊，决战就要来了。"

告 密

李云旺说，云蔚回到夏国的第一件事，就是向夏献宗报告在西征路上的所见所闻。

在皇宫里，听完汇报的夏献宗久久没有说话。

通过窗户，云蔚看到对面的首歌广场上，成千上万个石匠爬在高耸入云的梯子上，战战兢兢地用凿子和锤子毁掉夏神宗巨像的鼻子、眼睛和嘴巴。看着那张面目全非的脸，她心中无限感慨。

夏献宗似乎知道她在想什么，他说："现在国家处于危难之中，还是留着钱补充军需吧！我不在乎这些。"他笑了一笑继续说，"再者，我和我父亲长得这么像，把五官稍微修改一下就可以了。"

云蔚说："陛下圣明。"

夏献宗说："我们和蒙古的决战，依你看，胜算有多大？"

云蔚看见四周无人，平静地说："陛下，带着夏国人逃命吧！越早越好。”

夏献宗勃然大怒，他的剑刺向了她的喉咙。云蔚闭上了眼睛，剑在即将刺入云蔚喉咙的那一刻停住了，剑尖划破了云蔚的皮肤，滴滴血珠顺着剑刃摔碎在了地上。

云蔚说：“如果我的血能为夏国人找到一条生路。那就请您动手吧！”

夏献宗问她：“如果我就是想和蒙古拼死一战呢？”

云蔚说：“那我将会为了夏国流尽最后一滴血。”

夏献宗笑了，宝剑入鞘。他说：“夏国一定会胜的。”

云蔚说：“陛下圣明。”

夏献宗独自离开了，云蔚久久没有回过神来。她感到很奇怪，夏献宗必胜的信心究竟从哪里来的？云蔚怀揣着这个疑问，回家披上黑袍走进了浓浓的夜色。她来到四环边上的一处妓院，不理会人们投射在她身上的诧异目光，径直上了楼，来到了二楼长廊最里面的一个房间，推门走了进去。那屋子空空荡荡的，什么都没有。在到处男欢女爱的热闹场所，它显得格外冷清。她等了大概一炷香的时间，对面的墙突然裂开了一个洞，两个士兵拉着一个老和尚从洞里走了出来。他是曾经的夏神宗。

夏神宗眼神蒙眬地问云蔚：“这是哪里？”

云蔚说：“你还记得当初你发动的万佛殿政变吗？那些佛像肚子里的密道？”

夏神宗的脑袋晃得像拨浪鼓一样，说：“忘了，都忘了……”

云蔚问那两个士兵：“他怎么傻了？”

其中一个士兵说：“夏献宗天天给自己的父亲喝一种集合了各种大补之物的药水。谁都知道，像夏神宗这样的老人，这样的药水喝一小杯就会失眠半个月。可夏神宗每天要喝足足三大缸。他一开始坚决不喝，于是夏献宗砍掉了那两个前去喂药的士兵的脑袋。第二天，他派了四个人，夏神宗还不喝，这四个人脑袋落地。第三天派了八个，第四天十六个，到了第五天，夏神宗看着万佛殿上挂着的三十个人头，以及跪在地上磕头如捣蒜的三十二个青年士兵，长叹一声道："罢罢罢，再不让我儿子尽孝，我就不是人了。"他端起那一大茶缸药水灌进了肚子。没过多久，夏献宗就变成了现在这个样子。

云蔚一把扯开了夏神宗的僧袍，他的上身裸露在空气中，云蔚看到，他的后背上有一个白云神刺青。云蔚抽出匕首，顶在他的心窝上，夏神宗依然痴笑着，对冰凉的刀刃毫无知觉。云蔚咬牙切齿地问他："你是哑嗓子吗？"夏神宗痴痴地笑着。云蔚又问了一遍，夏神宗只是傻笑，不说话。云蔚握着匕首的手上劲道更足了，她说："你毁了这个国家，无论你现在变成什么样子，你都应该为你所做的一切赎罪。"

就在云蔚要动手杀死夏神宗的时候，他突然说："如果你杀了我，那夏国就真的要被毁了。"

云蔚惊诧地看着夏神宗，他的表情非常平静，之前的那股疯狂消失得无影无踪。云蔚说："你在装疯？"

夏神宗说："我儿子用来整治我的药，是我当初让御医研制出来对付你父亲的。当御医告诉我，药物研制成功的时候，我为了预防将来有人给我喂这药，所以就托御医又发明了解药，然后，我把那御医活埋了……"

云蔚苦笑着说："那你今天为什么还要来见我？"

夏神宗一把握住了她的手，说："今天不是我来见你，而是你来见我！我有非常重要的消息告诉你，我想来想去，现在只有你能救得了夏国。"

云蔚愕然地看着他。

夏神宗说："我为了活命，只好在万佛殿里装疯。以前我和我儿子的父子关系并不好，可自从我'疯了'以后，我儿子倒是天天都来万佛殿，向我倾诉自己的心事。有一天，他告诉我一个天大的秘密。原来，他趁着成吉思汗忙于西征不在草原，联合了金国和蒙古周边的几十个部落，准备在成吉思汗回到草原的路途中发动突袭，将他暗杀。”

夏神宗的话让云蔚瞬间好像跌入了冰窖。她看了一眼夏神宗，就明白两个人想到一起去了：无论成吉思汗在这次暗杀中结果如何，夏国都会在没有准备好决战的情况下招来蒙古疯狂地报复，夏国必亡。

夏神宗的身体突然一阵颤抖，他的裤子突然湿了。他不好意思地对云蔚说：“虽然解药能让我的精神保持正常，可还是毁坏了我身体的一些机能，请你原谅我！”

看着这个曾经不可一世的男人，如今竟然连尿都憋不住了，云蔚的心中再无杀意。她问夏神宗：“你究竟是不是哑嗓子？”

夏神宗苦笑着说：“我真不是。我参加云神之子，只是图个心安。在组织里，我只是一个微不足道的成员罢了。我也在想，那个哑嗓子究竟是何方神圣，做事情能那么狠。”

云蔚看着他的眼睛，知道他没有说谎。她不再多言，挥挥手，那两个士兵把夏神宗带走了。一想到自己又失去了目标，云蔚不免沮丧。但她此刻顾不得哑嗓子了，夏神宗刚才告诉她的事情，令她心乱如麻。她必须阻止夏神宗，几乎就在一瞬间，她做出了决定。当她在《情书录》里回忆起那个瞬间时，还是在感叹，人生真是一件不可思议的事情。

第二天，云蔚离开家的时候，特地戴上了早些年雁雪赠予她的一根发簪。在戴上发簪前，她最后欣赏了一遍这个珍贵的礼物。这是一根水晶发簪，在阳光下闪闪发光。在那光亮中，云蔚似乎看到了年轻时的雁雪和年少的自己手拉着手欢笑着走过了都城的街头。

上朝时，云蔚趁夏献宗回头，从头发里抽出发簪，轻轻一抖，那发簪竟迅速变成一把短剑，她飞身将短剑刺向了夏献宗的脖颈。就在马上要得手的那一刻，大殿上突然传来一阵刺耳的尖啸，所有人都捂住了耳朵。

这噪音让云蔚头晕目眩，失去了平衡，摔倒在地上，水晶短剑裂成无数碎片。

一个又高又瘦的男人从龙椅后面走了出来，对云蔚说："云蔚将军，你好！我是金国'魑魅'部队的成员，我的名字叫'音'。我的声音可以把这世间最坚硬的东西震碎。"

夏献宗从龙椅上坐起来，拍拍音的肩膀，对云蔚说："自从我和金国结盟后，他一直在暗中保护我。真没想到，他遇到的第一个敌手竟然是你。"

群臣一片哗然，云蔚看着夏神宗那狡猾而又狰狞的面容，感到一阵又一阵地恶心。这恶心超越了愤怒，变成了石头，压在她的手上、脚上。在旁人看来，她几乎是没有做任何反抗，就被士兵们逮捕了。她的身上缠满了铁链，她的面容也是麻木的，看不到任何表情。

云蔚说："放弃你的暗杀计划吧，那只会让夏国万劫不复。"

夏献宗愕然道："这件事情只有我和我父亲知道，你怎么知道的？"

云蔚沉默。

夏献宗朝云蔚的脸上啐了一口唾沫，说："我明白了，你放心吧！他以后再也不用装傻了。我要把你打入死牢，在成吉思汗死的那一天，你的脑袋也会挂在城楼上。"

没过多久，那些和夏国结盟的部落对成吉思汗的军队发起了猛攻，蒙古军营陷入了一片混乱。夏献宗的保镖音乘机混入蒙古大军，向成吉思汗的金帐狂奔。

"胜负就在此一举了，"他心想，"此时此刻世界的命运都压在了我的肩上。"他的心狂跳了起来，于是他尽量抑制自己的呼吸，以免冲进金帐的那一刻嗓子发挥失常。"只要发出怒吼就可以了！"音在心中为自己打气。他回想起自己杀手生涯中所击毙的那些目标，统统在他的叫声中血管爆裂而亡。"我的叫声连碉堡都能震碎，更何况成吉思汗只是一个凡人呢？"

此时此刻，他已经看到了成吉思汗的金帐。他刹住了脚步，冲着它尖叫起来，刺耳的声音在一瞬间变成无数把巨大的剪子，从四面八方向金帐涌去，把金帐和里面的一切都绞成碎片。音愣住了，在碎片中既没有血，也没有肉，这个传说中的蒙古军队核心指挥部竟然是空的！

这时，他听到了一声口哨，刚一回头，还没来得及开口，几根黑铁长矛飞了过来，扎穿了他的肚子。

成吉思汗走到音的面前，说："当我在夏国的密探把云蔚暗杀夏献宗的情报传给我的时候，我就在想，她为什么要这样做？除非夏献宗要做一件把夏国拖入地狱的事情，我想了几种可能，其中最大的一种就是夏献宗要暗杀我。从那时起，我就开始做防御了。这座金帐是假的。"

濒死的音惨笑道："我叫音，是金国魔族'魑魅'部队的成员……"

成吉思汗没有说话，只是看着他点了点头。

音说："我是这支部队最后一个生者，本想取你的头颅，扬名立万，没想到就这样轻易地死了，我心有不甘啊！"

成吉思汗想想这些年来遇到的魔族战士，他们除了个个身怀可怕的绝技，还有一个共同的特点，就是都有一张倔强而无畏的脸。现在，眼前的音一死，这支部队就彻底从世间消失了，除了他，再也不会有人记得他们的英勇，他心中不免兔死狐悲。他对音说："你们是支很伟大的部队，我向你们致敬。"可音再也听不到这个人间的声音了。

1226 年的某一个无比平常的下午，蒙古军队奉成吉思汗之命对夏国发动第五次战争他们经过一路厮杀，包围了中兴城。他们的主将像是在报复夏献宗的暗杀计划，他命人将音和那些反叛酋长的头颅用投石机投掷到了夏献宗的脚下。夏献宗发出一阵阵尖叫。

满脸是血的将领在九歌的"壁"下冲着夏献宗喊话："是战是降，你自己看着办吧。"

而面对着那一串摔成了烂西瓜的脑袋，夏献宗咬牙切齿地说：“夏国投降。”消息传回成吉思汗的金帐，他丝毫不觉得意外。将领们商议着这次要让夏国赔偿多少财富，可成吉思汗心里却始终想着云蔚。他列出了一张名单，交给将领们传阅。那名单上都是夏国军人的名字，人们不解这是何意。他对众人说：“这些人的手上都沾有我们蒙古男儿的鲜血，不把他们的脑袋挂在我的金帐前，不足以平息我心中的怒火。”众人齐赞大汗英明，他环视四周，没有人看出来他的这张名单只是想要云蔚一个人。他把它交给了传令兵，对传令兵说：“告诉夏国皇帝，交到我手上的人少任何一个，我都会推平中兴城。”

牢 笼

云蔚从没有想过，有一天自己会被一群身披铁甲的士兵押进监狱。那些士兵把云蔚扔到了死牢中就离开了，而这囚笼里面除了一堆干草什么都没有。她环视四周，看到许多当初被自己送到这里的犯人。此时他们也正在愤怒地瞪着她，一时间，叫骂声和哄笑声从四面八方向云蔚的牢笼涌来。

狱卒说：“云蔚将军，这是死囚牢。在这个地方，你要变成一只野兽，否则你连一天都活不下来。”

云蔚说：“我是个军人，我见过比这里残忍一万倍的地方。”

那狱卒不屑地撇撇嘴，转身走了。

到了晚上，她在睡梦中依稀听到有人在悄声叫着她的名字。云蔚睁开了眼，翻身下床，四处寻找着声源。有个囚笼里亮起了微弱的烛光，云蔚看了过去，大吃一惊，举着蜡烛的人，正是张才，他身边围绕着那群失踪已久的“不幸人”。

“你们怎么会在这里？”云蔚问他们。

张才苦笑，沉默。李彩娥气愤地冲到他身边，摇晃着铁笼，说：“有一天晚上，她正在熟睡，官府的人闯入了她的家，说她影响市容，扰乱公共秩序，打晕了她。等她再醒过来，就在这里了，她的同伴们也都被抓了进来。”

云蔚问她：“李彩娥，小麦子找到了吗？”

李彩娥痛苦地躲回到黑暗中，在黑暗里，她说：“这都过去十多年了，我的小麦子一定死了……”

她的话引发了“不幸人”的恐慌，他们纷纷劝慰李彩娥，小麦子一定还活着。那劝慰的话语更像是在对自己说，李彩娥只是沉默以对。

看着“不幸人”一张张表情凄楚的脸，云蔚心想他们还不知道云神之子的存在，还不知道他们再也找不到他们的孩子了。

张才说：“云蔚将军，你要小心啊！这里好多人都恨你。”

张才还没有说完，其他囚牢里传来了让他们不睡就去死的咒骂，“不幸人”的囚牢烛光灭了，一切重新回到黑暗中。

云蔚重新躺回了床上，却辗转反侧，再也睡不着了。刚入狱的那段时间，云蔚觉得人生真是一条被淹没在了浓雾之中的河，你觉得狭隘的地方可能非常宽阔，你觉得是激流的时候可能非常缓慢，你觉得到了尽头，可能只是一个瀑布罢了。总之，人们只能看到某一个时刻的自己，却永远看不清时间究竟把自己变成了一个什么样的怪物。

后来，获悉夏献宗刺杀成吉思汗失败，云蔚长叹一声：“夏国完了。”她躺回到自己牢笼的那堆干草里，默默地流泪，好几天都没有吃饭，瘦得皮包骨头，犹如一堆骷髅。

她想：“成吉思汗见到现在的自己，一定会大吃一惊吧？”

昏昏沉沉中，她听到张才劝她：“云蔚将军，你得吃饭啊！我们这些人还盼着有一天你能出去，打败我们的敌人啊……”云蔚使劲睁开了双眼，看着张才、李彩娥和那些期盼着她振作起来的“不幸人”，她想自己没有权利剥夺他们的希望。她从干草上坐了起来，努力地吞咽起了早已冷掉的食物。

有一天，监狱开始了震颤，云蔚知道，蒙古军队包围中兴了。狱卒从那天起再也没来过监狱，所有的人都在饥渴中呻吟喘息。云蔚看着其他牢笼中惊恐不安的囚徒们，内心却一片澄明。

不知道又过了多久，云蔚听到张才的哭声。她问张才怎么了，张才说：“你知道吗？我的儿子是被那个卖布的红熊拐走的。”云蔚感到一阵头晕目眩。她想起了红熊的样子，他像是一团血红的影子，走遍了中兴城，他无处不在，在雪地上踩出了一行行脚印。她站了起来，问张才是怎么知道的。张才愤怒地说：“他根本就不是个布贩子，他是个人贩子，就是他拐走了我的儿子，还有他们的孩子。”人们纷纷点头。

张才愤怒地说，起初他们到了这座监狱，还在交流如何寻找自己的孩子。渐渐的，他们意识到即使自己离开了这座监狱，也是很久很久以后的事情了。到那时，他们的孩子也许死了，也许离开了夏国，也许早就把他们忘记了。进入这座监狱，意味着他们再也找不到自己的孩子了。他们绝望了，不再谈论寻找孩子的方法，可孩子们的形象在他们的心中越变越大，快要把他们逼疯了。不知道是谁，第一个回忆起了自己孩子丢失时的景象，起先还有人呵斥他，可很快呵斥他的人也加入了回忆。这回忆虽然痛苦，但却能驱赶遗忘。痛苦的回忆像是传染病一样在他们之间蔓延。他们彼此倾诉痛苦，聆听痛苦，不遗漏任何一个细节。很快，他们就发现，在自己的孩子丢失的时候，红熊都推着他的小推车，在案发现场出现过。

红熊在集市上那沙哑的笑声，那痴呆的眼神，如今都像是在嘲笑她。云蔚的心中感到万分的羞愧。云蔚对这些“不幸人”说：“我向你们发誓，我一定会找到红熊的。”

张才说：“等你先逃过今晚，再起誓吧！”

云蔚不解地望着他，他指指其他的牢笼，云蔚看到一群如狼似虎般瞪着她的囚徒。

张才说：“我接到消息，你的这些‘老朋友’要在今晚动手，杀了你报仇。”

云蔚愕然道：“你从哪里来的消息？”

张才苦笑着说：“我们在这里认识了新朋友。”

外面的炮火声越来越大，这座监狱像是一个得了痢疾的病人般颤抖得越来越厉害。到了深夜，皎洁的月光下，漆黑的监狱走廊里弥漫着呛死人的灰尘。剧烈咳嗽的云蔚看到一个囚徒用手摇晃他牢笼上的铁栅栏，钢铁和砖块碰撞的声音刺耳。这音响仿佛传染病一样开始在监狱里蔓延，一时间所有的囚徒都开始破坏自己的牢笼。云蔚紧张地对张才说：“你的那个新朋友什么时候来？”

张才满头大汗地说：“我们只能祈祷他能赶在这些人之前打开你的监牢的门。”

不一会儿，脚步声响起，一个挎着刀的衙役跑了进来，用钥匙打开了云蔚监牢的大门。云蔚惊讶地发现，这个衙役正是当年嫌“不幸人”妨碍市容、四处驱赶他们的人。

云蔚问他：“怎么会是你？”

衙役一边在另一个囚牢释放着“不幸人”，一边回头对她苦笑道：“云蔚将军，你好。后来我的孩子在一次战役中也被红熊偷走了，我也成了一个‘不幸人’。”

就在他们即将逃出监狱长廊的时候，一群越狱了的囚徒拦住了去路。为首的独眼龙对云蔚狞笑道：“从我被关进这里的第一天起，我就梦想有一天能再次遇到你，杀了你。没想到啊，白云神真的听到了我的祈祷……”

他的话还没有讲完，这条长廊里突然起雾了。雾里到处都是那雾人的脸和手，它抓住独眼龙和他的手下，将他们掏心挖肺，把他们的尸首像丢弃一团乱麻般扔到了地上。惨叫声和爆炸声还没有响起，一切就尘归尘土归土了。

外面炮火连天，监狱陷入一片死寂，“不幸人”跪在地上浑身发抖，牙齿打战。一阵风吹来，雾霾没有被吹走，而是快速地凝聚成一团，雾人站在云蔚的面前，冲她微笑着挥挥手，说：“好久不见。”

雾人完全变成了一个成年人，云蔚觉得，他甚至比自己的年龄更大。他已不再有好奇、愤怒这些青春期才有的情绪，他只是悲哀地看着她，悲哀地面对着这一切。

云蔚捡起一个死者身边的砍刀，用尽全身的力气向雾人的脑袋砍去。众人阻拦不及，雾人也不躲闪，在一片乌鸦般漆黑的尖叫声中，云蔚的刀把雾人从头到脚劈成了两半，然后又重新合二为一。雾人平静地看着云蔚徒劳的举动，就像是一个成年人在冷眼旁观淘气的孩子。

雾人悲伤地问她：“我救了你好几次，可你为什么一直这样恨我？”

云蔚说：“你就是一个杀人凶手。”

雾人泪流满面，他说：“跟我走吧！我带你去见一个人，他会告诉你真相。到那个时候，你就没有这么恨我了……”他又指了指那些“不幸人”，众人磕头如捣蒜似的说：“求你不要杀了我们。”

雾人说：“你们也跟我们走，到时你们会知道孩子究竟去了哪里。”

众人呆住了，张才站起来，咬牙说：“如果能找回我的孩子，我即使丢掉性命也在所不惜。”

雾人点点头，重新变成了一片大雾……

一路上到处都是围追堵截他们的士兵，可是弥漫的大雾所过之处，只留下了一地的尸体。云蔚劝雾人住手，雾人却说：“不杀了他们，死的就是你们，这群无辜老百姓够可怜了。”云蔚无言相对，

他们跑啊跑啊，跑到了月山的山顶。山脚下，波澜壮阔的夏河在向远方奔腾。云蔚看到对面的中兴城灯火通明，她知道这些举着火把的人都在寻找自己。雾气不再弥漫，雾人说：“我们到地方了。”

此时一个云蔚无比熟悉的声音在她的身后呼唤她的名字，这个声音让云蔚惊讶地把手中的刀掉在了地上，发出了一声冰面破裂的声音。云蔚回过头，看到那个叫她名字的人。她五内俱焚，口中喃喃自语：“怎么会这样？怎么会这样？”她觉得自己身处的这个梦魇永远不会醒了，只会变得越来越荒诞……

那个人竟是在第一次蒙古与西夏的战争中，第一个死于雾人杀人事件的雁雪。这么多年不见，雁雪已是满头白发，可显得更加优雅，也更加坚毅了。

雁雪似乎看破了云蔚的心思，她对云蔚说：“此时此刻，你心里一定有很多问题要问我吧？”

云蔚看了看出现在雁雪身边的雾人，猛地一把掐住了雁雪的脖子。她咬牙切齿地说：“现在你告诉我，这究竟是怎么回事？”然后她觉得手腕一阵剧痛，不由得松开了手。雾人在她不知不觉中拿住了她的手腕，又放了下来。他对她说：“雁雪是我的母亲，请你尊重她。”

云蔚没有理会雾人，她对雁雪说：“我是亲眼看见你掉下山崖的，你怎么又复活了？”

雁雪说：“死人不会复活，那只是一个局。当时大雾弥漫，千军万马。你根本没有时间把我看仔细，我只在脸上抹一把血，就骗得你们认为我

受了重伤。然后我在所有人眼前骑马坠崖，可人们都忘了，我的云石箭能刺破时空。”

雁雪弯弓射箭，箭镞在空气中疾飞，竟在空气里划出了一个黑洞，云蔚看着雁雪钻进了那个黑洞，却感觉到有人在身后拍她的肩膀。云蔚回头，雁雪从她身后新出现的黑洞里钻了出来。地面上的两个黑洞消失了，可云蔚心中的黑洞却越来越大。她对雁雪说：“我把你当成我的导师、我的统帅、我最好的朋友，甚至是我的母亲。你为什么要这样做？”

雁雪叹了一口气，她的眼神里涌上一股掩饰不住的痛苦。“在我的心里，我始终只是一个丢失了孩子的母亲。”她指着雾人说，“我知道你调查这件事情，已经调查得很深入了。”

云蔚说：“雾人是一个杀人狂徒，他不是什么白云神。”

雁雪说：“虽然你已经接近真相，但那毕竟不是真相。真相是这个世界上最骇人听闻的东西，如果不是那里面有你得不到就会死去的东西，千万不要轻易地去追寻它。我虽然杀了人，但他们都是罪有应得。”

云蔚皱着眉问：“你？”

雁雪点点头，说：“没错，白云神虽然神通广大，可他只听我的，那些人是我命令他杀掉的。”

云蔚走到了雾人的面前，这是他们第一次离得如此近，而又不在厮杀。她问他：“你究竟是谁？你从哪里来？”

雾人对她讲述了自己的故事。

重 生

“我是谁，我从哪里来，我都干了些什么，这些问题的答案我曾经非常清楚，你也很清楚，我想，每一个夏国人都很清楚。就像小鸟知道太阳的运转规律，就像微风清楚山川河流的所在位置。在你们世代流传的传说中，我是你们的神。

“在把魔王封印在月山下之后，我的身体变成了亿万块白云石，落在了夏国的千里江山上。我的灵魂变得越来越轻，变成了一朵云，回归到了天空上漂浮着的万里云海中。我的意识渐渐地走入虚无，那是一片清凉的黑暗。我以为我将在天空中用长眠陪伴着我亲手创造的这个国家、这个民族直到永远。

“所以，现在的我是谁，我怎么又回到了这里，我为什么要回到这里，在我刚从月山顶上那座云神之子的祭坛上复活的时候，我的惶惑，要远大于第一次知道我真实身份的你千倍，甚至万倍。

“我永远记得那个时刻。起初，我感觉到了一股松香的芬芳，就像一个平静的池塘感受到了春天的第一缕微风，那味道好甜好香啊。我像是一个熟睡的孩子被糖果诱惑一样，睁开了我重新成型的双眼。我看到了这个久违了的世界，我心里纳闷极了，也恐惧极了。我本该已成为遥远的神话，沉睡在自己的黑暗中，是谁将我唤醒？他们又为什么要把我唤醒？

“我从祭坛飘浮到半空中，我看到了我的身体，我简直不敢相信我自己的眼睛。我那白云一般纯洁、纯粹的身躯不见了。在很久很久以前，在我的青春期，它曾经载着我的灵魂在魔族的大军里冲锋陷阵，无论是多么可怕和邪恶的魔鬼，只要碰触到这浩瀚的云海，就会羞愧得蜷曲成一团，化为露水和星辰，化为一朵小小的云彩所必需的养分，最终成为我壮美灵魂的一部分。

“而现在它不见了，取而代之的竟是一片灰蒙蒙的雾霾，像是癞蛤蟆的皮肤。那些可怕的毒菌和冰冷的冰雹混杂在霾里，让我的灵魂狂躁异常，奇痒无比。我不由得像一个在泥水里浸泡，把身体都泡烂了的弃婴一样，用我刚刚成型的嘴巴大声咆哮了起来。这咆哮引起了地面上的一片哭号，我好奇地低头望去，我看到祭坛上密密麻麻地跪着无数人。正是你所熟悉的、我也很熟悉的云神之子成员。他们一边朝着天空中的我磕头，一边嘴里念念有词，都是狗屁废话。

“我还看见，在雾霾中的祭坛上，有一些小小的红点。我好奇地飞了过去，待我看清楚那些东西是什么时，我的心都碎了。如果在我之上还有更深刻、更智慧的神，我一定会祈求他让我赶紧瞎了眼睛，或是离开这个鬼地方。可这个世界上只有我，我是这个世界上最孤独的智慧。我看到了躺着一地的孩子，他们已经失去了生命。我刚刚诞生时所闻到的香甜气息，根本不是什么松香的味道，而是这些孩子身体里稚嫩的血液味道。

“我悲伤极了，哇哇大哭了起来。我看到雾霾中有小雨落下，打湿了这些孩子的身体。那些脑满肠肥的云神之子成员兴高采烈地说，他们的神哭出来了，他能够活下来了！他们脸上的狂喜和欣慰，就像一群接生婆把一个婴儿从母亲的产道里带到这个世界上一样。他们一边又蹦又跳着大喊‘大夏有救了’，一边把一个捂着嘴吓傻了的小女孩推到了祭坛上，我看到他们抽出了刀……

“我对他们狂喊，试图阻止他们的暴行，可我的言语从雾霾中传出来却变成了一阵毫无意义的婴儿啼哭。我看到那个小女孩倒在了地上，我又感觉到了身体里传来了那股甘甜，我看到自己渐渐地长出了脚。我终于知道我是如何复生的，又是谁让我复生的了。

“一阵风吹来，我将我的一小部分智慧放在风中，任它向外面的世界飘去。不一会儿那风又吹了回来，我知道他们想让我复生干什么了。我看着如今搭载着我灵魂的丑恶躯体，心中无比绝望。我没有理会这些疯子的呼唤，而是化为无边无际的雾霾，离开了那座月山上的祭坛……”

曾经的白云神，如今的雾人想起当时他亲眼所见的惨状，说不下去了。他的身躯变成了一片浓重的雾，每个人都被包裹在其中。

云蔚感觉到自己的喉咙一阵干痛。那灰白色的雾像是海浪一样激烈地翻滚着，它正是雾人痛苦的内心。雁雪见此情形，代替雾人讲述起了后来发生的事情。

雁雪说，早在伟大的白云神诞生之前，甚至早在云蔚诞生之前，她就遇见了那个神秘的哑嗓子。在他的感召下，她加入了云神之子。那时她还是个姑娘，像伟大的白云神一样热爱大夏，像云蔚一样幼稚和善良。雁雪从心眼里认为夏国会在这世间永远存在，最终会战胜和魔鬼共舞的金国，成为世界上最伟大的国家。能够加入云神之子这样一个由国家最有权势的人组成的组织，作为一个战士，是无上的光荣。

当初雁雪在云神之子里是个微不足道的小角色，只是在组织成员聚会的时候负责警戒，运气好的时候，可以和大家一起朗诵那些夏国诗人写下的爱国诗篇。“对那时的我来说，这就足够了。”雁雪回忆起当初的种种，眼睛闪闪发亮，似乎还陶醉其中，“因为我相信哑嗓子，相信云神之子的核心成员们，我觉得他们是这个世界上最勇敢、最有智慧的人，大夏会在他们的带领下变得越来越强大。”

就这样，一心只想为国战死的雁雪死守着自己是云神之子成员的秘密，遇到了心爱的人，成亲生子，完成了一个女人最重要的几步，也走到了事业的高峰，成为夏国麻魁军的统帅。

这时，夏国卷入了蒙古和金国的战争中。雁雪以为，自己可以问心无愧地迎接战争，完成一个女人向一个战士的身份转换。可战争初期的那场大雾像一只巨大的手掌一样，夺走了她的儿子，把她从成为战士的路上推了出去，让她永远留在了一个母亲的悲伤之中。

雁雪的灵魂从此被割裂了。白天，她身披铠甲，像一个永远在瞄准目标的雕像。晚上，她坐在自己的房间里，回想起儿子曾经在这个房间里嬉戏的种种场景，似乎听到了儿子的笑声，似乎感受到了儿子此时此刻的恐惧。她撕心裂肺又不敢哭出声来。她只能把自己的脸紧紧地捂在被子底下，她变成了一个灵魂随着哭泣在萎缩的雪人。

有一天，中兴城里大雾弥漫，空气里的硫黄味像是小刀一样刮着人们的嗓子。雁雪走在雾里面，看着这灰蒙蒙的人间，觉得自己的人生正如眼前的这一切，没有回头的路，也看不到未来的路，一切都被毁了。雾霾里落下了阵阵雨点，风吹过来像是有人在哭泣。她看到人们的眼睛都被这雾刺得满含泪水，她看到人们的脸颊都被雾中的雨点打湿，她在这雾霾中泪流满面。

这个时候她看到街角处她儿子奔跑的身影，一眨眼的工夫就不见了。雁雪惊呼一声，追了过去。那是一条窄窄的巷道，拥挤的人群此时此刻却像海洋一样，此起彼伏的人头如同波浪，托举着她儿子瘦小的身影在雾中若隐若现。雁雪使出全身的力气，推开一个又一个被雾浸染、身上黏糊糊的路人，终于走到她儿子的身前，她一把抱起了他，放声大哭起来。那个孩子在她的怀中又踢又挠，惊恐地叫着“救命”。她这才看清楚，她抱着的孩子根本不是自己的儿子。男孩的母亲冲了过来，一把夺过了孩子，把她推到一旁，用最粗鄙、最恶毒的话语咒骂她。雁雪可以一箭要了这个悍妇的命，可她只能低着头，像一个罪人般匆匆离开，在众人诧异的神情中消失在小巷的尽头。

一拐出小巷，雁雪就瘫倒在了地上。她看着四下没人，狠狠地给了自己两个耳光。她恨自己，怀疑自己是不是疯了，那个孩子无论是脸还是背影，跟自己的儿子完全不同。她怎么会把他看成是自己的儿子呢。“最可怕的是，”雁雪回忆起那一幕的时候，不免悲伤地说，“当我把那个孩子抱在怀中，意识到自己抱错了孩子的时候，我没有想放了他，而是想就这样紧紧地拥抱着他，把他带回家，把他像自己的儿子一样养大。”

就在雁雪失魂落魄的时候，她看到天空中的雾霾在迅速集中、浓缩，天一下子晴了，地上站着一团人形的雾霾。那雾人和她一样，满脸都是泪，他把她扶了起来，用婴儿啼哭一般的声音问她：“怎么了？”

雁雪说：“我丢失了我的儿子。”

雾人问她：“你的儿子长什么样？”

根据她的叙述，雾人在不断地变换着体型和五官，最终变成了雁雪的儿子。在雁雪的惊叫声中，雾人悲伤地说：“在我诞生的地方，我见到了你的儿子。”然后，雾人把自己从何而来，以及他在月山上的所见所闻都告诉了雁雪。

听闻雾人的话，雁雪欲哭无泪，她对这个国家只剩下了仇恨。倒是那雾人，疲惫万分地躲到了雁雪的怀中，用她儿子的脸，用她儿子的声音哭了起来。

雁雪抚摸着雾人的头，对他说：“可怜的孩子，你不要再哭了。从此之后，我就是你的母亲，你就是我的儿子。我们相依为命。”

雾人说：“母亲，我从罪孽中来，我该如何赎罪？”

雾人的问题让雁雪的头脑中不再模糊一片，她咬牙切齿地盯着大夏首歌街道尽头皇宫的尖顶说：“复仇。”

“然后，我就假死了。然后，就是你所经历、你所探寻到的一切。”雁雪对云蔚说，“直到我们再次相见，我回忆起这一切的时候，我心中只有复仇的甜蜜，我问心无愧。”

此时此刻，天亮了，荒山顶上天刚大亮。云蔚看着雁雪，看着那身体模糊不清、对雁雪万分依恋的雾人，看着丢了孩子之后行尸走肉一样的人们，又看看山顶下壮美如梦的中兴城，她头疼欲裂。

得知自己孩子的死讯，张才和“不幸人”跪在地上，哭得撕心裂肺，即使是石头做成的人，听到那哭声也会动容。

雁雪对他们说：“哭吧！大声地哭出来吧！当时我也想像你们这样大声哭号，可我哭不出来……”

雁雪问云蔚：“你看到了吗？你爱这个国家吗？还是像我一样恨它？”

云蔚说：“我既不恨它，也不爱它。就像我现在既不爱你、也不恨你一样。我只关心孩子，他们是无辜的。”

雁雪冷笑，说：“那么我再告诉你两件事情，第一件事情，这种用孩子做祭品，促使白云神复活的事情，不是第一次发生了。”

云蔚愕然地看着雁雪，说：“什么意思？”

雁雪说：“夏国几百年来遇到过无数敌人，经历过无数千钧一发的死战，每次都能转危为安，你以为是夏国人骁勇善战吗？”

云蔚看着雾人，雾人的脸隐藏在雾霾中，像是一滴泪那样悲伤。他说：“每一次我完成使命后，他们就会抹掉我的记忆。所以我每一次醒来，都觉得自己是第一次重生。”

云蔚说：“这实在是太残忍了。”

雁雪说：“花剌子模国亡国之后，白云神抓到了一个从花剌子模逃亡到夏国的巫师，他告诉我们，你们之所以能在花剌子模国发现那个和白云神刺青近似的祭坛徽标，发现那个召唤火焰老虎复生的巫术，正是因为在几百年前，这些巫师的祖先来过我们伟大的夏国啊。”

雁雪说这话的时候，像是在说一个了不起的笑话一样，说完以后她狂笑了起来。云蔚觉得自己全身都被冷汗打透了。

雁雪笑了一阵，说：“我要对你说的第二件事情，就是那帮云神之子的人发现白云神失控了，再也不帮他们去打仗了，变得惊慌失措。这样的事情，在夏国的历史上从来都没有出现过，他们不知道该如何应对。

可哑嗓子没有停手，还在继续着自己罪恶的勾当。他以为这样做，就可以把白云神重新唤回到他们的身边。”雁雪指着张才和他的伙伴们说：“这就是你们的孩子丢失的原因了。你们的孩子被一群蠢货白白害死了。他们死得毫无价值！”

“不幸人”失去了理智，他们纷纷抱住雁雪的腿，像一群溺水者抓住了海中的木板，他们泪流满面。

云蔚趁着场面混乱，走到了人群最后的李彩娥面前，看着她。在云蔚的注视下，李彩娥像被人赤身裸体地扔在了冰原上一样，全身剧烈地抖动了起来。她说：“云蔚将军，你为什么这样看着我？”云蔚没有说话，突然抱住她，两个人一起从山顶跳了下去。等雁雪摆脱了张才等人的纠缠，来到悬崖边时，云蔚和李彩娥已经掉进了山下的夏河，变成了一朵白色的浪花。

湍急的河水中，云蔚使尽了全身力气，才把李彩娥拉上了岸。李彩娥惊魂未定，云蔚拉住了她的手，焦急地问她：“你儿子现在在哪里？只有他能救得了还活着的那些孩子。”

李彩娥发出了一阵呻吟，却像是解脱了一样瘫软在地上。她对云蔚说：“云蔚将军，我的儿子被抓走好多年了，他死定了，你不要让我痛苦了……”

云蔚看着李彩娥的眼睛说：“你能骗得了别人，可你骗不了我。你知道你儿子没有死，所以在监狱里我问你找没找到你的儿子，你才会说你儿子肯定死了。天底下没有一个丢失了孩子的母亲，会在没有看到儿子的尸首前就认定他已经死了。”李彩娥哭得更伤心了，几乎是要把自己的肺哭出来。云蔚继续说道：“我们到了月山之后，所有的人都挤在一起，恨不得离雾人近些，因为从他口中能得知自己的孩子在哪里。只有你，远远地躲在人群的后面，因为你知道你的孩子没有死，你也知道他们的孩子遭遇了什么。你不敢靠近我们，因为你怕看到你同伴的双眼，那会让你愧疚。”

李彩娥哇哇地大哭了起来，她说：“我也不想这样啊！可我怕我把我儿子回来的事情告诉别人，我儿子会被那些人抓走啊！每次看到大家一起抱头痛哭，我心里就像被人用小刀子刮一样啊。我给你们磕头，我给你们磕头。”她跪在了地上，如同疯了一样给那些不在这里的人磕头，额头都被磕出了血。云蔚拦住了她，说：“我不想看你磕头，我想知道你是什么时候见到你儿子的？”

李彩娥说：“大概在十年前吧。我参加完聚会，和大家告别后回到了家里，小麦子缩在柴房里，低声地叫我。我看到他，两年没见，他比失踪前还要瘦小，就像是水缸在地上的倒影。我跑过去抱住他，刚想放声大哭，可小麦子捂住了我的嘴。他说，娘啊娘，你可千万不要哭，哭声会被那穿大红袍子的红熊听到，会找上门来杀了他。我问他，这么长时间，他究竟遇上了什么事情，他说，他被红熊带到了红熊的住所，在那里，一个哑嗓子的男人检查了他的身体，确认他没什么毛病之后，把他带到了月山。然后……”

李彩娥把小麦子被哑嗓子带到月山后的所见所闻都说了出来。她说完这一切以后，云蔚觉得自己的身体变成一堆石头，自己的灵魂变成一摊烂泥。

李彩娥说：“我家小麦子能逃出来，也是九死一生啊。我心里害怕极了。我知道他如果还留在家里，必死无疑。我让他逃跑了，有多远跑多远，再也不要回夏国。而我，继续伪装成一个悲伤的母亲，欺骗你们，也欺骗凶手。只有这样，我的孩子才能活下去啊！他现在跑到哪里去了，我也不知道。也许，都跑到月亮上去了吧……”

云蔚问李彩娥：“小麦子说没说红熊住在什么地方？”

李彩娥摇头，说：“我儿子当时被吓坏了，他不认识路，他只记得路过了一处开满了红色曼陀罗花的花田，那里的味道很香很香……”

云蔚猛然想起来，很久之前她问过红熊，为什么他染的红布这样红，红熊说，因为他的染料里加了切碎了的红曼陀罗花瓣。她问李彩娥：“中兴附近有没有红曼陀罗花田？”

李彩娥想了想说：“只有一处，在北门郊外。”

云蔚说：“红熊就住在那附近的一座染坊里。”

她们找到红熊的时候，他正在做一个风景都是血红的梦，隐隐约约的，他感到一阵冰冷的刺痛在他的喉头泛起，他醒了。他看到云蔚站在他的床前，刀顶在他的喉咙上，他的四肢被绳索牢牢地绑了起来。云蔚对他说：“带我们去找哑嗓子。”

红熊说：“什么哑嗓子？”

李彩娥尖叫着抄起桌上裁剪布匹的大剪刀就冲红熊的眼窝扎了上去，幸亏云蔚阻拦及时，否则红熊的脑袋就被剪刀扎穿了。

云蔚对红熊说：“你曾经绑走了她的孩子，她有很多话想和你说。如果你还嘴硬，我现在就出去，你和她聊。”

红熊努力地想挤出一个笑容，可他被尿水打湿的床单出卖了他心中的恐惧。红熊再也不是那个中兴城街上的那个傻子红熊了，他像一个被抓获的惯犯一样深深叹息，他说：“不要杀我，我带你们去。”

遗　志

当夏国的使者告诉成吉思汗，云蔚在监狱中因为叛国羞愧难当而自焚的消息后，成吉思汗的血在那一瞬间全涌到了头顶。他尽量压抑着自己心中的愤怒，不让别人看出端倪，他觉得自己脸上的每一块肌肉都剧痛无比。

使者还在眉飞色舞地向成吉思汗介绍夏献宗进贡的宝贝，可成吉思汗从一个将领手中夺过了斧子，把那些宝贝砸成了一堆粉末。所有人都傻眼了，他们不知道他为什么突然怒火万丈。

成吉思汗咬牙切齿地对夏国使者说：“夏献宗以为凭这些东西就能保住他的国家？回去告诉你们的王，我的大军迟早会把夏国推平，到那时夏国大地上的一草一木都属于蒙古，让他洗干净脖子等着吧。”

夏国使者听着成吉思汗近似诅咒般的誓言，当场晕死了过去。成吉思汗派人把他扔到了他来时乘坐的马车上，两个蒙古士兵用刀狠狠一扎马的屁股，一声嘶鸣，马车载着使者向夏国的方向逃亡去了。

成吉思汗来到那口装着“李云蔚尸体”的棺材边，心想那样一个倔强善良的美人，到头来竟然落了这样一个下场，不由得心如刀绞。他看着这口反射着皎洁月光的棺材，无数次想鼓起勇气打开它，再见云蔚一面，可勇气迟迟不来，最后只得作罢。

成吉思汗找了辆马车，命令士兵将这口棺材搬上了马车，他对他的战士们说：“棺材里的这个女人，为了她的祖国，和蒙古帝国鏖战了近二十年，她是夏国唯一一个能对蒙古造成威胁的人。作为她的对手，作为一个战士，我对李云蔚将军心怀敬意。她的祖国像抛弃一条狗般抛弃了她，可她与之战斗了一辈子的国家，将会安葬她。这是我能想到的，给予一个英魂的最高殊荣。”说罢，成吉思汗驾着马车离开了军营。

在《情书录》里，成吉思汗对云蔚说，他本想编些谎话，让人们不要起疑心。可说着说着，他才发现这些话没一句是假的，都是真心话。

成吉思汗乘着马车，带着棺材，在这片荒野中为云蔚找一个合适的墓穴。可“合适”实在是太难了，在他的心中，云蔚的墓穴应该在一片最洁净的草原上，那里的青草要像处女的皮肤般新鲜得让人心碎，他会将云蔚安放在百花深处，让她在这片秘境中永存。可他走啊走啊，不知道走了多远，始终没有找到他理想中的墓穴。这片荒野上到处都只是乌黑肮脏的战火痕迹。天亮了，再也没有路可走了，成吉思汗在一棵枯死的大树下埋葬了“云蔚”。

事毕，他坐在那棵树下，总觉得自己有话要对云蔚说。可看着死树，千言万语堵在了他的喉头，他又觉得自己无话可说了。成吉思汗把自己随身酒囊中的酒都洒在了树下，然后转身走了。

回军营的路上，成吉思汗看到远方有一群人向更远的地方缓缓走去，他们携老扶幼，每个人的手上都提着一个肮脏的破包裹，每个人的脸上都满含着凄楚与苦涩。他看得出来，这群人是夏国人。那群人也看得出来，他是蒙古人。可他们脸上没有恐惧，只有麻木，他们经过成吉思汗的时候，眼睛直视着他，似乎是在对他说：“如果你要杀我，你就杀吧！我们实在是跑不动了。”

成吉思汗拦住一个老者，问他：“你们这是要去哪里？”

老者凄楚地看着他说：“夏国的鬼魂都知道，成吉思汗快要灭掉我们夏国了，我们是去逃难啊……”

成吉思汗诧异地问道：“你们要逃到什么地方？”

老者的眼睛亮了，他看着远方的虚空，无限向往地说：“我们要去云山，它隐藏在大陆极北的云海之中，那里是夏人的发源地，那里没有战火和灾难，树上长着，地里生着，水里流着的都是味道甘甜的云朵，可以吃，可以喝，再也没有战争……”老者推开了成吉思汗，继续赶路去了。

成吉思汗注视着这些远去的夏国难民，他的心中涌起了一种奇妙的感情，云蔚的死让他觉得自己和这群本是自己敌人的人有了某种割舍不掉的联系。他自己也说不清楚那究竟是什么。这时，他看到了一群衣衫褴褛、状若小鬼的孩子伸着他们如鸟爪般干瘦的胳膊，迈着他们如麦秆般凄惨的双腿，也混迹在这群步履蹒跚的难民中。他突然想起了云蔚为追查雾人杀人事件的种种艰辛和困难，想起了找到线索时云蔚的喜悦，陷入迷雾中时云蔚的沮丧。现在云蔚死了，可元凶还没有抓住。他决定在毁灭夏国的同时，要抓住那个凶手。他觉得只有这样，云蔚那在天空中沸腾的灵魂才会得到安息，她和他，便始终在一起了。

小麦子

1226 年的某一个无比平凡的下午，成吉思汗终于率领着他的战士们返回了草原。一路上，成吉思汗遇到了更多的夏国难民，一群一群，犹如迷途的走兽。这些难民和蒙古军队擦肩而过，无论是蒙古人还是夏国人，都只是低着头走路，谁也没有力气再去多看对方一眼。这是战争的末期，每个人的灵魂都麻木了，而躯体则疲惫不堪。他们像两条黑色的河流一样在大地上朝着截然相反的方向流淌，要没有成吉思汗的命令，似乎永远也不会有交汇的一刻了。

有一天，成吉思汗骑着白马路过了一群难民。在这些人中间，他听到了女人凄厉的哭号声。离得近了，他听到那女人是在哭叫："呜呜呜……哪个天杀的偷了我的儿子。呜呜呜……我儿子才六岁。呜呜呜……偷我儿子的人不得好死。呜呜呜……儿子啊儿子，你在哪里啊？"

成吉思汗猛地一勒缰绳，萨尔乐会意，一声嘶鸣，调转马头向这群灾民奔来，成吉思汗的亲卫军紧随其后。马蹄声阵阵犹如奔雷，踏在灾民们的心里让他们撒腿狂奔，可人跑不过马，灾民更跑不过战马，只是一瞬间，成吉思汗的亲卫军就已经包围了他们，像是一群狼围住了一群羊。成吉思汗下马，走进了人群。人们双手抱住头，蹲在地上。成吉思汗的脚踏到哪里，哪里就是一阵惊恐地低声啜泣。

那个女人还在哭号，只有她不害怕。蒙古人甚至激起了她的怒火，她像是疯了的猛虎一样从地上站了起来，向成吉思汗扑去。卫兵们拦住了她，架起了她的胳膊，像老鹰叼小鸡一样把她抬离地面，可她依然又哭又叫，试图用双脚踢成吉思汗的肚子。她对成吉思汗喊道："要不是你和我们打仗，我就不会逃命！我不逃命，我的儿子就不会丢！你赔我儿子！你赔我儿子！"

这个女人像一只牙疼的河马般号叫着，她那条理清晰的谴责让成吉思汗无法辩驳，他只得小声地问她："你想不想找到你的儿子？"

那女人的声音实在是太大了，淹没了成吉思汗的疑问，哭泣像传染病一样感染了这群难民，其中有好多人哭了起来，他们一边抹着眼泪一边站了起来，像那个女人一样扑向成吉思汗。他们说他们的儿子和女儿也在逃难的路上丢了。成吉思汗应该赔他们的儿子，赔他们的女儿。他们的手仿佛海浪一样向护卫着成吉思汗的亲卫军战士拍来，在战士们的黑色铁甲上拍打出一声声犹如枪响般清脆的声音。这声音吸引着四面八方的夏国难民群向这里涌来，黑压压地包围了成吉思汗和他的战士们，场面近乎失控。亲卫军的长官已是满头大汗，他向成吉思汗请示干脆拔刀杀光这群夏国狗算了。

成吉思汗见状不妙，把双手捂成了一个喇叭形，大声地喊道："你们究竟还想不想搞清楚你们的孩子在哪里？你们究竟还想不想跟你们的孩子团聚？"

"团聚"这个词在荒野中扩散，不断地回响，犹如一阵小雨一般，回响在每个哭泣的人干枯的头发上、红肿的眼睛里、冻裂的嘴唇上，浇灭了他们心头的怒火，让他们那埋藏在死灰之中的希望犹如春雨之后的野草一般疯狂地滋长开来。

那个一开始疯狂叫喊踢打的女人，现在变成一只温顺的、乞求帮助的小猫，她怯生生地问成吉思汗：“你有办法帮我找回我的儿子？”

成吉思汗还没有回答她，她的脸上突然浮现出了犹如疯人般的笑容，她说：“你是成吉思汗！你一定有办法帮我找回我的儿子！如果你能帮我，我给你当牛做马，我给你做你鞋里的一只小蚂蚁都行！我可以为你干任何事！哪怕你让我炸掉中兴城，我也会毫不犹豫地去做啊！”众人纷纷附和着这个女人，说：“为了自己的孩子，只要伟大的成吉思汗吩咐，我们什么事情都愿意去做！”

成吉思汗叹了口气说：“我只需要你告诉我，你的孩子是什么时候丢的，是怎么丢的？”

那女人哭哭啼啼地说：“呜呜呜……自从我们决定开始逃难的那天起，我们的队伍里就一直在丢孩子。呜呜呜……有人说，那些孩子被狼叼走了。也有人说，那些孩子被你们蒙古人抓走了。呜呜呜……还有人说，他们被白云神带到云山上了，再也不用担心谁会杀死他们，每天吃果子，喝泉水。可谁把孩子带走都不行啊！孩子那么小，就应该待在爹妈的身边。呜呜呜……我们这些孩子没有丢的人，天天害怕得白天跑不快，晚上睡不着。人人都把绳子拴在孩子的身上，另一头系在自己的腰间。呜呜呜……我用绳子把我的孩子拴住了。可我还是怕我一个不小心，他就不见了。呜呜呜……我恨不得把儿子再塞回我肚子里，等到了云山把他重新生一遍啊，呜呜呜……今天早上，我们遇到了你们，所有人吓得心怦怦乱跳，生怕被你们杀了。我们拼命地跑啊跑啊，一直跑到你们看不见我们了。我才松了一口气，心想我和我的儿子又活下来了。这个时候，我转身一看，我和儿子之间的绳子断了。呜呜呜……我儿子不见了，我儿子丢了，我儿子没命了！”

听着她漫长而又杂乱无章的叙述，看着她那疯疯傻傻的样子，成吉思汗心中感慨，生了儿女的女人真是这个世间上一切噪音的根源。就在他束手无策时，人群中传出一个小男孩脆生生的声音："娘啊娘，你别哭了，我回来了！"

众人循声望去，一个衣衫褴褛的小男孩和另一个面孔黝黑的夏国青年手拉着手，怯生生地走了过来。

妇人的哭声瞬间消失了，她跑过去狠狠地踹了那个年龄稍小的孩子几脚，又抱住他哈哈大笑，然后又开始抽泣。她一边抽泣一边给她的儿子整理头发，她说："你个小王八蛋，你死到哪里去了。"

她的儿子说："娘啊娘，你们跑得太快了，那一双双腿，像是会动的林子一样，把我撞得头昏脑涨。我让绳子勒得腰都快断了，我的喉咙里像是塞满了盐，我的肠胃里像是灌满了火。就在我头昏脑涨地要昏过去的时候，我感到一双大手扶住了我，像一股清泉般撑住了我比鼻涕泡还软的后背。我回头一看，看到了这个小哥哥，他手里还拿着两串烤蚂蚱。他递给了我一串。我吃完了烤蚂蚱，他又把他的那一串递给了我，虽然我看得出来他舍不得，虽然我知道这一串是属于他的，可我饿得什么都顾不了了。在我吃第二串烤蚂蚱的时候，他对我说，吃吧吃吧，吃饱了哥哥带你找你娘去。就这样，我又见着你了。娘啊娘！是这个小哥哥救了我！"

那女人一把抱住了那个青年，说："你就是活菩萨，你就是我的再生父母，我给你磕头。"话音未落，那女人拉着儿子跪下就要磕头，那青年拉住了她，说："大婶你别这样，磕头又不能当饭吃。你要是真的感谢我，你就给我一个饭团吃吧，我已经连吃了十几天烤蚂蚱了，再吃下去，我也要变蚂蚱了。"

那女人的脸抽了一抽，咬咬牙，一拍大腿，说："谁让我儿子欠你一条命呢！"她打开行李，拿出来一个饭团递给青年，青年接过去狼吞虎咽地吃完了。

围观的众人纷纷夸赞女人的儿子命好，夸着夸着又有人垂起泪来，指着天空骂老天爷不是个东西，做人不能这样不公平。听他们这样说，那女人不干了，她说：“照你们这么说，我儿子丢了，老天爷难道就公平了吗？”众人沉默。

成吉思汗没有搭理夏国人的争论，他径直走到了那青年的面前。青年本来正在聚精会神地享受着自己的大餐，抬起头来看到成吉思汗，他一下子愣住了，然后浮现出了一种恐惧与谄媚相结合的古怪表情。成吉思汗问他：“你叫什么名字？”

青年跪下说：“伟大的成吉思汗，我叫小麦子。”

成吉思汗说：“其他那些被云神之子抓走的孩子，现在在什么地方？”

小麦子愣了，他看着成吉思汗，猛地站起来，转身就跑。可没跑多远，就被成吉思汗的卫兵又抓了回来。小麦子使劲地反抗着，号叫道：“我不知道什么云神之子！”

女人跪在成吉思汗的面前，说：“请您放过他吧！您已经把一个这么好的孩子给吓疯了。”夏国人纷纷附和。

成吉思汗冷笑道：“你命好，儿子没被抓走。可别人要是想找回自己丢失的孩子，就只能靠他了！”他一把扯掉小麦子身上破烂的外衣，人们看到，小麦子穿着一件质地名贵的儿童肚兜，小小的肚兜套在他魁梧的身躯上，显得格外可笑。可谁都笑不出来，此时此刻，这一切太诡异了。

成吉思汗说：“当我看到系在你脖子上的肚兜绳时，就起了疑心。那绳子是用金线做的，在蒙古，只有贵族才用得起。你肯定不是个普通难民。成吉思汗的士兵扒下了小麦子身上的肚兜，用水沾湿了毛巾，擦拭着那上面的污渍。肚兜还原了它本来的白色，成吉思汗指着肚兜问小麦子：“这是什么？”

小麦子低头一看，肚兜上有一个云神之子的刺青图案。

成吉思汗说："你也曾经是被拐走的孩子，只不过你还活着。你不是想绑孩子，而是想救孩子。"

人们惊讶地拽着他的胳膊，抓住他的腿，求他把自己孩子的下落说出来。

小麦子对这些呼唤置若罔闻，他苦笑着对成吉思汗说："我还记得，童年时的我被那卖红布的红熊抓住，带到了一个地方，那里还有一批孩子，他们给每个人都穿上了这样的一件肚兜，然后把我们关进了笼子。他们的牢笼密不见光，我不知道在里面待了多久。我亲眼见到伙伴们一个又一个地被他们从笼子里抓走，就像是抓鸡一样。

"有一天，笼子里只剩下我和另一个小男孩了，我吓得吐了出来，弄脏了自己的肚兜。在黑暗里，我控制不住地颤抖。来抓我们的人又来了，我永远记得他的声音，像是被沙子磨过喉咙一样，非常沙哑。他在我们之间来回看了好几眼，最后选择了那个男孩。

"那男孩把他的肚兜脱了下来，让我穿上，他说这样我就不会哆嗦了。第二天，哑嗓子把我从笼子里抓了出来，我问他去哪里，他说去月山。我问他月山上究竟有什么，为什么那些孩子都不回来了。哑嗓子说，有一件非常神圣的任务需要我去完成。我被他带到了月山，我知道，再不跑我就没命了。趁着他不注意，我从山顶跳了下去，落入了夏河。我游啊游啊，终于游上了岸。我知道，就是我同伴的这件肚兜保佑我活了下来。从此，无论我去哪里，去做什么，我都穿着这件肚兜。我不想让更多的孩子像我的那些同伴一样，可我救了一个，就会有十个孩子被那些人抓走。就这样，十多年过去了。有的时候，我真觉得，夏国人连自己的孩子都不放过，夏国是真的该亡了……"

成吉思汗很惊讶，小麦子说这话的时候，就像一个七八十岁的老人。

这个小老头看着成吉思汗，突然指着那些磕头的难民，充满仇恨地说："你不是想找他们的孩子吗？我知道他们在哪里。也许我们去得及时，还能救得了他们，你敢不敢去？"

成吉思汗看着愤怒的小麦子，突然觉得他所说的一切真是荒诞极了，但他想起了云蔚，他毫不犹豫地点了点头，说："带我去。"

重　逢

就这样，一支由小麦子、成吉思汗和他的亲卫军以及夏国难民组成的队伍在草原上狂奔着。成吉思汗看着与他同行的人们，心想这样的景象，连长生天都想象不出来啊！

在去往哑嗓子家的路上，他们行至一片疯长的野草能没腰的草地，小麦子突然停了下来，说："我要拉屎。"成吉思汗没有搭理他，继续向前行进。负责押解小麦子的士兵见状踹了小麦子一脚，说："别废话，赶紧走。"小麦子从地上站了起来，倔强地喊道："我要拉屎！"

小麦子清脆的叫喊在草地上飘荡。一阵风吹过，不远处，一阵"窸窸窣窣"的声音从野草里穿了过来。成吉思汗心中一沉，用手势告诉所有人戒备。士兵们悄无声息地抽出了刀，搭起了箭，那些躲在草丛里的敌人只要一露面，就会被蒙古人送去见腾格里。

小麦子突然大笑起来，士兵急忙用手捂住他的嘴，却不料被他抓住手反咬了一口。士兵大叫一声松开了手，小麦子向那发出声响的地方跑去。成吉思汗冲他喊："快回来！"

小麦子却挥挥手，说："放心吧！你们胆子太小了，这里没有敌人！"

成吉思汗看到小麦子分开草丛，一个用土坑和野草做的简陋陷阱展现在众人面前。陷阱有几只瘦到风一吹腰就会断的野兔在疯狂跳动，发出刚才那种诡异的声响。

小麦子得意地拍拍自己的胸脯，说："这是我造的！我的陷阱总能抓到猎物，老天爷再怎么绝情，它也饿不死我。"

成吉思汗突然心中一震，他想起了年幼时的自己。那时他被敌人追杀，像一只孤狼般在草原上流窜，他也曾制造过这样的陷阱！他看着眼前这个少年，种种酸楚涌上心头。

小麦子打开陷阱，将那些野兔放走了。看着四处逃窜、瞬间不见的野兔，成吉思汗惊讶地问他："这是为什么？"

小麦子说："我抓它们，是为了让自己活下去。现在我被你们抓了，别说吃它们了，找到哑嗓子以后，我能不能再活着都说不好，又何必让它们在我的陷阱里白白死去呢？"

成吉思汗不由得叹了口气，说："你去拉屎吧，我们等你。"

在草丛里，野草挠着小麦子的屁股，如同微风般舒适。就在此时，他听到"扑通"一声，看管他的士兵倒在了野地里，被割开的喉管流出了汩汩的鲜血。小麦子想大叫"救命"，可一双手捂住他的嘴巴，一个沙哑的男人声音在他耳边响起："乖乖跟我走，否则我现在就杀了你！"

当蒙古士兵发现那个被哑嗓子杀害的士兵尸体时，他们纷纷低声怒骂那个夏国小杂种："一定要抓住他把他碎尸万段！"

成吉思汗在尸体旁观察了片刻说："凶手不是小麦子，死者是被人从身后顺势将匕首插入脖颈而死的。死者比小麦子高，他下手不可能造成这样的刀口。一定是有人在暗地里跟踪我们，杀死了死者，劫走了小麦子。"

此时成吉思汗看到树丛间有一个小亮点，他凑近一看，树枝上挂着一块碎布片，正是小麦子那件白色肚兜的残片。在不远处，成吉思汗又看到了一个小亮点，类似的亮点忽明忽暗，一直延伸到深邃的黑暗中。

成吉思汗明白，这是小麦子给自己留下的追踪暗号。他不再犹豫，骑上白马顺着这指引疾驰而去，众人紧随其后。

在一座山下，人们再也找不到碎布条，却在地上发现了一摊还没有干的血迹。成吉思汗说：“我们到地方了。”他抬头看着这座山，此时正是深夜，周围的一切都变成它们自身在黑暗中的影子。可成吉思汗一眼就看到那个人，她在月光笼罩的山道上散发出一种近乎皎洁的白色光亮，仿佛一个神。他以为，自己被思念折磨疯了，眼前出现了幻觉。他用手使劲揉了揉眼睛，云蔚并没有消失，还是在继续向山顶行进。她的前面是被绳子紧紧捆着的红熊，她的身后是李彩娥。

他不顾一切地大叫了一声“云蔚”，云蔚站住，向山下望去。看到成吉思汗的时候，她脑子“轰”的一声，不知道此时是何时，此地是何地了。这是他们在西方沙漠分手后的第一次相见，她曾经想象过无数次重逢时的景象，做好各种准备，甚至连相互厮杀的场面，她认为自己也能够平静地接受。可现实永远比想象更让人措手不及。

那天抓住红熊以后，她们押着他，一路上东躲西藏，历经无数周折，终于到达这里。她和云神之子之间要算的账太多了。可一听到他的声音，原本要去做的事情，顷刻间被她忘得一干二净，身处这条山道上，她不知道自己是该往前走，还是该退回去。

两人即将相会，他们都放慢了脚步，放轻了声音。她还在考虑和他说什么，他却已经轻轻地握住了她的手。人们都懵了，可他不在乎。他的眼中只有她。这轻轻一握，把那些分别的日子和分别的原因都握成了粉。手心松开，一切过去都被风吹散到空中，就像是两个人从没有分开过一样。两个人简单交流了各自的遭遇后，她轻叹了一口气，说：“你为什么还要追查这件事情？”

他说：“因为你。”

在这一片肃杀中，朴实无华的话像一颗石子般投入到黑暗中的云蔚心里，激起一片甜蜜的涟漪，两个人的手握得更紧了。

当李彩娥知道小麦子又被抓走后，不由得放声抽泣起来。不远处，隐隐约约传来法号声和念咒声，云蔚急忙捂住了她的嘴。那诡异的声响越来越大了。

离　开

李云旺说，当云蔚和成吉思汗匍匐在那座荒山山顶的草丛里，观察眼前所发生的一切时，云蔚的头发里散发出一股水蜜桃的芬芳，让成吉思汗的心里像是长出了无数只蚂蚁在翩翩起舞一样躁动不安。他想命运里没有偶然的事情，自己若不再继续追查雾人的事情，可能就再也遇不到云蔚了。那一刻他既感谢长生天，也感谢他自己。

红熊对云蔚说："自从你发现了我们在月山的祭坛后，我们就在这里设立了新祭坛。哑嗓子一定会来的！"云蔚没有说话。红熊接着说："我兑现了我的承诺，现在你能放我走了吗？"云蔚点了点头，红熊刚扭头准备离开，云蔚用匕首从他背后割断了他的喉管。红熊倒在了地上，眼睛瞪着天空，没过多久就断气了。

成吉思汗看着她，她也看着他，他斟酌了一下，对她说："你做得对。"她回应道："我知道。"

山下，云神之子的成员们都穿着白色的大袍子，白布遮面，风吹白袍发出猎猎声响，他们就像是幽灵一样，在山野之间簇成一团，微弱地燃烧着。

成吉思汗看到一个蒙面的人押着小麦子，走上了祭坛。原本吵闹的会场瞬间鸦雀无声。李彩娥全身颤抖了起来。云蔚对她说 :“放心吧！我们一定会救他的。”小麦子拼命地求饶，他说 :“放过我吧！求求你们放过我吧！”那人用沙哑的声音说 :“闭嘴。”小麦子就再也不动弹了。他变成了一棵树，孤单地长在了祭坛中央。眼泪从他的眼眶中像两条小溪一样流了出来，打湿了他所站立的地面，打湿了夏国的土地，也打湿了云蔚的心。

哑嗓子举起手中的斧子，在小麦子大腿的皮肤上轻轻划了一下，皮开肉绽，鲜血汩汩地从中流了出来，流在那颤抖的皮肤上，煞是惊人。哑嗓子又用手指蘸着那鲜血，在小麦子苍白的皮肤上画出各种花纹与奇怪的符号。哑嗓子开始轻轻地鼓掌，台下的众人也以同样的掌声附和着，同一个声音同一个节奏，声音越来越响，节奏越来越急，然后哑嗓子停止动作，声音戛然而止。哑嗓子大声呼喊着 :“亲爱的战友们啊！我终于明白，白云神复生以后，竟然抛弃我们的原因了！”人群诧异，纷纷追问原因。哑嗓子指着小麦子说，“十五年前，我们本该把他献祭给白云神，可这个狡猾的家伙，竟然跳崖逃跑了。当时我以为，用别的祭品替代，也是可以的。可白云神一定觉得我们不够虔诚，所以抛弃我们，惩罚我们！现在好了！我在难民里发现了这个正在给我们的行动捣乱的家伙，并且在他即将出卖我们的时候把我抓了回来！今天，我们就把他和其他祭品一起献祭给白云神！夏国就有救了啊！”

台下的人们如同野兽，发出一阵阵类似兽吼的欢呼。几个云神之子成员押着一群孩子走上了祭坛。成吉思汗听到他身后有不少夏国人在低沉地啜泣，他冲身后做了个手势，人们安静了。

“白云神啊白云神！众人回应，你快出现吧！”哑嗓子大声呼号，“神圣的大夏危难啦！”

众人回应 :“快来救你的子孙啊！”人们一边叫喊，一边鼓掌。

哑嗓子已经在小麦子的全身画满了血符，最后一笔是他在小麦子的头顶的中间画了一条线。台上的云神之子成员们效仿着他，在孩子们身上也画好了血符。哑嗓子举起了自己手中的斧头，闪着寒光的斧刃对准了小麦子脑壳上的那条血红的线。就在哑嗓子手中的钢斧要劈下来之时，一种尖锐物撕裂空气的啸叫迅速地穿过，让每个人的耳膜都感到了刺痛。每个夏国人都知道这声音意味着什么，可还没等他们反应过来，就见一根云石箭刺入了哑嗓子的脑门，这个害了无数孩子性命的男人白眼一翻，倒在了地上。

人们向山野望去，看到正在愤怒注视着他们的云蔚。云蔚又射出来两根箭，两个云神之子的成员应声倒下。他们怒吼着“杀了这个叛国的婊子”，向云蔚冲来。成吉思汗叹了口气，站起来抽出刀砍翻了最先冲过来的两个敌人。有人大喊：“成吉思汗也在这里！这是白云神给我们的恩赐！今晚杀了他，明天所有的战争都结束了！”这些人更加疯狂地扑来。双方混战在一起，像是一朵巨大的黑云和一朵巨大的白云相撞，各自撞裂的地方，有血红的晚霞在爆炸。

成吉思汗和云蔚从混战的人群中杀出了一条血路，冲到祭坛之上。云蔚把迷迷糊糊的小麦子从地上拽了起来，冲他脸上抽了几个耳光。小麦子清醒了，他看着眼前这个到处都是血的战场，吓得说不出话来。然后，李彩娥扑过去紧紧抱住了他，这对历经磨难的母子相拥痛哭。

云蔚大喊：“夏国人，去找你们的孩子，逃命去吧！”那些跟随成吉思汗来的难民跳上了祭坛，带着自己的孩子，纷纷遁入黑暗中。李彩娥和小麦子也混在人群中走了。看着他们越来越远的背影，云蔚在心里祝福他们一路平安。

成吉思汗和云蔚走到哑嗓子的尸体边，成吉思汗用刀挑开他脸上的纱巾，哑嗓子的真面目暴露在两个人的眼前。这是一张多么平凡的脸啊，甚至平凡得有些猥琐。他的五官没有丝毫的贵气，一看就是个在现实中只拥有琐碎生活的普通夏国人。云蔚不认识他，可她总觉得自己在哪里见过他，也许他只是在中兴城某条大街上和她擦肩而过的路人。一想到就是这样一个普通人，做出如此邪恶的事情，云蔚心中就会有说不出的恶心和难受。

此时，一个云神之子成员抽出剑来刺向云蔚的喉咙，成吉思汗用刀挡住刺向云蔚喉咙的剑，并把刀架在他的脖子上。成吉思汗说："只要你动一下，我就让你手中的剑和你脖子上扛着的脑袋一起飞上天。"那人不敢动了。云蔚觉得他的动作特别熟悉，依稀在哪里见过。她过去摘下了他的白色面纱，不由得惊呼一声，眼前这个人，竟然是夏献宗。

云蔚问夏献宗："怎么会是你？"

夏献宗用手羞愧地捂住了自己的脸，像是冰冷的月光会把他的脸灼伤一样。他说："想不到吧！我在不久前也成了哑嗓子的信徒！谁能想到他就是这么个样，他把夏国人都骗了啊！"夏献宗的卫兵们冲了过来，从成吉思汗的刀下将他救下，架着他匆匆逃走了。

成吉思汗向四处环视，此时此刻，他带来的亲卫军战士都倒在了血泊之中，活下来的人都是云神之子的成员。人们寂静无声，双眼却是血红的。他们死死地盯着他和云蔚，成吉思汗心中暗叫"不妙"，这样的眼神他在草原上见过无数次，那是饿极了的狼群才会有的眼神。只要猎物动一动，饿狼就会把目标撕成碎片。夏国人的包围圈越来越小，越来越小，成吉思汗觉得自己紧张得难以呼吸。

在快要窒息之前，他叹了口气，对云蔚说："能再见到你是长生天对我最大的恩赐。"他手腕用劲，想和这些狂人决一死战。就在此时，他看到天色一下子变暗了，雾霾漫天……雾瞬间就铺满了山川河流，甚至连月亮都吞噬了。人在雾中连自己的手掌和脚都看不到，世界变成一片虚无。

雾霾发出阵阵笑声，雾霾中的人惨叫着。成吉思汗什么都看不到，他大喊着云蔚的名字，可没有人回应他。

不知道过了多久，雾散了，没有人再发出声音。此时是黎明，沉默的黎明，满地的尸体，成吉思汗一个人站在大地的中央，像是经历了一场漫长的死亡，重新复生一般，脑海里一片空白，嘴中唯一能蹦出的两个词，依然是“云蔚”。

雁雪带着雾人走到他的面前，对他说：“你放心吧，云蔚没死。她走了，她说她要去帮助需要帮助的夏国人。”

成吉思汗说：“她有没有什么话留给我？”

雾人说：“蒙古和夏国之间的决战就要开始了。她让我转告你，夏国有罪，夏人无罪。”

成吉思汗说：“这是战争，和罪与罚无关。”

雁雪和雾人沉默了。

成吉思汗又问：“现在是结束战争的最佳时刻，为什么不动手杀了我？”

雾人渐渐地变成了一片白雾，雁雪在雾中若隐若现，她的声音在成吉思汗的耳中忽隐忽现：“你是灵魂的源泉，你要留在最后。”

雾散了，雁雪不见了。看着太阳，成吉思汗无限思念着刚刚相聚而又不告而别的云蔚。云蔚发髻中的香甜还在他的鼻翼边缭绕，可他听到了蒙古军队的号角声，他的战士们来找他了。

回军营的时候，在一层薄薄的雾霭中，中兴城的轮廓若隐若现。成吉思汗似乎已经看到了这座雪白的华美之城死去的样子。

第七章

寻 找

在《情书录》的故事里，成吉思汗活了很久很久，他经历了永恒的青春和不朽的苍老。可作为李云旺的听众，我十分地焦虑。我在阿尔寨石窟已经不知道待了多久，我记得我来的时候，下了几场大雪，叶子就变绿了，春风吹得人心温柔。而现在，又是漫天的大雪，无论是石窟里的佛像还是街上行走的路人，都冰冷冷的，像是雪做成的肉身。风一吹，这一切的一切就会变成雾，在世界上四散，遁入虚无。

我之所以有这么颓废的看法，原因很简单，我没钱了。因为我请假的次数太多了，公司已经把我开除了。

那天，我收到了公司人事部经理发来的邮件，他说，他们给我打了无数次电话，始终打不通，只好以写信的方式通知我这件事。他们感到十分的抱歉和遗憾。我看完这封信，就把它删了。他们当然打不通我的电话，除了我女朋友的电话号码，我把电话簿里所有的人都加入了黑名单。可是我的心里一点都感觉不到抱歉和遗憾，我只想找到我的女朋友，让她跟我一起回去。只有重复和她往昔的岁月，我才能继续走向未来。

那天读完信，我的第一反应就是去银行。在柜员机上，我想取五百块钱，柜员机显示余额不足。我的心怦怦地狂跳起来，我查我的账户余额，只剩下四十八块五角三分。由此可见，爱情是诸多奢侈品里最奢侈的一件，尤其是一往情深，简直是最浪费生命最烧钱的事情。

我如同行尸走肉似的走出银行，李云旺察觉到了我的失落，回到车上，他问我怎么了，我没有直接回答他。我问他："还有多久我才能把《情书录》听完？"他也没有直接回答我，只是说："快了，快了。"我又问他："等我读完，我就真的能找到我的女朋友吗？"李云旺说："我要是有这么高的智慧，我就不在这座石窟待一辈子了，早就到北上广这些大城市替企业家们算命去了。我亲爱的朋友，一切答案都在《情书录》里，就看你能不能找到了。"

又过了几天，李云旺正在给我讲《情书录》里的故事，正好讲完云蔚和成吉思汗不告而别那段，我和成吉思汗一样，陷入了迷茫与哀伤之中。就好像长生天在捉弄我们一样，李云旺的手机响了，把我们两个人都吓了一跳。李云旺看了一眼手机短信，他先是震惊，再是喜悦，然后又恢复了他那副见怪不怪的镇定表情。他对我说："你要做好心理准备，你的女朋友刚把她的位置发给了我，她就在这附近。"

我从椅子上站了起来，我不由自主地笑了，心中感到无比的喜悦。神真伟大，命运中的一切看似如风中沙石般随意，可都在他的安排之中。就在我傻笑的时候，我发现李云旺表情古怪地望着我。我问他："这是好事啊，你让我做什么心理准备，担心我和女友和好，一激动脑梗了？"李云旺苦笑着说："你女朋友发的短信全文是，她和她的丈夫在一起，等待我们去见她。"

我记得，李云旺开车载着我，行驶过一条漫长蜿蜒的公路，可后来我们再聊起这件事时，他对我说："这条路只有二十多公里，别说蜿蜒了，连一个转弯都没有。"

我还记得，我们经过了一条波涛汹涌、河水拍在石头上发出惊雷一样的大河。可他又纠正我说："那是一条窄得河床都快干涸了的小河，当时是寒冬，河面结了冰，连当地七八岁的小孩子都敢在那上面滑冰，家长都不会去管，因为他们知道，即使冰面破裂了，也就是淹到孩子们的脚面。哪里来的波涛？哪里来的惊雷？"

我至今都不能忘记，李云旺拽着失魂落魄的我，在山道上爬行的情形。那座山真高，山顶似乎被埋在云中，我一步一步地踩着台阶，每走一步，我都要大口大口地喘气，似乎要把我自己的肺给吐出来。每走一步，我的汗水就会打湿眼前的台阶，和我流下的泪水在台阶上造成的污渍重叠。可在李云旺看来，那座山并不高，撑死了算个小山丘，站在山顶上往下望，行人还是行人，汽车还是汽车，楼房还是楼房，农田还是农田，不会变成一个个小黑点和小方块，给人造成一种"曾经沧海难为水，除却巫山不是云"的错觉。

李云旺还说，关于那时的一切，我的记忆之所以如此扭曲、夸张、变形，是因为我被我女朋友搞"神经"了。他拉着我向山顶迈进的时候，觉得自己手里拽着的那只胳膊像是一条失去了弹性的纯棉毛巾一样软弱干瘪，令人沮丧。我就像一个和我同等重量、同等质感的麻袋，或是一条人头狗身的死狗一样任人摆布，李云旺说他都不敢看我。

李云旺的这番话，我是万万不能承认的，因为这与我对当时自我表现的印象截然相反。我记得，我像一块铁一样坚强，像一个战士般勇敢。我战胜了漫长的道路、怒吼的大河与高耸入云的山峰，来到了山顶上的那个小亭子。我看到我的女朋友像一朵云一样悠然自得地坐在那亭子里的长椅上，背影美得能让风景都窒息了。

在这一点上，李云旺的观点和我倒是十分一致。他说当他看到那个背影的时候，觉得自己全身的血凝结了。他不忍心走到我女朋友的面前，他觉得那是一种犯罪。他对我说："你去吧！和她好好谈一谈。"

事后，李云旺对我说，当时他说这句话的时候，有两层意思。第一层，是祝福我在这一切结束后，内心能够获得平静；另一层意思是，我女朋友所在的时空，完美如画。除了我，没有任何人有资格前去破坏它。

我走到了我女朋友的身边，对她挥挥手说"嗨"，我女朋友狐疑地看着我，像是在观察我是不是另外一个人，然后她狡猾而又得意地笑了，她拍拍长椅上空着的那一边，对我说："坐。"

我坐了下来，本来我的心中有暴雪飞扬，每一片雪花都是要问她的问题，要谴责她的怒骂，可她的笑声像是阳光一样，一下子让我心中的飞雪停息、坚冰融化。

我们坐了不知道有多久，照我说，大概坐了有整整一个白天，可李云旺说，他只等了我十分钟。总之，坐到再沉默下去我就会发疯的时候，我终于开口问了她一个让我恨不得抽自己耳光的问题。我问她："你老公呢？你老公在哪里？"

她用手指了指我们的前方，说："在那里。"

我顺着她手指的方向看去，我看到在我们对面的山上有一个男子穿着运动服在山道上跑步。我使出全身的力气观察，那是个很普通的男人，穿着一套很普通的运动服。

我问我女朋友："他有什么牛逼的？"

我女朋友皱着眉，不安地挪了挪她的身体，说："你能不能不这样说话？我就是想和你聊聊天，你要是这样，我就走了。"

我尽量平静地说："那你告诉我，事情怎么就变成今天这个样子呢？我究竟是哪里做得不好呢？"

我女朋友说："一开始，我也觉得肯定是你哪里做得不好。我是那么爱你，你遇到事情，我恨不得为你去死。可为什么我和你在一起越来越不开心。这肯定是哪里出了问题，于是我离开了北京，离开了你。我以为这样我就会搞清楚我们之间的问题，你就会变好，我们就可以回到从前。我走啊走啊，走了好多地方。

“在一个黄昏，我来到了一座江边的小城。江水流动的声音就像是我的哭声，这个时候我看到一座小教堂，里面传来一阵钢琴声。我被这音乐吸引着，走进了教堂。

“我看到那个弹奏钢琴的人，黄昏的阳光透过教堂的玻璃，洒在他的身上，他就像是一个黄金做成的人，他就像是我的救星。那一刻我的心狂跳起来，我才知道什么是真正的爱情。那一刻我离你远去了，我走向了他，对他说“你好”。三个月后，我们就结婚了。”

我浑身冰凉，她说的话我一句都听不懂。我把我的感受告诉了她，她说：“你懂不懂都没关系，你能感觉得到。”

是啊，她说得对，我都感觉到了。这感觉让我的每一寸肌肉都酸痛无比。我问她：“你过得怎么样？”她直视着我的眼睛，平静而又坚定地说：“我过得非常幸福。”

又不知道过了多久，我问她：“那现在，我该怎么办？”她回答我：“那是你的事情，不过我可以给你一个建议，忘掉我，往前走吧。”

她的语速极快，快得就像这个回答她已经演练过无数遍一样。我苦笑着说：“我还以为我读完了《情书录》，你就会回到我的身边。”

她想了一想，突然笑了，她说：“我原本也是这样认为的，你看完了他们的故事，就会搞清楚究竟什么是我想要的爱。然后你会找到我，我们会永远在一起。可现在我不这么想了，你给不了我想要的那种爱，就像他们也爱得很痛苦一样。《情书录》只是我对你的一个误导。也许所有的爱情都是误会吧！只不过有的误会一时，有的误会一世。可我觉得那是一个好故事，你应该读完它。”

我不由自主地点了点头，说："是，我现在也挺感动的。"

她站了起来，笑着拍了拍我的肩膀，对我说："那把它读完！就当这是我们在一起做的最后一件事吧！"然后，我们互相祝福、互道珍重，像所有分手的情侣一样，我目送着她下山，登上对面那座山，和她的丈夫一起奔跑，消失在我所能看到的世界中。

我像一道鬼魂般飘下了山，像一片叶子从树枝脱落般坐在了李云旺的车上。他问我现在该怎么办，我说回去吧！重新翻开《情书录》，我想知道结局。李云旺什么都没说，他发动了汽车，离开了高山，跨越了大河，经过了长路，又回到了阿尔寨石窟，回到了那个无比温暖的羊肉馆。

他打开《情书录》，为我朗诵这故事的最后一部分，我看着窗外大雪飘过，每一片雪花都能让我想起我和我女朋友在一起的日日夜夜。那些唱歌跳舞的日日夜夜啊，就像成吉思汗告别云蔚之后，无数次想念她时那般忧伤。

赌　局

自从和云蔚分手后，成吉思汗每次想起云蔚，忧伤就会浮现在心头。这忧伤像一只白鸟划过蔚蓝色的天空，折磨着他的心灵。他想，这忧伤也在世界的某一处，同样地折磨着无声无息的云蔚。

但是蒙古和西夏的决战已经打响，一切都无法挽回。1227 年的某一个无比寻常的下午，成吉思汗骑着他的萨尔乐，和蒙古军队第六次向夏国进军。下雨了，地上的草闪烁着宝石一样的绿光，散发着从血管里流出来的血那般特有的新鲜腥味。在雨中、在风里，草原像是少女的腰肢般向成吉思汗摇摆。这诱惑令他心醉神迷，他多么想跳下战马，躺在这柔嫩松软的草原上尽情地打滚啊。想着想着，他手中的马鞭不由自主地掉在了草地上。

一位终生在马背上颠簸的伟大战士，竟然马鞭坠落，这不是什么好兆头，尤其大战在即。一个士兵急忙走上前去将马鞭拾起，双手捧向成吉思汗，没想到成吉思汗接过马鞭，竟然又扔到了地上。所有的人都困惑地看着他。

那一刻成吉思汗似乎再一次听到了长生天的呢喃。他自言自语道："这就是天意。"他发自内心地大笑起来，雨点打在他的脸上，像是洗涤他的灵魂。

成吉思汗问众人："这里是什么地方？"有人回答："这个地方叫'查汗脑儿'。"此时，雨停了，百鸟在天空中盘旋，成群的野鹿在草地上奔跑，彩虹卧在天边，这是一片壮丽的草原。

成吉思汗说："我小的时候，四处逃难。最大的心愿，就是能在这样一片肥美的草原上休憩。直到现在，我带领蒙古帝国征战四海，可这个心愿我一直都没有实现。今天我在这里将马鞭掉到了地上，是长生天为我选择了长眠之地。我死之后，就将我埋葬在这里吧。这里将会因我宫殿成群，就给它改名叫'鄂尔多斯'吧。这个名字也将会因我扬名四海。"众人称颂成吉思汗的圣意，史官将这段话收入史册。

这个时候，传信兵为成吉思汗带来了前线的消息：如今蒙古军队和西夏军队在黄河两岸集结，准备进行最后一场决战。

夏国只剩下中兴城还在死守。如果蒙古赢得了这场胜利，西夏军队将全线溃败，中兴城会变成一片焦土。蒙古的铁蹄便可以在夏国的国土上自由奔驰了。面对这个好消息，成吉思汗并不如人们预料得那样兴奋，他只是挥挥手，示意自己知道了，然后继续策马前行。

到了晚上，成吉思汗的进攻命令终于响彻了鄂尔多斯高原。消息发出去没多久，成吉思汗就感到大地在震颤，远方传来人类的嘶喊、战马的哀鸣和兵器的撞击声。这种种声音来自附近的黄河，是黄河平川战役中战士们流的血所凝结成的红云。在月色里，河水载着死者流向江海，这些红色的云则在大地上四处漂泊，谁能够看到，谁就知道自己的亲人战死了。

喊杀声让月亮躲进了乌云，让强健的野草低下了头颅，所有人都焦躁地咬碎了牙，挠破了肉，可成吉思汗却只是站在草原上，向远方望去，像是海边一尊在眺望远航小舟回来的石像。人们不知道他在想些什么，因而议论纷纷。伟大的帝王之所以伟大，就在于这大决战中他还无比地平静。

李云旺告诉我，成吉思汗的神情虽像夜空般宁静，他的心里却如千军万马在奔腾。

在《情书录》里，他这样写道："云蔚，我觉得我皮肤上的每一根汗毛，我身体里的每一滴血液，都在呼唤着你的名字。我就要毁掉你的国家了，可你却在这天地间消失了。我不知道你会怎么想，你会怎么做，我十分忐忑。我知道，我的灵魂在任何情况下都百分之百地对你敞开着，而你的缺席，让它变成一个黑洞。"

他在信中呼唤着云蔚，字词之间饱含的深情都能灼烧李云旺的手指和我的耳膜。他哀叹道："云蔚，我的爱、我的音乐和群星。我能看到胜利，甚至都能看到自己的死亡。可我为什么就是看不到你。我的军队即将踏过黄河，到达你的都城了，即使这样，难道你还不出现吗？"

第二天黎明时分，那血凝结成的红云悄悄散去。天地间寂静了片刻，蒙古人庆祝胜利的战歌瞬间响起，嘹亮的歌声一直从黄河传到天边。成吉思汗看到年轻的战士们在草原上狂奔，高喊着："我们胜利了！我们胜利了！"成吉思汗还看到陪伴他金戈铁马一生的将领们相互拥抱在一起，要不是成吉思汗用威严的目光扫视他们，这些人一定会跑过来，把他高高地举起，一直举到夏国的都城里去。

成吉思汗来到黄河边的时候，到处都弥漫着硝烟，似乎连河水都变成了咆哮的火焰。萨尔乐热得呼哧呼哧地直喘气，成吉思汗亲昵地拍了拍它的脖子，像是在问它：“亲爱的萨尔乐，伟大的神马啊！难道连你都老了吗？”萨尔乐打了两个喷嚏，仿佛是在表示自己的不满。

成吉思汗哭笑不得地直起身子，硝烟刺得他睁不开眼睛，他指着河边连绵的山峦问卫兵：“那是什么山，为什么地图上没有？”卫兵尴尬地笑了，说：“那不是山。”成吉思汗走近了才看清，那山一般的事物是昨晚战死的人。无论蒙古人还是夏国人，此时此刻都成了尸体，不分你我地叠在一起，和大地融为了一体。成吉思汗默默地离开了这片残酷的风景。现如今，这片土地都在他的手掌中了，可他骑着白马，竟然不知道自己要去何方。他漫无目的地走啊走啊，突然想到了阿尔寨石窟。自己和云蔚第一次做爱，就是在这座石窟中。成吉思汗决定去那里。“一切从石窟开始，一切就从石窟结束吧！”

成吉思汗来到石窟，那里和他第一次去一样，依然寂静无声，恍若世外桃源。在石窟中，他和诸佛相互凝视，在佛的瞳孔中，他看到了自己的模样：五官僵硬，面如死灰。那一刻他觉得自己无比空虚，空虚得将要变成一尊非人的石像了。

这个时候，他听到了石窟深处的暗影里传来了脚步声，这声音惊起了阵阵灰尘。云蔚像一个梦般从这百年来积攒的灰尘中走出，走到了他的面前。成吉思汗觉得压在自己灵魂上的石壳终于裂了，碎片掉落一地。

云蔚的身后还跟着张才以及那些丢失了孩子的夏国“不幸人”。她毫不惧怕蒙古卫兵们指着她的箭镞刀矛，径直走到成吉思汗面前。成吉思汗想说话，却只是喉头一动，什么话都说不出来。

云蔚问他："能不能让他们走，他们只是群老弱妇孺。"

成吉思汗看看那群人，问云蔚："他们都是什么人？"

云蔚说："他们只是一群无依无靠的夏国人，想躲避战火，去云山。"

成吉思汗叹口气，对那些人挥了挥手，说："你们走吧。这一路上，我的军队绝对不会阻止你们。"

云蔚一直目送着那群难民，直到他们消失在了地平线上，她还在不停地冲他们挥手告别。

他站在她的身边，发现她变得壮实了，成熟了，甚至眼角都有了些许的皱纹。这场仗打了二十年，她的肉体也走向了中年。可他不在乎，他能看到她的灵魂，他觉得那是世界上最壮美的灵魂。他摆摆手，所有的士兵都收起了兵器，退了出去。石窟前只有萨尔乐，陪着这对久别重逢的恋人。

她对他说："我是不是该感谢你的不杀之恩？"

他反问她："这次，我们是偶尔相遇，还是你在等着我出现？"

她的表情变得柔和了，她说："我是在等你。昨天晚上我们想渡河的时候已经晚了，河的两岸都被戒严了。战争打响，我们无处可逃，只好装死人。天亮了，安静了，就变成了现在这个样子。我在想，我必须找到你，只有找到你，这些人才能够继续活下去。"

他又问她："我们好久不见了吧？"

她说："一年？两年？我不知道，自从战争打响，我就没有时间概念了。我一直在救人，希望更多的夏国人能逃到云山里，我没有精力再去想别的事情。"

她告诉他，夏神宗和夏献宗都死了。官方说法是，两个夏国皇帝因为国土沦丧而忧患成疾，先后病死。可是夏神宗死的时候，全身的皮肤被扒光了。夏献宗死的时候，则变成了一具干尸，血液和体液都消失了。

成吉思汗说：“也许雾人下一个要对付的，就是我了吧？”

云蔚不解地看着他。

他解释道：“雾人的逻辑是以其人之道还治其人之身。云神之子成员是怎么对待那些孩子的，他就怎么对付他们。因此每个死者都被雾人夺走了组成生命的一部分。内脏、四肢、头颅、毛发、皮肤、牙齿和血液。我曾经问过雁雪，为什么不对我下手，她说我是灵魂的源泉，要留在最后。现在，这个生命只缺灵魂了。”

她忧心忡忡地看着他，他想珍惜时间，不再去谈论和爱情无关的事情。他问她：“我们第一次见面是什么时候啊？”她没有说话。沉默中，两个人又一次想起那个日子。那是二十年前，她还是个少女，而他永远年轻。她毫不畏惧他的千军万马，前来叫阵。两个本想杀了对方的人，没想到竟然纠缠了这么多年。

他和她在这片沉默的佛中看着对方，就像看着自己。他们都觉得对方变老了，他们在变老的对方的眼中也看到了自己，自己也老了。可总有一些东西没有变，似乎也永远不会变了。

所有的话题似乎都说完了，莫非这就到了离别时分？这次离别将是永别。他突然将手伸向了她，在那一刻，他看着她那冷酷的双眸，真担心她会突然抽出刀来，一刀把他的脑袋砍掉。可他内心的勇气不知道从何而来，他就是想握住这个女人的手，哪怕付出生命的代价，付出一切。当他握住她的手的那一刻，他感到那只冰冷的手瞬间变得温暖了，柔软了，手心甚至因为紧张而有些湿润。他又闻到了她身上那股熟悉的香甜，他看着她的五官一下子放松了下来，那温柔的悲伤，就像是一块冰被太阳融化，变成了一滴温暖的松脂。

她说：“我不知道我是怎么了，我对自己发过誓，只要你放了他们我就走。可为什么看到你我就迈不开腿，我就舍不得你？”他什么都没有说，只是轻轻地抱住了她。她在他的怀中，像是一片落叶回归了大地。

从那天起，他驻扎在阿尔寨石窟，蒙古军队向外宣称，大汗坠马受伤，需要静养。他和她整日整夜地待在石窟里，不迈出门一步，不看外面的世界一眼，就连一日三餐都是士兵送到石窟前，时间仿佛停滞了。

飞鸟刺穿白云，石窟里只有喘息声、呻吟声、欢笑声和痛哭声，时间像沙子般滑入虚无，天地寂静。

以前，每个人都觉着自己是一棵草，人间是草原，成吉思汗就是风。如今，风停了，只在它的巢穴里盘旋，每个人都又回归自己。他们突然觉得这样其实挺好的，不用再奔波，不用再打仗。石窟里传出的声音变成一首能够抚慰人灵魂的歌谣。大地上快速流传着这样一个消息，西夏公主云蔚捕获了成吉思汗的心，这场战争，马上就要结束了。

他和她时而变成两只鹿，在彼此的身上自由地奔跑，时而变成两条龙，紧紧地将生命缠绕在一起，恨不得把自己和对方的灵魂从躯体里逼出来。有时他们也像是两颗雨滴，从他们身体里喷涌出来的泉水顶端，向意识深渊中最黑暗处滑行，永不停息。可每一次做爱的最后，他们都只能变成一根沉香上的两缕灰烬，先后落在彼此的身体上，将自己和对方砸成无数的碎片，又融为一体，似乎再也无法分开。他们用尽了人类肉体所能使用的各种姿势，经历了人类感官能够接受的所有痛苦和狂喜，说光了所有的情话，流光了所有的汗。可每一次眼神接触，都像是生命灰烬中的死火浇上了烈酒，都重新变成了第一次。而每一次重新拥抱在一起，都像是最后一次，两个人恨不得吸干对方的血，吞噬对方的肉。似乎不这样做，等到对方永远消失之后，就再也不会记得对方，再也不会感觉到自己还活着。

他们就这样通过将两个人生命中的一点一滴都耗干的方式，在这冰冷的石窟里抵抗着现实的白昼与黑夜，享受着能从他们的爱情中享受到的唯一的却又最纯洁的欢乐，等待着石窟外的那个世界像死神降临一样推开石窟的门，走到盛满他们欢愉的床边。

有一天，他做了整整一夜的梦，在梦里年幼的他在草原上逃亡，后面是狞笑着不断追杀他的塔塔儿战士。就在他们即将追上他的时候，他醒了。石窟外，士兵向他汇报，蒙古大军已在中兴城外集结。他整整一天心神不宁，他和她心里都清楚，这一世最快乐的时刻过去了，现在已是离别的时刻。

她抚摸着他的身体，他的身上全是汗水，仿佛清晨山顶上摆放了一夜的陈茶般冰冷的汗水。烛火灭了，她说："我要走了。"他不敢看她，只是问她："你要去哪里？"她说："我要去云山，那里是夏国亡民该去的地方。"他没有说话。她说："你的身体变冷了，像是一块冰。可我的身体还是热的，像是一团火。冰和火是永远不能共存的，能和你在一起待这么多天，我已经很欣慰了。从此之后，这个世界上不会再有夏国，也自然就不会再有我。"

他看着她，就像在看着他自己的生命。他的嘴巴尝到了一丝血腥味，他知道那是她嘴唇上的血。他依然没有说话。

她说："在我走之前，陪我去一趟月山吧！陪我最后看一眼中兴城。我还是个小女孩的时候，最大的心愿就是有一天我的心上人会在新月之夜，带着我在月山上吹风，看风景。"

萨尔乐飞驰，他们很快就把亲卫军甩得无影无踪。这速度让她觉得自己像是飞一样，她赞叹道："你的马好像一朵云彩。"他对她说："除了我，你是第二个骑在它背上的人。这大概是它送给你的离别礼物吧。"

月山在世间若隐若现。山顶上两个人都不愿意说出再见。他看着她，过去的种种景象浮现心头。他抱住了她，疯狂地用嘴唇堵住了她的嘴唇，似乎只有那里有空气，有水，有他的灵魂。

她对他说："你把血交给我，把汗交给我，把你体内的所有水分都交给我，我都接受，因为我爱你。"

他听到这个无比卑贱但又显得无比高贵的"爱"字，又变得无比亢奋。她对在自己身体里的成吉思汗说："尽情地使用我，尽情地享受我，用这样的方式杀了我，把我变成你身上的汗滴，变成你一回想起此时此刻就狂喜的心脏，变成你一回想起此时此刻就克制不住地悲伤和痛苦。这将是你这一生中最大的欢乐，无论什么都不能取代。这将是我这一生中最大的光荣，无论什么也不能取代。"在她的呢喃和呻吟中，他爆炸了。他像是狂奔的春河冲垮堤坝一样在她的身体里高潮，她抚摸着他颤抖不已的后背，竟然哭了。

他以为那是因为离别，可她的脸上有了一缕哀伤。她喃喃自语道："原来一个人爱另一个人，是可以把什么都抛弃掉的啊！"他不知道这句话的意思，但他心中竟有了一丝没来由的得意。紧接着，他似乎明白了什么，又似乎什么都不明白。那得意变成了恐惧，在他的心头蔓延。她抱住了他，对他悄声说道："你快逃吧！"他恍然大悟，她的眼泪不是为了离别，而是为了爱情。可一切都晚了，起雾了。

雾人出现了。

念到此处，李云旺哈哈大笑起来。他说："雾人就是你看不清、弄不明白的人。比如说是一个历史事件，八百年前的事情，杀人于无形，在无形中杀人。谁能掰扯得清？我家先祖苦苦琢磨了八百年，光被雾人逼疯了的就有十几位。"

我说："雾人厉害！生畏其形，死畏其神。"

李云旺说："成吉思汗和云蔚公主是何等了得的人物？看看这《情书录》，不是让雾人给搞魔怔了？你说他们是不是有战争后遗症？"

“他们有心，有心的人都会染上此症。”

“别说身临其境了，”李云旺道，“我就是想想雾人，就恨得牙痒，就想把它从这《情书录》里揪出来，劈狗日的脸，揪狗日的山羊胡子……”

我笑了。

“你笑什么？笑我堂吉诃德？笑我大战风车？”

这是个敏感的“西夏人”。

“你看看，”他抖动着《情书录》冲我吼，“风车会说话，喘气，有鼻子有眼？你看看雾人，还他妈动心眼，耍阴谋脆计，还会背诗，有时还会温情脉脉地抹眼泪……”

永　远

在雾中，雾人的脸无处不在，雾人的手无处不在。

成吉思汗记录道：“他的脸在狞笑，他的手在挥舞，他试图扼住我的喉咙。”

雾人说：“成吉思汗，你这次死定了，你知道她为什么约你来月山吗？因为我在这里威力最大。”他又对云蔚说：“虽然你最后反悔了，但没关系。他死了，你的内心就会平静。”

雾人的嘲讽声像是钻头一样刺激着两个活人的内心。云蔚手持云石弓箭，保护着成吉思汗，在雾中左冲右撞地寻找出路。在雾中，云蔚不由得回想起一个月前的那一幕：她在中兴城组织了一群灾民撤离，可所有的道路都被蒙古军队封锁了。走投无路之际，雁雪出现了，她用她的密道把这群灾民送到了云山。云蔚本想就此离开，可雁雪带她去了四歌外，那里到处都是灾民。曾经森林茂密、大河广阔的中兴变成了生者的地狱。

她对云蔚说：“你以为救了几个四歌里的富人你就是救世主了吗？”云蔚无言以对，那些灾民的哭泣和哀号，她现在回想起来心都在抽搐。那时她认为雁雪是对的，只有杀掉他，这一切才会真正结束。她答应了加入雁雪的暗杀计划。

雾人的又一阵怪笑打断了云蔚的回忆，她看到大雾弥漫，一转眼的工夫，成吉思汗的身影已被大雾吞噬。在雾中，云蔚听到成吉思汗痛苦的嘶吼，那声音能把她的灵魂撕碎。他问她：“那你和我在石窟中的这段日子，究竟是真的还是假的？”她沉默以对。她相信如果他是爱自己的，那他就什么都明白。如果他不爱自己，那么自己所做的这一切，无须解释，毫无意义。

此时此刻，她只希望成吉思汗能够逃掉，哪怕自己付出生命的代价也在所不惜。国家也好，千万人的性命也好，她都忘掉了。她的眼里只有成吉思汗，这就是她爱的方式。可在雾中，她什么都做不了，雾将她和他之间的距离变成一段她永远无法抵达终点的道路。她只能看着雾人一拳又一拳地击打着成吉思汗的头颅和躯体。可让她感到诧异的是，成吉思汗始终没有倒下。他每挨一拳，叫声就越大，他大张着嘴，就像一头悲伤的狮子。

扎木合和脱里的鬼魂从雾中冲了出来，他们挥舞着战刀扑向雾人，想保护成吉思汗。雾人却抓住了扎木合的两只手，将他撕成了碎片，抱住了脱里，咬断了他脖子上的动脉。这两个陪伴了成吉思汗几十年的鬼魂就此烟消云散，从此再没有出现过。

雾人回过头来，扼住成吉思汗的脖子，想将他勒死。云蔚上前阻止，可雾中又钻出了两只胳膊拧住了她。雾人说：“我不想伤害你，你像诗一样美。但不要忘记，这里的一切都是我创造出来的。”

云蔚突然大叫：“眼睛！他的弱点是眼睛！”

成吉思汗望向雾人的眼睛，那双眼睛里充满了恐惧和悲伤，和人一样。雾人号叫了起来。成吉思汗摁住了他，手指插向了他的眼睛。

成吉思汗和那雾人在一声巨响后都不见了，从远方吹来的狂风仿佛神意般卷着整座沙漠的沙粒，在一瞬间到达了月山。雾霾消失了，云蔚摔在地上，重获自由。

风停的时候，雾也散了。又是一个新的黎明，曾经是月山的地方，此时是一个方圆几十里的大坑。在那坑的中央，躺着两个人。一个是恢复了常态的成吉思汗，另一个是再也没有云雾环绕、皮肤干裂的眼盲雾人。两个死对头肩并肩躺在大地上，仿佛一对双生儿。

云蔚摇醒了成吉思汗。成吉思汗睁开眼睛所做的第一件事就是扑到雾人的身上，呜咽着要撕咬雾人的喉咙。他似乎变成一头野兽，云蔚用尽全身力气才能够阻拦他。

雾人醒了，他问云蔚为什么要救他。云蔚说："你也是一个受害者。一次又一次地被唤醒，无法安眠，就像个傀儡。我要走了，你跟我一起走吧，云山上的同胞需要你。"

云蔚的话似乎打动了雾人，他出神地望着云蔚说："云蔚，你是一个好人，你就像一首诗。这个世界有你、有诗，就不应该被毁灭。"

雾人低声地说起了夏国的语言，云蔚听罢惊恐地浑身颤抖了起来。成吉思汗愣住了，他问云蔚："你们在说什么？"云蔚用一种像是见了鬼一样的表情看着成吉思汗说："雁雪骗了我。她真正的目的不是杀了你，阻止战争，而是要通过战争带给人间的恐惧和痛苦，解开月山的封印，将魔界和人间的通道打开，把魔王放出来。到时别说蒙古、夏国，整个天地都不会再有灵魂，剩下的只有死寂的荒野。"

成吉思汗苦笑道："原来这就是她叫我灵魂源泉的原因啊！"

这时，成吉思汗看到雁雪在对面的山顶上冲他们招手，然后她抬起云石弓，将一只云石箭射向刚才那场爆炸造成的巨坑。那箭飞在中途，突然消失不见了，然后一个黑洞顺着箭的轨迹在半空中出现，落在了那坑中，黑洞越来越大，瞬间吞噬了巨坑。大地开始轻微地颤抖，飞鸟飞入天空，动物们不再隐于草丛，它们成群结队地在大地上奔跑。雾人叹气道：“说什么都晚了，雁雪打碎了封印。”

成吉思汗问云蔚：“还有什么办法能够阻止雁雪？”

云蔚说：“在传说中，杀死魔王，魔界的一切都将灰飞烟灭。可千万年来，只有白云神打败过大魔王。”

大地颤抖得更加厉害了，无数条的深渊以黑洞为核心，向四面八方延展，其中一条直奔中兴城。

成吉思汗对云蔚说：“你快去救你的人民，能救多少救多少。”

云蔚说：“那你呢？”

成吉思汗指着即将到达这里的深渊，说：“我做我最擅长的事情，去战斗。”

她还想再对他说些什么，可他说：“你快走吧，不要再浪费时间。”

她知道多说无益，只说：“希望今生还能相见。”

他笑了，说：“希望不要再以敌人的身份相见。”

成吉思汗目送云蔚骑着萨尔乐，向中兴城奔去。他捡起了地上的刀，走向深渊。

他旁边响起脚步声，盲眼的雾人跌跌撞撞地跟了上来。成吉思汗愕然道：“你要帮我？”雾人说：“我不是帮你，我只是不想让诗从这个世界上消失。”

大地断裂，深渊来临。成吉思汗和雾人向深渊内部望去，那里岩浆奔腾。无数怪物一边号叫，一边簇拥着一个岛屿般大小的怪物向人间飞来。那怪物虎头鱼身鹰翅，眼神里却只有黑暗，虚无般的黑暗，死亡般的黑暗。

成吉思汗说："这就是魔王？"雾人点了点头。深渊对面传来了狂笑声，疯狂奔跑的雁雪大叫着："伟大的魔王，请你毁灭这个疯狂而又毫无人性的世界吧。"

魔王在飞出深渊的一刹那，巨大的手指轻轻一扫，将她推入了深渊，顷刻间她就在岩浆中变成一缕青烟。魔王看到地上的成吉思汗和雾人，它狂啸了一声，向他们冲来。雾人突然笑了，成吉思汗问他："你笑什么？"雾人说："你知道为什么云蔚知道我唯一的弱点吗？"成吉思汗看着山一样压来的魔王，说："我不知道。"雾人说："是我告诉她的。当她加入我们暗杀你的计划后，她就经常给我读诗。她是我唯一的朋友。我们相互倾诉秘密。她对我说，她杀了你之后，会自杀。她说这叫殉情，是一个人爱另一个人的最高表现。我没有什么其他可说的，只能把这个秘密告诉她。"成吉思汗苦笑道："女人啊！真是这个世界上最神秘的生灵！"

魔王张开了大嘴，将他们吞噬。

中兴城正在经历大地震。云蔚骑着萨尔乐，在城中狂呼："想活命就跟我走。"人们不知所措，跟在她后面狂奔的人越来越多，他们狂奔过了皇宫被震成一堆瓦砾的首歌，目睹了夏国皇帝神像的轰然倒塌。他们狂奔过了第二歌，各种高档的妓院和酒肆如今成了埋藏死人的石头棺材。他们狂奔过了第三歌和第四歌，再也看不到人家和道路，一切没有生命的都在崩溃和腐烂，一切有生命的都被地震夺走了性命。他们狂奔过了第五歌和第六歌，从深渊中鼓吹出的狂风把茅草屋和来不及逃走的孤儿们卷上了天空，他们将在天空中变成永远都不会再落下的星辰。他们狂奔过了第七歌和第八歌，这里再也没有凶杀、盗窃、抢劫和强奸。所有的罪，都被灾难洗刷干净。当云蔚带领着人们逃出九歌之后，一声巨响，她回头张望，云蔚看到曾经坚不可摧的"壁"像一片薄薄的纸片一样被四面八方冲来的深渊撕成粉碎，紧接着这座都城的一切梦想、一切现实、一切繁华和一切虚妄似乎陷入了一个巨大的旋涡，被搅成粉末的物质发出了骨头断裂一样的咯吱声。太阳之下，这座城市一瞬间就坍塌了，什么都没留下。

侥幸逃生的人们顾不上用哭号送别这座城市。他们看着天空目瞪口呆。在天上，他们的死敌成吉思汗正在和一头巨大的怪兽决斗。成吉思汗穿着一件银色的盔甲，正在极速冲向那怪物张大的嘴巴，似乎一点都不惧怕它的吞噬。云蔚再仔细一看，那不是白色的盔甲，而是雾人所变成的保护罩。

在蓝天上，成吉思汗问雾人："你的办法真的有效吗？"雾人说："这是唯一的办法了，我会保护着你，穿过它腹中的烈火，到达它的心脏。然后你杀掉它，一切就都结束了。"成吉思汗问："那我们呢？"雾人说："真没想到，到最后和我并肩战斗的是我最想杀的人。"成吉思汗笑了，说："能和你做这件事是我的荣幸。"雾人闷闷地说："我也很荣幸。"

然后，他们飞入魔王的嘴巴。巨大的声浪吹在他们的脸上，成吉思汗觉得脸上的肌肉都快被吹碎了。他看到像白骨一样阴森的巨大牙齿，血河一样冒着泡泡的舌头，紧接着是一片深不可测的黑暗，黑暗越来越热，越来越红，随着眼中的红色越来越浓，他看到了光亮。他向光亮飞去，那是魔王的心脏所在。雾人在烈焰中痛苦地呻吟着，成吉思汗看到雾人被火焰逐渐蒸发，消散在黑暗中。随着保护膜越来越薄，这里越来越热。在成吉思汗即将被烤死的时候，他进入了光明。

他看到一颗巨大的黑色心脏正在澎湃地跳动。迷迷糊糊中，他听到雾人对自己说："这就是杀死魔王的地方了，成败在此一举。"

成吉思汗速度加快，在疾风中，他听到雾人在痛苦地呻吟，他身上的云雾在燃烧。成吉思汗心想，自己若是赤身裸体地进来，此时怕是已经变成一片灰烬了吧。他刺穿了呼啸而来的层层火舌，将刀刺入了那颗巨大的心脏。那颗心的伤口处渗出了黑色的血液，然后这黑血开始激烈地喷涌。它剧烈的抽搐了几下，然后爆炸了。

雾人已气若游丝，它说："看来我们要在这里分别了。你还有你伟大的使命没有完成。从此之后就是人类的时代了，希望不要再有像我这样的力量出现，也不要再有渴望我出现的人存在。全拜托你了！"

雾人的身体和头颅分离，身体变成一对云彩似的翅膀，载着成吉思汗加速逃离。而那头颅向火海中坠去，一双和成吉思汗对视着的眼睛炯炯有神，渐渐地寂灭。当头颅跌入火海的那一刻，魔王的身体迎来了最终的大爆炸。成吉思汗双眼一黑，昏死了过去。

云蔚目睹了魔王将貌似自杀的成吉思汗和雾人吞进了肚子里的景象，她流着泪，祈祷这世间的一切神灵让奇迹出现。不知道过了多久，魔王的身体突然发出一声巨响，然后天空中横行无忌的魔族突然都停止了动作，坠地而亡。魔王在从自己身体内流出的火焰中熊熊燃烧，在它化为一堆灰烬轰然倒地之前，云蔚看到一朵云彩驼着一个人落到了火海之外。云蔚不顾众人的呼唤，骑上萨尔乐追了过去。

云蔚的泪水掉在成吉思汗的脸上，浇灭了他心中的毒火。成吉思汗从黑暗中清醒过来，看到云蔚对着自己微笑。他问云蔚："为什么你在笑，可脸上却有泪水？"云蔚没有说话，她把成吉思汗扶了起来。两个人看到大地上的一条条深渊自动愈合，魔族的尸体在地上变成一簇簇鲜花，在地震中已是废墟的中兴城在一瞬间变成了花海，芬芳令人迷醉。

云蔚问成吉思汗："白云神呢？"成吉思汗指指天空上的朵朵白云，说："在那里。"云蔚笑了，说："白马还给你，我要走了。"成吉思汗牵过萨尔乐，说："去云山？"云蔚点了点头。成吉思汗又问："那你还回来吗？"云蔚说："不回来了，我会在那里复兴我的民族，永远守在云山，不来这纷扰的乱世了。"成吉思汗说："也许以后，这个世界就不会像今天这么混乱了。”云蔚问他：“因为你？”成吉思汗点点头，说：“因为我。”云蔚笑了，说：“我相信你。你曾经说过，草原不是童话，草原是生死场。希望以后你能看到更多的‘生’的那一面，就像我看到的一样。”

蒙古大军和夏国的难民从四面八方赶来，望着这一幕谁都不愿意走上前来打扰他们。云蔚对成吉思汗说：“我该走了。”成吉思汗心里有千言万语，却只说出了一句话：“云蔚，我会永远记得你。”云蔚笑了，说：“我也是。但我只会记住我们之间那些开心的事情。那些不开心的，我都会忘掉。希望你也把它们忘掉吧。”成吉思汗点了点头，不知道该再说些什么。云蔚从自己的包中拿出一沓信，说：“这么多年，见不到你的时候，我就会给你写信。可我一直不敢寄给你。”成吉思汗说：“这样的信，我也给你写了几百封。”云蔚说：“我们应该把这些信编到一起。”成吉思汗说：“就叫《情书录》吧！”

云蔚突然紧紧地抱了他一下，对他说：“亲爱的可汗，请记住我的夏族名字吧，请记住一个叫古尔伯勒津郭斡的夏国女人曾来到过这个世上，与你相遇。”

在爱人最后的拥抱中，成吉思汗觉得自己获得了新生。

成吉思汗突然对着人群大声说：“从今天起，古尔伯勒津郭斡就是我成吉思汗的夫人了。她是你们的古尔伯勒津郭斡哈屯。你们如何对我，就该如何对她。”

“哈屯”在蒙古语中，是“夫人”的意思。人们被成吉思汗的话惊呆了，他们相互瞪着眼睛，不知道该如何是好。

成吉思汗的嘴中轻轻地说出了一个“跪”字，这比叹息还轻的声响却像一颗小石子被投入了湖水中一样打破寂静，人们像涟漪似的一排排跪倒在地，不一会儿，整个大地都沉浸在了祝福声中。

可她松开了他，转身就走。他没有挽留，她没有回头。他就呆呆地站在庞大的鲜花瓦砾前，看着心爱的新婚夫人离自己越来越远，逐渐变成远方雪山上密密麻麻的小黑点中的一个。他已不知道哪个小黑点是她。

萨尔勒一直跟在云蔚公主的后面，为她远远地送行，在中兴城里他们结下了深深的友情。见云蔚公主上了山，萨尔乐最后停在雪山脚下的一片草地上，冲着远去的云蔚公主咴咴鸣叫。云蔚站在山坡前，冲着它挥手，此时已是泪流满面。

忽然熟悉的歌声从云间传来，她知道这是铁木真的歌声。她笑了，正在攀登雪山的她笑了。她环顾四周，白茫茫的雪山上，她的族人们正在奋勇前行，去寻找那新生活的光。云蔚觉得那歌的旋律好熟悉，她猛然想起，在她最美的青春期，她依偎在永远不老的他怀中，他为她唱过这首歌。

此时此刻，雪山寒冷，泪水灼人。

不知道爬了多久，云蔚忽感寒风飒飒，冷意森森。片刻便是林涛怒号，山风遒劲，再看山下的沙漠像是忽然跃起，就像天地忽然跃动着千百万只金色的老虎，呜呜咆哮着，云蔚感到天昏地暗，一片混沌。萨尔乐不见了，只是风啸中不时传来它的嘶鸣。风越刮越烈，连他们抱住的大松树也被拦腰折断。云蔚急忙招呼吓得瑟瑟发抖慌成一团的族人们连滚带爬地躲进了一个山洞里。山洞里的一群狼被惊吓逃窜，刚出洞口就被狂风卷起，像几片树叶飘落在无穷无尽的黑暗之中……

云蔚惦念着仍在沙漠中休整的成吉思汗，要往山下冲，李小麦和族人们死死抱住她，她哭喊："萨尔乐，去救大汗！"

成吉思汗在《情书录》里记录了这场黑暴，也就是今天人们讲的沙尘暴。他说，他的十万蒙古大军，像破布一样飘浮在空中，在天空舞动的沙漠中挣扎。他不知被抛起落下多少次，死了活了活了又死了，被折腾得就像顽童手中的可怜的蝼蚁老鼠。这个气吞山河的横跨世界的巨人，顿时明白，在大自然面前，英雄豪杰也罢，妖魔鬼怪也罢，爱恨情仇也罢，真算不了什么，都是时间的尘埃。他不知风刮了多久，他埋在沙漠里，他感到，也许就像他的先祖一样会消失在尘土之中，化成一粒尘、一颗砂。

冥冥之中，他听到了“铁木真——我的大汗”的声声呼唤，这是云蔚的声音。他一下子机灵了，挣扎着从重重压在身上的沙山里钻出。他又看到了蓝天或大海一样的沙山。

他大声呼喊他的十万大军，喊得嘴里流出咸咸的血。终于，在沙山上有开始蠕动的士兵，他们一个个都像从地狱之门爬出，黑压压地跪在他的面前。这些虎狼之师此刻都成了泥胎，被红艳艳的太阳烤灼着。沙漠里静得很，没有一点声音，一个比雾人、火焰老虎更凶恶的敌人在向他们袭来——那就是干渴。干渴在扼杀着他们，成吉思汗看到成片的士兵，那些跟他一路征战的士兵悄无声息地倒下。成吉思汗有些心悸，他知道他的十万大军要悄无声息地葬身茫茫沙海，而不是像战士一样战死沙场。这是成吉思汗最不能容忍的，他呼叫，他鼓励，他的嘴在喷血，他在沙漠中挣扎，但这都是徒劳的，他的士兵成片地倒下。

红日高照，沙山似海。死亡的气息笼罩在他们的头上、身上、毛发里……

成吉思汗绝望了，他的眼前飘浮过一个个被他杀掉的敌人，这些失败的老对手们都在诡异地看着他，呼唤着他。成吉思汗跪下了，面对着永远是未知数的苍天，伸出大手，说：“腾格里，救救你的孩子吧！”他呼唤着，扑在了沙漠里。

这时天空传来了云蔚公主的呼喊：“萨尔乐，去救大汗——”

成吉思汗的眼前金光一闪，只见他的爱骑萨尔乐，扬着四蹄从天而降，蹄踏之处，泛起了一眼眼汩汩的清泉……

李云旺把我带到一片望不到边际的沙漠里，那里地上有一眼眼的水井，分布几里地，一眼接着一眼。我探身看着一眼深幽幽的枯井，随手丢下一粒小石子，能听到水花溅起的闷响……

李云旺告诉我，这片沙漠叫百眼井，目前正有人在吵吵着申报世界文化遗产。这些人又是丈量测绘，又是拍照录像，李云旺给他们讲神马萨尔乐救主的故事，他们认为他在讲故事。但成吉思汗长眠的甘德尔山上，现在还有白马萨尔乐，享受着人们的祭典。它在不断转世，代代守护在成吉思汗的身边。因为成吉思汗留有遗言，要求他的子子孙孙要像敬奉他一样世世代代敬奉萨尔乐……

《情书录》里所有的故事，李云旺都给我讲完了。我像是死去了无数遍，又像是重生了无数遍。但这都没什么，我不会再狂喜，也不会再悲哀。我对李云旺说：“在听这个故事的时候，我觉得我长大了。”李云旺对我说：“祝福你，我亲爱的朋友。”

我看到，《情书录》里的最后一句话是：“我也好，比以往都好，只是再回不到年少。”也不知道，这是谁写的。

李云旺合上了《情书录》，一阵风从门外刮来，我们眼睁睁地看着这本流传了近千年的羊皮书，被风从李云旺的手中吹走，吹向窗外茫茫的夜色。伴随着成吉思汗和云蔚公主的爱情故事，伴随着所有帝国的兴亡，所有成为星河成为沉默的生命，一瞬间化成一捧香灰。

那场黑暴过去之后的一个月后，也就是 1227 年夏天，成吉思汗去世。在他灵魂弥留之际，一只海冬青衔来一朵像白云一样圣洁的驼绒，围着他盘绕。人们都说成吉思汗的魂灵被长生天紧紧拥入怀抱……

云蔚公主悲痛欲绝，从大青山顶跳入黄河，为她心爱的成吉思汗殉情，她的灵魂留在了黄河以南的鄂尔多斯高原上。从此，蒙古人将黄河叫作“哈屯高勒”，翻译过来，便是“夫人河”。用以纪念与成吉思汗生死缠绵的西夏公主，他们的古尔伯勒津郭斡夫人。

李云旺骄傲地说，我们蒙古人就是重情重义。我问他："你不是西夏人？"他笑道："我是民族融合的结果，也是他妈的亡国亡种。"我擂了擂他宽厚的胸膛，笑着说道："你就是西夏国的活化石！"

成吉思汗死后，他的儿子和将领们率领蒙古军队进入中兴城。西夏，这个存世近二百年的神秘帝国就此灭亡。

七年后，金国灭亡。

1271年，成吉思汗的孙子忽必烈率领着蒙古大军统一中国，结束了自五代十国之后的分裂局面，定都大都，立国号为元。

八百年来，鄂尔多斯蒙古人守护着成吉思汗的陵包辗转在蒙古高原上，最后成吉思汗安息在黄河以南的甘德尔山巅上，鄂尔多斯蒙古人给这片草原起名叫伊金霍落，即圣主安息的地方。从此，成吉思汗安息于当年他坠下马鞭的那片水草茂美之地——鄂尔多斯。在他的陵园中，有一个陵包，陵包的主人便是古尔伯勒津郭斡哈屯。她始终伴随着他心爱的人，已经八百余年。上百年来，关于成吉思汗安息地的争议不断，但李云旺肯定地说，成吉思汗的魂灵不能过黄河，因为云蔚公主在黄河中的魂灵无时无刻地缠绕着铁木真，成吉思汗过了河，云蔚公主会伤心的，圣主的魂灵也会不安的。河南地上的鄂尔多斯高原，就是圣主成吉思汗的长眠地。

我来到成吉思汗陵前，见到那座西夏女人的陵包和转世的白马。八百余年来，成吉思汗和云蔚公主的魂灵始终在一起，飘浮在鄂尔多斯高原那壮美而蔚蓝的天空中。只要有微风吹来，不断转世的白马萨尔乐就会支棱起耳朵，用明亮的眼神看着人们。它似乎在说，你们听，他们又说悄悄话了，他们在笑。

后　记

爱情是最令人不可思议的东西，能让最古板的人都充满了想象力。因此我想写一本充满想象的爱情小说。我曾经动过念头，把它安放在当代，也就是说，让它显得更“贴地气”。可“贴地气”这三个字又让我产生了深深的怀疑，这三个字简直是想象力的克星。我知道，我想描绘的故事需要一个更敢爱敢恨，也更变化无常的广阔舞台，我需要忍耐。

时间又过去很久很久，机缘巧合下我得知了成吉思汗六征西夏的事迹。在浩瀚如沙漠，巍然如高山的史料中，西夏王妃和成吉思汗之间的传说只有模糊的寥寥几行，却像一道从穹庐顶端劈到地谷深处的巨大闪电般擦亮了我的内心。我清晰而又深刻地意识到：一个被人们尊称为大海的男人，一个将天空和云朵当作图腾来敬仰的女人，两人相爱了。他们又必须毁灭掉对方生命中的一切才可以生存。无论是天空还是大海，都至纯至真而又瞬息万变。它们将让我的故事插上轻盈的翅膀，离开沉重的地面。在对天空和大海相互抗衡、相互交融的意象中，我终于等到了我一直想写的这部小说。

动笔前，我查遍了关于蒙古和西夏之间战争的资料，还有西夏史。可我并不想把它写成一部史料非常扎实的历史小说。我更感兴趣的是，一个男人和一个女人在一个没有丝毫仁义可言的混战时代究竟如何恋爱？我坚信，他们那时所遇到的问题和我们现在所遇到的问题是一样的。查阅那么多的资料，是为了更天马行空地去胡编乱造。

之所以这么做，是因为我坚信只有用小说最高贵的方式——想象，才能够去无限地接近人类的内心真实。这所谓的内心真实，既是清晰还原成吉思汗人性中那无数种可能里我所希望的那种可能，也是去接近我自己的内心。

写完这部小说，我又在不同的地方见过几次黄河。无论在哪里，它都安安静静的，对一切人一切事，早已司空见惯。我希望，总有一天我能和它一样酷。